W0347793

Robert B. Thiele

Operation GRUSA
oder:
Verleugnung

Politthriller

Die Personen, Handlungen und Handlungsorte dieses Romans sowie die in ihm verwendeten Bezeichnungen sind - abgesehen von geographischen Bezeichnungen und berühmten Marken - frei erfunden. Etwaige Ähnlichkeiten mit tatsächlich lebenden oder verstorbenen natürlichen oder juristischen Personen, mit Ereignissen, Handlungsorten oder sonstigen Bezeichnungen sind rein zufällig.

Impressum

Operation GRUSA
oder: Verleugnung

Politthriller

© 2021 Robert B. Thiele

1. Auflage 2021

Anderwelt Verlag, München

Druck: CPI Books GmbH Printed in Germany
ISBN: 978-3-940321-29-9

Robert B. Thiele

Operation GRUSA
oder:
Verleugnung

Politthriller

Anderwelt Verlag

Peter erneut vielen Dank für seine Begleitung

Letztlich wurden zwei Weltkriege geführt, um eine dominante Rolle Deutschlands zu verhindern.

(Henry Alfred Kissinger, 1923 geb. in Fürth, Bayern, 1943 in die USA eingebürgert und später deren Außenminister)

1

Der Moment vor dem Abschuss, das war der Augenblick der absoluten Stille, Konzentration, der Moment, in dem alles andere um ihn herum gar nicht mehr da war, nicht existierte. Dann der Abzug, der Druckpunkt, der Rückstoß, spürbar in der abgewinkelten Armbeuge. Das Projektil schießt aus dem Lauf, durchschlägt den Stirnknochen, schneidet sich durch die weiche Gehirnmasse, die mit dem Hinterkopf an die getünchte Wand spritzt und dort als gelblich roter Brei hinunterläuft, hinter dem Körper des Opfers, das rückwärts taumelnd über die Gemüseregale gestürzt ist.

Danach – zunächst wieder nur Stille, aber nur kurz. Nach der Sprachlosigkeit Schreie, Rufe, Getümmel, Chaos, in dessen Zentrum er sich davonmachte, mit ruhigen Schritten und scheinbar verwundertem Blick. Einige der Umstehenden begannen zu laufen, er schloss sich ihnen an, beim Wegrennen warf er die Glock in die karierte Satteltasche des TIGRA-Fahrrades, das an der verabredeten Stelle stand. Als er mit der flüchtenden Horde in das kleine Bistro stürzte, sah er es aus den Augenwinkeln schon eilig fortfahren. Wie verabredet.

In dem Lokal verschwand er auf der Toilette, würgte, als ob er sich übergeben müsste, nahm aber die Hintertür und betrat die schmale Seitengasse auf der Rückseite des Wochenmarktes. Auch dort ein Menschenauflauf. Er zündete sich eine REVAL an und genoss das Gefühl, es wieder mal vollbracht zu haben. In der Ferne Sirenen, von der Polizei oder der Ambulanz. Egal. Er ließ sich mit der Menge vom Tatort wegspülen und schnipste die angerauchte Zigarette in den Rinnstein. Alles gut gelaufen, wieder mal.

2

Die schwarze Mercedes-Limousine, S-Klasse, Berliner Kennzeichen, kurvte über die Landstraßen zwischen Weinbergen und Waldungen durch das sommerliche Frankenland. In den Hügeln wurden Trauben per Hand gelesen, in einigen der dunklen Waldstücke waren durch das offene Schiebedach Motorsägen zu hören. Dann und wann kreuzten Trecker und Schleppfahrzeuge ihren Weg, die lange Holzstücke hinter sich herzogen.

Im Fond kramte die Assistentin Aktenstücke zusammen und verstaute sie in einem Koffer zu ihren Füßen. Der Mann neben ihr räkelte sich.

„Hören Sie, Frau Engelhardt, die Wichtigkeit des Barons, den Sie gleich kennenlernen werden, ist Ihnen ja geläufig: erheblicher regionaler Einfluss in meinem gesamten Wahlkreis, finanzielle Zuwendungen aller Art, auch großzügige Wahlkampfspenden, nicht nur für unsere Partei."

Frau Engelhardt warf ihrem Chef einen wissenden Seitenblick zu. Der Abgeordnete hätte auch vorn neben ihrem Chauffeur sitzen können, aber die Aktenarbeit, die sie während ihrer Fahrt erledigt hatten, ließ sich besser bewältigen, wenn man nebeneinander saß. Dr. Schaefer hob den Blick von ihrer Kniepartie. „Immerhin gehört das hier alles den von Steuffens, alles, was Sie in der letzten halben Stunde gesehen haben, und das seit dem 12. Jahrhundert."

Frau Engelhardt nickte. „Einen schönen Wahlkreis haben Sie da."

„Das will ich meinen. Seit Jahrhunderten steht die Steuffen-Dynastie auf drei Säulen: Forstwirtschaft, Weinbau und – last not least – sie haben eine eigene Bank, die Von-Steuffen'sche Regional- und Kassenbank." Schaefer schnalzte übermütig mit der Zunge.

Das wird dir das Wichtigste sein, dachte Frau Engelhardt.

Die Limousine passierte ein Einfallstor, das in meterhohe Metallgitter eingelassen war, und kletterte die leichte Anhöhe hinauf.

„Aber vor dem Baron muss ich Sie warnen: Der alte Herr hat dieses Jahr seinen 90. Geburtstag gefeiert, 1.200 Gäste aus aller Welt, ich war auch dabei. Er erfreut sich bester Gesundheit, auch wenn er manchmal etwas über seinen Kreislauf jammert. Sie werden sehen, er ist launisch, jähzornig und besserwisserisch. Ein unangenehmer Zeitgenosse, ein Typ, den man mögen muss, um ihn mögen zu können."
Oder von ihm abhängig sein, dachte Frau Engelhardt.

Auf der Lichtung vor ihnen lag das alte Schloss Steuffenberg in der abendlichen Sonne. Die Lichtung stieg zu einer Anhöhe heran, auf der die Auffahrt ein Rondell bildete. In der Mitte des Rondells leuchteten zwei Flaggen. Eine erkannte Frau Engelhardt als deutsche Nationalflagge, deren Farben der Landschaft entsprachen: Rot und Gold.
„So, da sind wir auch schon." Kies knirschte unter den Reifen, als die Limousine zum Stehen kam. Dr. Schaefer krabbelte umständlich in sein Jackett, Frau Engelhardt half ihm.

Ein livrierter Zerberus hieß sie willkommen und führte sie in eine dämmerige Eingangshalle. „Der Baron erwartet Sie schon."
Andächtig verharrten sie unter einem Eisernen Kreuz, das in den Treppenaufgang eingelassen war. Die Mauern atmeten Vergangenheit. Wenig später wurden sie die weit geschwungene Marmortreppe hinaufgeführt, in die roter Teppichboden eingelassen war. Erst jetzt sah Frau Engelhardt die finsteren Ritterrüstungen, die auf den Stufen Spalier standen. Die alten Augen längst verblichener Ahnen schauten sie aus Gemälden an, die am Treppenaufgang und in einem weiteren Vorraum hingen. Es war kühl hier drinnen und die junge Frau fröstelte.

„Der Baron lässt bitten!" Der Zerberus riss den Flügel einer etwa drei Meter hohen in dunklem Holz gehaltenen Tür auf. Die untergehende Sonne blendete sie beim Eintritt in einen mehr als tennisplatz-

großen Raum, der auf drei Seiten von deckenhohen Bücherregalen eingefasst war. Die blendende Fensterfront zeigte den Schlossgarten unter ihnen. Auf der gegenüber liegenden Seite glomm Kaminfeuer. Hinten im Raum stand ein überdimensionierter Schreibtisch, weiter vorn eine plüschige Sitzecke mit einem Glastisch in der Mitte.
„Der Abgeordnete Dr. Schaefer, Herr Baron. Mit Begleitung."
Der Zerberus zog geräuschlos die Tür hinter ihnen zu.
Hinter dem mit dunkelbraunem Leder bezogenen Schreibtisch thronte Freiherr Friedwart von Steuffen, armwedelnd, im Gegenlicht kaum zu erkennen. „Nun kommse schon, kommse, kommse näher." Die Stimme war rau und laut. „Nehmse Platz!" Die beiden Gäste setzten sich in die Ledersessel vor dem Schreibtisch, Frau Engelhardt langsam und zögerlich, Dr. Schaefer so selbstverständlich, wie wenn er zum Inventar gehörte.
„Baron, darf ich Ihnen meine neue Assistentin vorstellen, Frau Engelhardt. Sie hat..."
„Dürfense, dürfense." Von Steuffen schob einen Zeitungsstapel auf die Seite. Sonnenstrahlen fielen auf sein geföhntes Toupet.
„Ich hoffe, es geht Ihnen soweit gut. Gesundheitlich."
„Soweit. Soweit gut. Gesundheitlich – Scheiß Kreislauf. Ich brauche immer mehr Wärme. Will auch gleich zur Sache kommen."
Der Baron haute auf eine Taste, die zu einer Telefonanlage zu gehören schien. Zeitgleich ging die Tür auf, durch die sie eben eingetreten waren. Der Zerberus.
„Karl: Frau Engelbrecht möchte raus in die Sonne. Sagen Sie Emilia, sie solle ihr den Garten zeigen."
Und zu seiner Besucherin gewandt: „Gnä' Frollein. Emilia ist meine Enkelin. Ungefähr Ihr Alter. Amüsieren Sie sich gut." Kleine Schweinsäuglein funkelten Frau Engelhardt aus dem wieder im Schatten verschwundenen Gesicht an. Schon war ihr Karl beim Aufstehen behilflich und führte sie aus dem Raum. Noch ein vergeblicher Blick zurück auf ihren Chef, aber der hatte sich nicht einmal zu ihr umgewandt. Hinter ihnen schloss sich die Holztür. Geräuschlos.

„Schaefer, was ich loswerden muss, ist nur für Ihre Ohren bestimmt und nicht für Ihre Bundestags-Tussi. Jetzt hörense mir mal gut zu."
Er riss die oberste Zeitung von dem Stapel. ´Preußische Allgemeine Zeitung`, konnte Schaefer erkennen.
„Anschlag auf türkischen Gemüsehändler", und griff gleich die nächste. „Ich zitiere: ´Deutschland ist ein Problem, weil die Deutschen fleißiger, disziplinierter und begabter als der Rest Europas und der Welt sind.` So weit, so richtig. Aber jetzt halten Sie sich fest: ´Das wird immer wieder zu Ungleichgewichten führen. Dem kann aber gegengesteuert werden, indem der deutsche Bevölkerungsanteil in diesem Land zurückgedrängt wird´, Zitat Ende. Nein, doch nicht: ´Es geht nicht um Recht oder Unrecht in der Einwanderungsdebatte, uns geht es zuerst um die Zurückdrängung des deutschen Bevölkerungsanteils in diesem Land`".
Von Steuffen klatschte die Zeitungen auf den Parkettboden. „Na, wie finden Sie das?"
„Herr Baron,…"
„Für Sie: Baron, nicht Herr Baron. Sie sind schließlich nicht mein Gärtner."
„Baron – ungeheuerlich! Diese Flüchtlingsdebatte, über die wir uns ja schon mehrfach ausgetauscht haben…".
„Es geht weder um Flüchtlinge noch um die Einwanderungsdebatte. Haben Sie nicht zugehört? Es geht um die Urheber dieser – wie Sie selbst sagen – ´ungeheuerlichen` Aussagen. Wissen Sie, von wem die stammen? Von unserem Vizekanzler, Ihrem Koalitionspartner, Herr Abgeordneter! Das sind doch alles Va-ter-lands-ver-leug-ner!"
Von Steuffen haute bei jeder Silbe auf die Schreibtischplatte. „Und jetzt setzt unser Bundespräsident noch eins drauf."
Von Steuffen ergriff die nächste Pressemitteilung. „Haben Sie gelesen, was dieser höchste Repräsentant unseres Staates da neulich im Schloss Bellevue vor einer Ansammlung eingeladener Türken abgelassen hat? In Deutschland gäbe es ab sofort keine Bio-Deutschen mehr und keine ´eingeborenen Deutschen` sondern ab sofort ´eine Nation von Einwanderern`. Und was die englische Presse dazu

feststellt? ´German President declares there are no native Germans, we are a nation of immigrants`. So weit sind wir schon."

Schaefer wischte sich Schweißtropfen von der Stirn. Von Steuffen rang nach Luft. „Dieser Vaterlandsverräter lebt von meinen Steuergeldern. Aber das ist noch nicht alles. Ihr Vizekanzler und unser Präsident scheinen im Trend zu liegen. Hören Sie sich das mal an."
Von Steuffen ergriff die nächste Zeitung, raschelte sich durch die ersten Seiten. „´Deutschland verschwindet jeden Tag immer mehr und das finde ich einfach großartig`. Ein Parteifreund unseres Vizekanzlers auf einer Bundesversammlung dieser Sozis, die immer schon, auch in unserer glorreichen Vergangenheit, Vaterlandsverräter waren. Oder hier: ´Die Leute werden endlich Abschied nehmen von der Illusion, Deutschland gehöre den Deutschen`".

Von Steuffen warf Schaefer die Zeitungen zu. „Sowas sondern sogenannte Volksvertreter für monatlich über 10.000 € steuerfrei ab, die täglich in unser Reichstagsgebäude gehen, über dessen Portal ´Dem deutschen Volke` steht. Und gegen das deutsche Volk und dessen Interessen sind sie tätig. Das kann man doch nicht durchgehen lassen. Geschweige denn unterstützen!"
Schaefer sammelte die einzelnen Blätter der Zeitungen wieder ein, versuchte, sie zu ordnen, warf einen Blick darauf und erhaschte zufällig eine fett gedruckte Überschrift `Rätselhafter Anschlag auf türkischen Gemüsehändler`. Der Artikel war rot markiert, mit mehreren Ausrufezeichen und einem Fragezeichen versehen und offenbar nicht für ihn bestimmt.
„Baron, diese Feststellungen sind natürlich erschütternd, ich bin so entsetzt wie Sie. Meine Partei, unsere Partei..."
„...hat dem nie widersprochen. Hat den Präsidenten in der Bundesversammlung mit gewählt. Bildet immer noch Koalition und Regierung mit diesen erklärten Feinden unserer Republik."

„Nun, Herr Baron, äh, Baron, hm, möglicherweise sind diese Aussagen aus dem Zusammenhang irgendeiner Rede gerissen, man müsste da mal…“.
„Diesen Presseveröffentlichungen der letzten Wochen ist nie von irgendwem widersprochen worden. Auch von Ihrer Partei nicht!“
Von Steuffen schlug mit der Handfläche dreimal auf den Zeitungsstapel. „Sie sind auch nie relativiert worden. Sie sind der Erste, der das versucht.“ Seine Augenbrauen zogen sich gefährlich zusammen.
„Nun, Baron, berücksichtigen müssen wir, dass unsere Meinungsäußerungsfreiheit, Artikel 5 unseres Grundgesetzes, auf dessen Boden wir alle stehen, so manchem das Recht gibt,…“.
„Mensch, Schaefer, ich hab' doch nix gegen Meinungsfreiheit. Diese Polit-Figuren können doch denken und sagen, was sie wollen. Ich hab' was dagegen, dass sie das als unsere Volksvertreter in unserem Namen und auf unsere Kosten tun. Und dass wir das weiter erdulden. Dagegen müssen wir etwas tun. Sie vor allem, Herr Abgeordneter.“
Schaefer war noch immer mit dem Zusammenlegen der Zeitungen beschäftigt.
„Und jetzt hören Sie endlich mit diesem Geraschel auf und sagen mir, was Sie gegen diese subversiven Tätigkeiten ihrer Kollegen, gegen diesen Staatsstreich von oben, zu unternehmen gedenken.“ Von Steuffen haute auf seine Klingelanlage.
Karl erschien.
„Verbrennen Sie diesen ganzen Quatsch.“
Karl raffte die Zeitungen zusammen und warf sie hinter ihnen in den Kamin. Das Feuer loderte auf, aber nur kurz.
„Mir wird kalt, Schaefer, wir müssen zum Abschluss kommen.“
Auf einen Wink hin schob Karl den Rollstuhl neben Schaefers Ledersessel, Rücken zum Kamin. „Mein Wunsch ist, dass unsere konservative Partei jetzt mit diesem sozialistischen Schmusekurs aufhört und den grünen Vaterlands-Verleugnern die Zähne zeigt. Als Vorsitzender Innenausschuss können Sie das zumindest anschieben. Dazu will ich Ergebnisse in spätestens drei Monaten: entweder Ende

der Koalition oder Neuwahlen oder beides. Und davon mache ich nicht nur meine Projekte mit den Bio-Solaranlagen abhängig. Die kann ich nämlich auch in Ungarn oder Österreich bauen. Von meinen Parteispenden will ich gar nicht reden. Aber die NID könnte die auch gut brauchen, vermute ich."
Schaefer schluckte und trocknete sich den Schweiß von der Stirn. NID – Neue Initiative Deutschland - das war diese rechtspopulistische Partei, die immer wieder versuchte, die Konservativen rechtsaußen zu überholen.
„Können Sie sich das merken?"
Schaefer nickte und stand auf. Er dachte an die Kosten für den Umbau seines Bungalows und seine drei studierenden Kinder, Würzburg, St. Petersburg, New York.
„Dann sammeln Sie mal Ihre Parlaments-Pussy wieder ein, fahren nach Berlin und machen sich an die Arbeit."

3

Am Bahnhof Zoo holte er die Satteltasche mit seiner Pistole aus dem verabredeten Schließfach, kaufte eine Tageszeitung und fuhr nach Hause.
Er reinigte die Glock 17 sorgfältig und ölte sie hauchdünn ein. Er mischte sich einen kräftigen Gin Tonic und warf einen Blick in die Abendzeitung: ´Attentat auf türkischen Gemüsehändler`, Mann, waren die schnell. Auch wenn die Nachricht nur kurz und oberflächlich war. Nach dem Täter werde ´im Umfeld` gefahndet, bislang ´ohne belastbare Erkenntnisse`. Würden sie auch nicht kriegen. Aber wieso ´Attentat`, warum nicht einfach ´Mord` oder ´Anschlag`? Ob da schon was durchgesickert war? Konnte eigentlich nicht sein.
Heute Abend würde er Rita fragen. Den Abtransport der Waffe mit dem Fahrrad hatte sie gut gemacht. Er füllte das Magazin der Glock,

wickelte sie sorgsam in einen Putzlumpen und verstaute sie in dem alten Versteck im Schreibcontainer. Auf lange Zeit würde er die nicht mehr brauchen.

4

Etwa 150 km vor Berlin machten sie spätabends Rast in einem entlegenen Gasthof, den ihnen Ernst, ihr Chauffeur, empfohlen hatte, wahrscheinlich, weil sein Zuhause in der Nähe lag und er dann mal bei seiner Familie sein konnte.
Dr. Schaefer MdB sollte es recht sein. Er war hungrig und schlecht gelaunt, der Besuch beim Baron hatte ihm den Tag verdorben. Ein kräftiges Abendessen mit seiner Frau Engelhardt würde ihn entschädigen, für ein, zwei Stunden auf andere Gedanken bringen. Hatte er gehofft. Aber sie redeten die gesamte Zeit über Politik, über das ´toupierte Scheusal` auf Schloss Steuffenberg – Frau Engelhardt konnte den Baron nicht ausstehen, war aber von dessen Tochter Emily offenbar recht angetan – und darüber, was in Berlin alles zu tun wäre, um dieses Scheusal zufrieden zu stellen.

Nach dem vierten Bier landeten sie an der rustikalen Bar, nach zwei weiteren, zu denen sie sich feinsten Doppelkorn gegönnt hatten, bestellte Schaefer Ernst auf morgen früh um und wünschte ihm eine angenehme Nachtruhe zuhause.

Frau Engelhardt kam von der Rezeption zurück und legte die Zimmerschlüssel zwischen ihre Gläser. Und eine Abendzeitung. „In Neukölln ist ein Türke erschossen worden. Gemüsehändler, ´Attentat – politischer Hintergrund?` haben sie ganz theatralisch getitelt. Und das bei einem Gemüsehändler.“ Sie kicherte.

Schaefer kannte den Artikel schon. Er schob die Zeitung beiseite und half seiner Assistentin auf den Barhocker. Gar nicht so einfach bei dem engen Rock. Frau Engelhardt schob ihn einfach ein bisschen höher und prostete ihrem Chef zu. Augenzwinkernd.
„Ich schlage vor, Sie machen jetzt mal Ihren Laptop zu und wir beenden diesen Abend mit einem privaten Finale."

Schaefer schob den Laptop auf die Seite und prostete zurück. Jetzt kam er auf andere Gedanken. Endlich. „Ich heiße Norbert."
„Du weißt ja: Ingeborg – kurz: Inge". Brüderschaftskuss.
Zwei Stunden später fielen sie im Doppelbett übereinander her.

5

Gegen fünf Uhr morgens stand Inge behutsam auf. Der Laptop von Norbert war immer noch geöffnet. Ihrer Handtasche entnahm sie einen USB-Stick, führte ihn seitlich in den Laptop ein und lud die Dateien auf, die ihr wichtig erschienen.
Ihr Chef lag bewegungslos unter der Doppeldecke, die sich im Rhythmus seiner gleichmäßigen Atemzüge hob und senkte.

Eine Viertelstunde später nahm sie den Stick wieder an sich, sammelte ihre Kleidungsstücke ein und schlich über den dämmerigen Flur auf ihr Zimmer. Von dort sandte sie eine SMS an ihre neue Freundin: „GM, Emily: Fidelio, IE".
In zwei Stunden würde der Chauffeur sie abholen.

6

Ihr Frühstück verlief eher peinlich, zumindest soweit sie es gemeinsam einnahmen. Als Ingeborg Engelhardt sich mit einem Teller voller Obst und Müsli zu ihm setzte, hatte Norbert Schaefer bereits einen Stapel von Tageszeitungen angelesen, jeweils nur die Titelseiten, und etliches an Kaffee und Wasser in sich hineingeschüttet. Schon eine ganze Weile saß er gedankenverloren vor den Rühreiern und den kross gebratenen Bauernspeckscheiben, in denen er lustlos herumstocherte. Er war sich sicher, seine Probleme diese Nacht noch um ein weiteres vergrößert zu haben, mindestens um eines, wenn er Pech hatte, um zwei: erstens seine neue Assistentin als Mitarbeiterin verloren, zweitens seine langjährige Ehe gefährdet.
„Guten Morgen."
„Guten Morgen."
Er schaute ihr dabei zu, wie sie Löffel um Löffel Müsli in ihren Mund schaufelte, offenbar bei bester Laune. Wie würde sie reagieren? Hysterische Szenen konnte er jetzt nicht brauchen.
Er schob seinen Teller mit dem kalt gewordenen Fett zur Seite. „Inge - äh, jetzt wieder Frau Engelhardt, hm. Die letzte Nacht sollten wir beide ganz schnell vergessen. Sie hat nie stattgefunden."
Ingeborg Engelhardt zerkaute ein Stück Ananas und lächelte ihn an: „Welche Nacht, Herr Abgeordneter?"

7

Gestern Abend war Rita wohl was dazwischengekommen. Sie hatte ihn per SMS auf heute früh vertröstet, Café Einstein, Unter den Linden. Um diese Zeit war das Lokal fast leer. Idiotischer Ort für ein konspiratives Treffen, dachte er; aber Rita hatte es so gewollt. Er

hatte einen Kaffee vor sich stehen und mümmelte an einem Croissant herum.
Rita erschien kurz nach zehn, unauffällig elegant wie immer. Sie legte ein größeres Kuvert auf den Tisch zwischen ihnen, ein Gala-Heft obendrauf, und bestellte einen Capuccino.
„Ist das für mich? Ich meine den Umschlag."
„Sicher. Was soll die Frage?"
„So ein großer Umschlag für so wenig Geld?" In dem Umschlag sollte sich die letzte Rate seines Honorars befinden, jetzt, nachdem die Medien über das Attentat berichtet hatten.
„Du fragst zu viel. Aber du hast gut gearbeitet, perfekt."
„Wie immer."
„Abgesehen von einer Kleinigkeit."
Seine Katzenaugen verengten sich zu Schlitzen. „Wie bitte?" Kritik an seiner Arbeit mochte er nicht.
„Sie vermissen eine Spur, die du hättest legen sollen."
„Spur? Welche Spur? Hat mir niemand gesagt, nicht einmal erwähnt."
„Eine falsche Spur. Eine Spur in die falsche Richtung."
Er zuckte mit den Achseln.
„Na, ist ja inzwischen wohl auch egal." Rita langte nach ihrem Capuccino.
„Noch ´ne Frage: Die Zeitungen schreiben von ´Attentat` und ´politischem Hintergrund` – klingt so hochtrabend, als sei das Opfer nicht nur im Gemüsehandel tätig gewesen."
„Ist mir auch aufgefallen." Ihre Stimme klang, als hätte sie eine bewegte Nacht hinter sich, brüchig, nachlässig, desinteressiert.
„Ich glaube, er hatte irgendeine islamistische Funktion inne."
„Glauben heißt, nichts wissen."
„Ist auch besser so." Rita nahm einen Schluck aus ihrer Tasse.
Die Größe des Umschlags bewegte ihn immer noch. Er befingerte ihn. „Was ist da sonst noch drin?"
„Dein neuer Auftrag. Mit entsprechendem Vorschuss."
Zufrieden biss er in sein Croissant.

Rita stand auf. Ihr kurzes brünettes Haar stand ihr gut. Bei ihrem letzten Treffen vor Monaten hatte sie noch einen langen blonden Pferdeschwanz getragen. Aber ihr Verhalten war zu geschäftsmäßig, schlechte Tarnung, dachte er.
„Unter diesen Umständen übernehme ich deinen Cappuccino. Vergiss deine Gala nicht."
Sie ließ sie auf dem Umschlag liegen.

Auf dem breiten Boulevard draußen fuhr eine schwarze Mercedes-Limousine an Rita vorbei Richtung Reichstag. Auf dem Beifahrersitz erkannte sie irgendeinen Politiker aus irgendeiner Talkshow wieder, im Fond starrte eine junge Frau in ihren Laptop. Jetzt fiel Rita sein Name wieder ein: Schaffert, oder Schäfer, oder Schläfer hatte der geheißen, aber das war auch schon alles, was sie von der Talkshow vorgestern noch in Erinnerung behalten hatte.

8

Die Besprechungsteilnehmer verließen Raum LE.7.101 des Kanzleramtes einer nach dem anderen. Zurück blieben der Bundesinnenminister, der Präsident des BKA, der Präsident des Verfassungsschutzes, die stellvertretende Regierungssprecherin und die persönliche Referentin der Bundeskanzlerin, die die Tür des 140 Quadratmeter großen Raumes schloss.
Alle Augen waren jetzt auf die Kanzlerin gerichtet, die hinter ihrem wuchtigen Schreibtisch einen Zeitungsartikel las.
„Und was soll ich jetzt hier mit diesem türkischen Gemüsehändler heute Abend?" Sie warf einen Blick auf ihre Schreibtischuhr und reichte die Zeitung dem Innenminister zurück.

Der räusperte sich. „Das war nicht nur ein türkischer Gemüsehändler, sondern der Vorsitzende des deutsch-türkischen Dachverbandes DTDV."
Der Innenminister trug eine dunkle Hornbrille und lispelte. Er sah immer noch aus wie ein Politkommissar des vergangenen Regimes und schien auch immer noch seinen damaligen Anzug zu tragen.
„Was weiß man über den oder die Täter?" Die Kanzlerin sah den BKA-Präsidenten an.
Der griff nach seinen Papieren. „Es gibt derzeit drei Hypothesen: Entweder – Hypothese eins – es handelt sich um eine interne Abrechnung innerhalb der türkischen Gemüse-Mafia; dafür spricht, dass Cem Külahci als rabiater Geschäftsmann bekannt war: Er hat zum Beispiel letztes Jahr …"
„Weiter: Hypothese zwei?"
„Fortsetzung der NSU-Serie mit neuen Beteiligten der zweiten Generation. Sie erinnern sich …"
Die Kanzlerin nickte. „Hypothese drei?"
„Hypothese drei: Ein Anschlag der Terrororganisation der PKK …".
„… die aus unserer Sicht eine terroristische Vereinigung ist. Was sagt das BKA dazu? Haben Sie schon belastbare kriminalistische Erkenntnisse gewonnen?"
„Keine. Überhaupt keine. Leider. Das LKA ermittelt eifrig. Der Generalbundesanwalt hat seine Ermittlungszuständigkeit noch nicht bejaht, wartet aber ab."
Die Kanzlerin griff nach ihrer Shisha-Pfeife. „Dann können wir also jetzt noch aussuchen, was wir verlautbaren lassen."
Sie sah die Stellvertretende Regierungssprecherin an. Zahide Günay, bis vor kurzem noch Praktikantin beim Hürriyet, war in ihr Tablet vertieft und zog das Kopftuch zur Seite, um die Kanzlerin besser verstehen zu können. „Zum Beispiel Theorie eins. Theorie zwei scheint mir im Moment nicht so richtig in die schon aufgeheizte politische Stimmung zu passen."
Die Bundeskanzlerin sah in die Runde, kein Widerspruch, der Politkommissar nickte. „Und die kurdische Geschichte würde unsere

Bevölkerung erneut beunruhigen: 'Die Deutschen importieren durch die Migration die innerstaatlichen Konflikte der Türkei mit Kurdistan`, und so weiter – nein, das können wir nun wirklich nicht brauchen."
„Frau Günay, dann geben Sie morgen die Einschätzung ab, das BKA, LKA neigte zu der Erkenntnis, dass interne Querelen auf dem Neu-Köllner Gemüsemarkt …, und so weiter, und so weiter, Bundesanwaltschaft nicht befasst, Ball flach halten, Sie wissen schon: eine Einschätzung, der die Bundesregierung sich nach derzeitigem Ermittlungsstand anschließt. Einzelheiten mit dem Innenministerium." Die Kanzlerin blickte ihren Innenminister an, der freundlich zurück, danach in Richtung Frau Günay, die für die Bundespressekonferenz morgen früh emsig Notizen in ihr Tablet hackte.
„So, das war's dann wohl." Die Kanzlerin sah zur Uhr und erhob sich.
Alle standen auf.
„Frau Bundeskanzlerin, Dr. Schaefer hat noch einen Termin bei Ihnen, Vorsitzender Innenausschuss, wartet schon seit einiger Zeit draußen." Frau Rabenstett, die Persönliche Referentin.
„Ach, so?" Die Kanzlerin ließ sich in ihren Schreibtischsessel zurückfallen. „Soll reinkommen. Wissen Sie, was der jetzt noch will?" Wieder der Blick auf die Schreibtischuhr. Die Referentin winkte Dr. Schaefer bereits hinein.
„Guten Abend, Frau Bundeskanzlerin."
Die Kanzlerin nuckelte an ihrer Wasserpfeife. „N'Abend, Herr Schaefer, was kann ich denn tun für Sie? Zu so später Stunde. Frau Rabenstett meint, Sie hätten es dringend gemacht." Sie zog Rauch ein und hüstelte.
„Ja, schön, dass Sie es einrichten konnten auf die Schnelle. Ich habe Probleme in meinem Wahlkreis. Erhebliche Probleme."
Die Kanzlerin seufzte. „Wer hat die nicht?"
Schaefer berichtete von seiner Unterredung mit Friedwart Freiherr von Steuffen, dessen Befürchtungen und unverhohlenen Drohungen sowie seiner Bedeutung als Multiplikator des rechten Parteiflügels

der Unionisten. „Wenn wir – Sie – weiter zuließen, dass führende Köpfe unseres Regierungspartners weiterhin unser Vaterland verleugneten, würde er sich überlegen, seine Landschafts-Pflegemittel künftig anderen politischen Parteien und Kräften zur Verfügung zu stellen; er nannte ausdrücklich die NID."

Die Wasserpfeife der Kanzlerin blubberte. „Wie alt, sagten Sie, ist dieser mir sehr wohl bekannte Freiherr?"

„Neunzig."

Die Kanzlerin kicherte. „Dann wird der die nächsten Bundestagswahlen womöglich gar nicht mehr erleben. Was denken seine Erben? Die müssten doch dann alle wohl in unserem Alter sein, oder?"

„Alle stockkonservativ. In der Dynastie der von Steuffens gibt es keine Abweichler. Seit 750 Jahren. Alte Tradition. Aber darauf dürfte es auch gar nicht ankommen."

„Wieso nicht?"

„Erstens bin ich nicht sicher, ob der Freiherr nicht Verfügungen von Todes wegen getroffen hat, die jeden ihm und seinen Ideen abträglichen Zufall ausschließen. So ist er eng verbandelt mit der DGNS und der ihr nahestehenden Stiftung."

„NS? Hab' ich richtig gehört?"

„DGNS – Deutsche Gesellschaft für Nationale Sicherheit", erläuterte Frau Rabenstett aus dem Hintergrund; sie hatte es sich in der Sitzecke bequem gemacht.

„Ultrarechtes Pack", murmelte die Kanzlerin.

„Und zweitens ist der Freiherr entschlossen, hundert zu werden."

„Pffft. Und deshalb haben Sie sich diesen Termin heute Abend bei mir geben lassen?"

„Frau Bundeskanzlerin, als Präsidiumsmitglied unserer Partei und als Vorsitzender des Innenausschusses …".

„Und ich habe heute Abend noch eine Einladung zu dem Empfang bei der amerikanischen Botschaft. Seit einer Stunde warten die da auf mich. Und die Probleme in Ihrem Wahlkreis, Herr Kollege, …".

„Ich muss dem Baron irgendwelche Aktivitäten in der von ihm gewünschten Richtung innerhalb eines Monats vorweisen, Ergebnisse innerhalb von drei Monaten. Ich werde ihm von unserer Unterredung berichten müssen, Frau Bundeskanzlerin. Mindestens das. Was soll ich ihm denn sagen?“
Angewidert legte die Kanzlerin das Mundstück der Shisha auf die Schreibtischplatte. „Er sei von einer Welt von gestern. Schöne alte Welt, aber vorbei. Zweitens: Ich als Bundeskanzlerin bin nicht verantwortlich für persönliche Meinungsäußerungen von Mitgliedern meines Koalitionspartners oder von Volksvertretern in unserem Bundestag.“
Sie drehte sich zu dem dunklen Globus um, der hinter ihr stand. „Und last not least drittens: Hier liegt Deutschland, dieses kleine Fleckchen hier. Überall auf der Welt Konflikte, derzeit, glaube ich, bewaffnete so an die sechzig, zwischen Nationen, Religionen, Splittergruppen, Interessengruppen, Wirtschaftsmächten, Ideologien. Wissen Sie, wie man diese Konflikte beenden kann, ein für alle Mal?“
Mit dem Globus drehten sich Weltmeere, Kontinente, in rote Linien gefasste Staatsgrenzen.
Schaefer schüttelte sein graublondes Haar.
„Ihr Baron auch nicht. Aber ich: Wir müssen unsere Zugehörigkeiten, unsere Eigenheiten, auf die wir immer so stolz waren, die müssen wir aufgeben, unsere Nationen und Religionen, unsere selbstsüchtigen Interessen. Wir müssen ein Weltvolk werden. Wir müssen uns vereinheitlichen. Also weg mit den Grenzen und den Identitäten.“
Ihre kurzen Finger mit den abgekauten Nägeln wischten über den Globus, als wollten sie die haarrissdünnen Staatsgrenzen zerreißen. „Das ist der Weg zu ewigem Frieden und daran arbeiten wir hier. Und das versuchen Sie nun mal, Ihrem alten Baron zu erklären.“
Die Kanzlerin gab Rabenstett einen Wink.

Schaefer erhob sich. „Er wird es nicht verstehen. Und als Vorsitzender des Innenausschusses …“.
„… sind Sie für diese globalen geopolitischen Fragen und Perspektiven gar nicht zuständig, Herr Kollege Schaefer, bei allem Respekt. – Kommen Sie, Rabenstett, auf zur US-Botschaft. Globalization Party.“

9

Für ihr heutiges Treffen hatte er den Ort bestimmt: Opas Trinkschuppen in der Krummen Straße, schön unauffällig, keiner nüchtern, auch morgens nicht, und es gab ein ausgezeichnetes Frühstück, Brotauswahl, Schrippen, drei Spiegeleier, gebratener Schinken, gemischter Aufschnitt, und alles für ein paar Euro, für die man Unter den Linden gerade mal ein halbes Croissant bekam.
Rita schaute sich schon bei ihrem Eintreten angewidert um. Heute trug sie zur Abwechslung schwarze Locken, die ihr nicht standen. Aber hier würde sie ohnehin niemand wieder erkennen.
„Hör' mal, so alle paar Tage mal eben so treffen, das ist eigentlich nicht vorgesehen.“ Sie setzte sich vorsichtig auf die Kante des Stuhls ihm gegenüber.
„Guten Morgen, Rita.“
„Keine Namen.“ Es war ohnehin nicht ihr richtiger.
„Hört hier keiner.“ Nur an der Bar hinten hingen einige Rentner ab. Im Vorgarten frühstückte ein verliebtes älteres Pärchen.
„Du hast es dringend gemacht.“
Sie bestellte sich einen Kaffee.
„Ist es auch.“
Er schob das dritte Spiegelei mit einem Kanten Hausbrot ein, kaute geduldig. „Der Gemüsehändler von neulich war ein VIP. Cem Irgendwas Trallalü war Vorsitzender der DTDV. Und damit ein VIP.“

Ritas Kaffee kam. „Na und? Ist doch alles gut gegangen."
„Für VIPs bekomme ich einen Aufschlag von 25 %. So ist das vereinbart. Möchtest du was essen?"
Sie schüttelte sich. „Also, hör' mal, du hast ja erst im Nachhinein davon erfahren. Diese so genannte Gefahrenzulage wird doch nur bezahlt, wenn besondere Vorkehrungen zu treffen sind, weil diese VIPs sich hin und wieder spezieller Sicherheits- und Vorsichtsmaßnahmen bedienen …".
„Papperlapapp. Wäre das so, hättet Ihr mich ja ohne Warnung in eine Falle laufen lassen. VIP ist VIP. Die 25 % habe ich von meinem Vorschuss abgezogen, nachdem ich gelesen habe, dass mein Freund Cem Trallücü oder so Vorsitzender des Deutsch-Türkischen Dachverbandes ist, äh, war. Die Blätter fehlen mir jetzt für den nächsten Auftrag. Und der wäre dringend, steht auf dem Umschlag."
Er legte sein Besteck zusammen und machte sich eine REVAL an. „Und deshalb sitzen wir hier."
In dieser Kaschemme durfte man alles, sogar rauchen.
Rita dachte nach. Scheiß-Situation. Sie war für den nächsten Auftrag verantwortlich, insbesondere für die Rekrutierung des Personals. Wenn ihr Gegenüber jetzt Ärger machte, bekam sie auch welchen. Vielleicht konnte sie ihn umstimmen.
„Hör' mal, ich bin auch deshalb zu diesem außerplanmäßigen Treffen gekommen, weil die immer noch sauer sind."
Er sah sie fragend an.
„Na ja, du weißt schon: die fehlende Spur in die falsche Richtung. Hatte ich dir schon gesagt: du hättest nach den Vorstellungen deiner Auftraggeber …".
„Zu spät. Das hast du mir erst im Café Einstein gesagt. Nach Erledigung meines Auftrags. Wenn die sauer auf jemanden sind, dann wahrscheinlich auf dich."
Rita versuchte, sich zu erinnern. Hatte sie ihm wirklich nichts gesagt? Von der Spur in die falsche Ermittlungsrichtung, die den Hintermännern so wichtig gewesen war?
„Ich rede mit denen."

„Dann mach' das bald, denn ohne kompletten Vorschuss mach' ich keinen Finger krumm."
Er zog den angewinkelten linken Zeigefinger durch und grinste.
Kurz sann Rita nach einem Ersatzmann, aber auf die Schnelle fiel ihr keiner ein. Zudem würde das den Kreis der Mitwisser vergrößern, was nicht den Gepflogenheiten der Organisation entsprach.
„Hast du dir den Umschlag mit dem neuen Auftrag schon angesehen?"
„Wozu sollte ich? Ohne ausreichenden Vorschuss. Ist das auch wieder ein VIP, für den ich unterbezahlt werden soll? Wenn ja, verlange ich in diesem Fall 50 % mehr."
Je länger Rita darüber nachdachte, umso sicherer war sie, dass ihre Auftraggeber mit einer Auswechslung dieses Mannes nicht einverstanden sein würden. Dieser Mann hier ihr gegenüber war überhaupt nicht zu ersetzen. So einen hatten sie noch nie vermittelt, ein Unikat, ein Spezialist, der über alle Tugenden und Fähigkeiten verfügte, die man in seinem Beruf so brauchte. Aber sie sagte: „Ich kann dir nur empfehlen, dich mit denen nicht anzulegen."
Er sah sie über den Rand seiner Tasse an, als hätte er ihre Worte nicht gehört. Oder als wollte er sagen, Angst kenne er nicht.
„Gib die Empfehlung zurück, Rita. Mit freundlichen Grüßen. Du weißt, wie du mich erreichen kannst."

Rita stöckelte durch den kleinen Vorgarten von Opas Trinkschuppen eilig auf die Krumme Straße zurück. Ihren Kaffee hatte sie nicht angerührt.

10

Auf dem schneeweißen Kiesweg von Schloss Steuffenberg, unmittelbar vor dem Eingangsportal, bremste ein schrillroter Ferrari Testarossa, letztes Modell F 512 M, in Maranello fachmännisch getunt und tiefer gelegt. Eine Kiesstaubwolke stob auf, bevor sie sich dekorativ auf die noch heiße Metallhaube legte.

Für Karl, den Zerberus, hielt der Fahrer ein breites Lächeln bereit, bevor er an ihm vorbei die Marmortreppe rauf stürmte. Karl sah den hellgrauen Straßenanzug im ersten Stock im Arbeitszimmer des Barons verschwinden.
„Friedwart, mein Lieber, einen guten Abend und entschuldige meine unverzeihliche Verspätung. Mein Bolide …“.
Der Baron drehte den Rollstuhl zur Seite. „Ja, der war ja mal wieder nicht zu überhören. Entsetzlich, dieses Röhren! Und als er endlich aus war, hat er noch zwei Mal gefurzt, widerlich!“ Der Alte schüttelte sich.
„Komm her, mein Junge.“ Die beiden Männer umarmten sich flüchtig. „Komm, nimm Platz.“

Baron von Steuffen hatte sich trotz des lauwarmen Sommerabends vor den Kamin rollen lassen, in dem Glut knisterte. Professor Dr. Kallemer, Inhaber des Lehrstuhls für Politische Wissenschaften an der Julius-Maximilians-Universität Würzburg, warf sein Jackett auf den Boden und sich in den Ledersessel, der auf der anderen Seite des Schachtisches stand.
Der Baron setzte einen weißen Bauern zwei Felder vor. „Du bist dran.“
Eine knappe Stunde später warf er seinen König um. „Du hast mal wieder gewonnen.“
„Ohne zu mogeln“, betonte der Professor, „dieser Rotwein ist fantastisch. Schmeckt nach einem besseren Rothschild. Köstlich.“
„Cognac dazu?“

Kallemer winkte ab. „Zu gefährlich. Der wirft meine rote Schleuder so leicht aus der Spur."
„Du mit deinem italienischen G'lump. Der deutsche Mann fährt ein deutsches Automobil. Daimler Benz hat da jetzt einen Zwölfzylinder-Flügeltürer im Angebot …".
Kallemer winkte ab. „AMG GTS. Ist kein Flügeltürer. Flügeltürer war früher. Fünfziger Jahre. Deine Zeit. Und mit 510 PS untermotorisiert. Bin ich schon Probe gefahren. Kommt für mich nicht in Frage. Zwar könnte man den mit einem Turbolader …".
„Den schenke ich dir als meinem Patenkind von mir aus mit Bi-Turbo, wenn du mir dafür versprichst, nie wieder ausländische Marken zu fahren. Schon im II. Weltkrieg waren es die Italiener, …".
„Friedwart, ein Auto kauft man sich weder nach militärhistorischen noch nach politischen Gesichtspunkten."
„Über Politik aber wollte ich mit dir reden, Professor. Für ´ne weitere Partie bin ich eh` zu müde. Du hast doch noch etwas Zeit, hoffentlich?" Der Baron zupfte an seiner dicken Wolldecke herum.
„Aber ja doch." Klaus Kallemer servierte seinem Paten einen Cognac aus dessen Schreibtisch-Bar und goss sich noch Rotwein nach. „Politik hat mich immer schon interessiert."
„Also, die Tage hatte ich unseren Abgeordneten bei mir, diesen Schaefer, Dr. Schaefer. Sitzt im Präsidium der Unionisten und ist immerhin Vorsitzender des Innenausschusses des Bundestages."
„Wichtig, aber leider einflusslos."
„Ich habe ihn darauf hingewiesen, dass unsere führenden Politiker mit defätistischen Äußerungen unser Land, unser aller Vaterland, verleugnen, darunter Regierungsmitglieder. Und ich habe ihn gebeten, drauf hinzuwirken, dass das aufhört."
Kallemer unterdrückte ein Gähnen.
„Und nun lese ich hier in der heutigen Presse, dass unser Justizminister sich öffentlich mit einer Punkgruppe solidarisiert, die in einem ihrer Lieder den Refrain zum Besten gibt: ´Deutschland ist Scheiße, Deutschland ist Dreck! … Deutschland verrecke, das wäre wunderbar`".

Der Baron war laut geworden und wedelte mit einer Zeitung. „Wenn diese Schmutzbuben recht hätten, dann doch allenfalls dadurch, dass unsere Politiker diese Zustände überhaupt erst herbeigeführt haben."
Er ließ eine Papierseite nach der anderen in den Kamin segeln.
Kallemer gähnte.
„Langweile ich dich etwa?"
„Nein, nein. Aber du sagst mir nichts Neues. Abgesehen von deiner Initiative. Hat`s was gebracht?"
„Dieser – wie du sagst – ´wichtige und einflusslose` Idiot, dessen Kinder von meinen Zuwendungen Gott weiß auf welchen internationalen Universitäten rund um die Welt studieren, hatte danach ein persönliches Gespräche mit der Kanzlerin …".
„Ach Gott, die Kanzlerin".
„… von dem er selbst mir noch nicht berichtet hat, von dem ich aber weiß, dass sie ihn hat abblitzen lassen."
„Woher weißt du`s dann?"
Der Alte grinste. Er war stolz auf seine Enkelin Emilia, genannt E-mily.
„Egal. Ich weiß es aus zuverlässiger Quelle. Nun will er noch einen Versuch im Innenausschuss unternehmen und …".
„Vergiss es." Kallemer setzte sein Weinglas ab. „Der Innenausschuss unseres Bundestages hat Wichtigeres zu tun; zum Beispiel befasst er sich derzeit mit Aussiedlerfragen und nationalen Minderheiten."
Der Baron schaute dem Verglimmen der Zeitung im Kamin zu.
„Er ist aber auch zuständig für zum Beispiel unsere Informationsgesellschaft, für Innere Sicherheit und Verfassung, für politische Bildung, Ausländer- und Asylpolitik, Staatsangehörigkeit, Wahlen und Parteien. Und er wird vom Bundesinnenministerium ständig unterrichtet über Tagungen der Justiz- und Innenminister der EU. Er kann die Bundesregierung auffordern, Positionen des Parlaments in die europäischen Entscheidungsprozesse einzubringen, etwa im Bereich Innere Sicherheit."

„Stimmt alles, Friedwart." Gut auswendig gelernt. „Aber die Mitglieder des Innenausschusses sind immer an die Mehrheitslinie der Fraktionen gebunden. Und deshalb – zumindest derzeit – für den Binnenbetrieb des Parlaments zwar wichtig, wie ich sagte, aber bedeutungslos, Wie ich auch sagte."
„Immerhin ist Dr. Schaefer Mitglied des Präsidiums unserer Partei." Das klang so hilflos wie es war.
„Sagtest du ´unserer`?" Kallemer erhob sich. Das ist schon lange nicht mehr unsere Partei, und deine schon gleich gar nicht mehr, mein lieber Friedwart. Das ist nicht mal mehr unser Land. Schon gar nicht unser Vaterland."
Der Baron ruckte vor. „Noch`n Cognac, verdammt noch mal. Was hast du da gesagt?"
Kallemer servierte und wanderte auf und ab. „Hör` mal, du hast neulich deinen Neunzigsten gefeiert, Alterchen. Dein Baujahr hat das Ende der Weimarer Republik erlebt, die unbedingte Hingabe an dein Vaterland während des Tausendjährigen Reiches, die Wiederauferstehung des Landes aus seinen Trümmern in den fünfziger Jahren und den fortfolgenden. Bis Ende der sechziger, Anfang der siebziger Jahre warst du natürlich von deinem Vaterland begeistert …".
„Bin ich heute noch", keuchte der Baron. „nur seine sogenannten politischen Eliten sind es nicht."
„Seither hat sich dein Vaterland geändert, verwandelt, es gab Paradigmenwechsel – und siehe da: du hast noch dieselbe Staatszugehörigkeit, aber es ist nicht mehr dein Land. Du bist wie ein Fels im Strom stehen geblieben, aber das dich umfließende Wasser hat sich verfärbt: Früher war es bunt, dann braun, später schwarz, jetzt rot und grün – und du wirst die Farbe des Stroms nicht beeinflussen können."
„Und ob ich das kann: solange ich da bin und nach mir meine Kinder und Kindeskinder …".

Kallemer dozierte unbeeindruckt weiter. „Was ich sagen will, ist: du kannst nicht nur nicht, du solltest auch nicht. Und ich sage dir, weshalb: Erstens hast du allenfalls noch ein paar Jahre, die du genießen solltest statt aussichtslose Gefechte zu führen. Zweitens: die nachfolgenden Generationen, die nämlich, die es angeht, die haben völlig andere Interessen und leben damit geradezu sorgenfrei. Wenn ich mit meinen Studenten rede, denen ich ein Interesse an Politik unterstelle, stoße ich zwar hin und wieder auf persönliche Zukunftsängste, aber niemand in dieser Generation sorgt sich ernsthaft um die Zukunft unseres Gemeinwesens. Eurokrise: kein Problem, Währungsreformen hat es immer schon gegeben, so alle siebzig Jahre. Was soll`s? Die Überschwemmung unseres Landes mit Migranten: Es wird bunter, internationale, exotischer, abwechslungsreicher - so what? Wir schaffen das, das Leben ist schön."

„Das ist es ja: Ernsthaftigkeit und Weitsicht müssen denen erst wieder beigebracht werden! Wer sonst soll sich denn um diese Zukunft kümmern, wenn nicht die, die in ihr leben wollen, leben müssen. Und dass sie dieses Interesse nicht haben, liegt am Versagen unserer politischen Führer, und genau das rüge ich. Bring mir noch ´nen Cognac!"

„Zwei sind genug. Du willst doch gesund bleiben."

Der Baron schleuderte den Kristallschwenker in den Kamin, wo er zerplatzte. „Recht hast du, Professor, danke. Lass uns noch einen Rotwein trinken."

„Erfreue dich eines jeden dir verbleibenden Tages, fahr durch deinen Park, lass dich durch deine Ländereien kutschieren, dir von deinen Urenkeln deren Smartphones erklären, lerne Schachspielen …".

Der Baron hätte sein Glas jetzt gerne nach seinem Gast geworfen, aber der schenkte soeben Rotwein nach.

„Und kümmere dich nicht um Dinge, für die andere vor dir zuständig sind, und die du ohnehin nicht ändern wirst. Jedenfalls nicht mit dieser Abgeordneten-Attrappe Schaefer."

Die beiden stießen an. „Da magst du recht haben, Klaus. Aber ich werde die Dinge ändern. Denn solange ich die Augen nicht zu mache, fühle ich mich sehr wohl zuständig für dieses Land; es ist auch

mein Land. Und wenn unsere Politiker es nicht ändern, dann eben die DGNS."
Der Professor setzte sich abrupt. „Gut, dass du`s ansprichst. Auf diese DGNS habe ich ein paar Studenten angesetzt, die dieses Phänomen im Rahmen einer Seminararbeit näher untersuchen sollten. Keiner ist fündig geworden. Wie erklärst du dir das?"
Der Alte grinste. „Die DGNS ist ein Phänomen, wie du richtig sagst. Kein Untersuchungsgegenstand für unqualifizierte Wissenschaftler. Nach der DGNS haben schon ganz andere gesucht."
„Ich weiß, meine Studenten hatten jede Menge nachrichtendienstlicher Dokumente in der Hand, vor allem vom Verfassungsschutz. Aber sie landeten überall im Nichts."
„So soll es sein." Der Baron lächelte wissend. „Und weißt du, wo ich jetzt lande? Unten in meinem Treibhaus. Führst du mich runter? Mir ist kalt."

11

Sie standen vor Saal 2101, der für die Sitzung des Innenausschusses reserviert worden war. Viertel vor Zwölf. Schaefers Mobiltelefon summte. Er drückte es Ingeborg Engelhardt in die Hand, die erst seine Aktenkoffer abstellen musste. „Bin nicht mehr erreichbar." Erst als die letzte Aktentasche auf dem Boden stand, konnte Inge die grüne Taste drücken.
Dr. Schaefer grüßte vorbei hetzende Kollegen.
„War schon weg." Inge reichte ihm sein Handy zurück. „Oder soll ich es während der Sitzung bei mir behalten?"
Norbert Schaefer lächelte den ersten Teilnehmern der für Zwölf anberaumten Sitzung zu, die sich an ihm vorbei in den Saal schoben. „Guten Morgen, Herr Kollege, Mahlzeit, Frau Kollegin Möller – nein, gib her, geben Sie her." Er steckte das Telefon in die

Uhrentasche seiner dunkelblauen Anzugweste. War besser so, falls seine Frau anrufen sollte. „Ich muss jetzt da rein."

Inge nahm die Aktentaschen wieder auf. Ihr eigenes Mobiltelefon zappelte. Ein Blick aufs Display: „Freiherr von Steuffen." Sie sah ihren Chef fragend an.
„Tragen Sie schon mal meine Taschen rein. Zu dem Platz in der Mitte, Sie wissen schon." Er riss ihr das Telefon aus der Hand und eilte an die Fensterfront. „Baron? Welch angenehme Überraschung. Hier Schaefer am Telefon. Grüß Gott! Was kann ich für Sie tun? Mein Innenausschuss tagt gleich." 11 Uhr 50.
„Genau deshalb rufe ich an. Sie müssen jetzt Gas geben, Schaefer. Nachdem das Gespräch mit der Kanzlerin ja wohl nicht in unserem Sinne gelaufen ist."
Woher wusste er davon? „Mit der bin noch im Gespräch", log er.
„Wie auch immer: Dieser Ausschusssitzung gleich kommt jetzt umso mehr Bedeutung zu. Gerade weil in Ihrem Innenausschuss eine Reihe von Politikern von den Roten und Grünen sitzen, die Volksvernichtungs-Phantasien bis zur Selbstaufgabe Europas haben; denken Sie zum Beispiel an diese unsägliche Möller oder Müller oder wie die heißt, diese Gewohnheits-Verleugnerin von den Grünen …".
„Möller." Die hatte er soeben begrüßt.
„Erst gestern Abend noch erklärte sie in einer Talkshow unseres zwangsfinanzierten Staatsfernsehens, warum man Deutschland verraten müsse, wenn man die Sache mit der umfassenden Emanzipation des Menschen ernst meine."
Schaefer erinnerte sich, dass Frau Möller sogar ihre adlige Herkunft verleugnete.

„Denken Sie daran: Seit wir daran scheiterten, unsere Nachbarn zu unterwerfen, sind wir Deutschen die Unterwürfigkeit in Person. Schöner Einleitungssatz für Sie gleich, oder? Mit Selbstaufgabe und Selbstverleugnung muss jetzt Schluss sein. Wir brauchen wieder

Rückgrat, vor allem unsere Politiker. Pflanzen Sie denen das gleich ein, zum Donner!“
11 Uhr 58. „Mach` ich, Baron, mach` ich.“
„Viel Erfolg. Entweder Sie haben ihn oder ich werd` ihn haben. Auf meine Art. Die wollen Sie nicht kennen lernen. Ende.“
Schaefer drückte das Gespräch weg und schob sich in den von einer Fensterfront und zwei runden Sitzreihen aus hellem Holz beherrschten Saal. An dem kleineren Rund hastete er vorbei in die Mitte des größeren Runds, an dem seine Assistentin hinter dem für ihn als Vorsitzenden reservierten Platz in der Mitte bereits ihre langen Beine übereinander geschlagen hatte. Sie lächelte ihm aufmunternd zu. Zerstreut gab er ihr das Handy zurück. Weshalb rief der Baron ihn unter Inges Nummer an? Woher hatte er ihre Nummer überhaupt? Ihm fiel die Frage von vorhin wieder ein: Woher wusste der Baron vom Misslingen seines Gesprächs mit der Kanzlerin neulich? Und woher wusste er von der eben jetzt beginnenden Ausschusssitzung? War da doch was an die Medien durchgereicht worden? Hatte der Baron womöglich Drähte zu Medien und anderen Abgeordneten, von denen er, Schaefer, nichts wusste? Das war natürlich gut möglich. Und Inge konnte ihre Telefonnummer der Baronesse gegeben haben, zu der der Baron sie ja in den Schlossgarten zum Spielen geschickt hatte. So dürfte es gewesen sein.

Inge hatte das Manuskript auf das Stehpult gelegt. Er ergriff das Mikrophon. Die ersten beiden Sätze sprach er frei.
„Meine Damen und Herren, sehr geehrte Kolleginnen und Kollegen. Ich eröffne die heutige Sitzung unseres Ausschusses, zu der ich Sie herzlich begrüße. Seit wir Deutschen daran gescheitert sind, unsere Nachbarn zu unterwerfen, sind wir selbst zur personifizierten Unterwürfigkeit geworden.“
Die wenigen Abgeordneten, die ihm zugehört hatten, blickten verwirrt auf.
„Damit sollte jetzt Schluss sein.“

12

Er drückte seine REVAL aus und klickte sich noch mal in den Polizeicomputer ein. Kein Zweifel, da stand es: Cem Külahci war nicht nur Vorsitzender des deutsch-türkischen Dachverbandes DTDV gewesen, sondern auch Vizechef des Türkischen Ringes, einer Schlepper- und Schleuser-Organisation, die illegal Türken, Syrer, Afghanen, Pakistani, Bangladeschi, Eritreer und andere aus der Türkei über Österreich in die BRD schmuggelte, und damit die offizielle Politik der Republik desavouierte, insbesondere das Deutsch-Türkische Abkommen über Flüchtlings-Rückführungen unterlief. Ohne dass die Behörden dagegen bislang eingeschritten wären oder das auch nur beabsichtigten.
Ob es das war, was seine Auftraggeber bewogen hatte, Külahci liquidieren zu lassen? Keine Ahnung, welche Zwecke die verfolgten. Und kein Mensch hatte ihn gebeten, eine falsche Fährte zu legen, aus der er hätte Schlussfolgerungen ziehen können, niemand. Und den VIP-Bonus hätten sie zweimal Veranlassung gehabt, ihm zu bezahlen.
Er fuhr seinen PC runter und verschlüsselte eine handschriftliche Nachricht für Rita. Er sollte ihren Kurier gleich unten treffen.

Pünktlich um Vier betrat er das Café unten an der Ecke. Den Kurier erkannte er an seinem blau gestreiften weißen Wollschal: ein vierschrötiger Junge, der überhaupt nicht zu dem italienischen Ambiente des Lokals passte. Der Typ blätterte auffällig unbeteiligt durch ein Bilderheft. Wieder so eine Scheiß-Idee von Rita. Den nächsten Treffpunkt würde wieder er bestimmen – falls es noch ein Treffen geben sollte. Besser nicht, dachte er, zog seine tief sitzende Sportkappe noch ein bisschen weiter runter und stellte sich zwei Tische hinter den Kurier an die Bar.
„Espresso bitte." Er bezahlte gleich.
Nach zwei Minuten ging der Junge zur Toilette. Seine aufgeblätterte Lektüre ließ er auf dem Tisch neben einem halb leeren Glas

Limonade liegen. Auf Seite 4 des Bilderheftes links oben war ein Wort markiert: 'Negativ'. Jemand hatte 'leider' daneben geschrieben, wahrscheinlich Rita.
Der Gast an der Bar schlug die Heftmitte auf und klemmte seine Nachricht rein, verpackt in eine Werbebeilage, auf die er schnell noch mit links 'DITO' kritzelte, in unbeholfenen großen Lettern. Das Heft legte er an seinen alten Platz zurück. Als der Junge wieder von der Toilette kam, ging er bereits auf den Ausgang zu und zündete sich eine REVAL an.

Den Mann, der aus dem auf der gegenüber liegenden Straßenseite parkenden Subaru Videoaufnahmen von ihm machte, bemerkte er nicht.

13

Der könnte es sein, dachte der Mann in dem Subaru und setzte seine Handy Cam ab. Groß gewachsen, schlaksig, sportlich; leider verdeckte die Tarnkappe sein Gesicht auf diese Entfernung und aus dieser Perspektive fast vollständig. Der Kerl hatte zwar mit diesem vierschrötigen Typen bei dem Italiener kein Wort gewechselt, sich aber dessen Zeitung angeguckt und sie gleich danach wieder zurückgelegt. War alles auf dem Video. Das könnte die Zielperson sein. An der nächsten Ecke schnipste er die halb gerauchte Zigarette weg. Der Beobachter gab seinem Partner ein Zeichen: Kippe aufsammeln. Und griff wieder zur Kamera. Denn der Bub mit dem weißblauen Wollschal redete kurz mit der Bedienung, klappte seine Unterlagen zusammen, die jetzt aussahen wie ein Comic-Heft, und verschwand um die nächste Straßenecke. Kamera aus.
Sein Partner ließ sich neben ihn in den Subaru fallen. „REVAL“, sagte er.

14

Aus Gewohnheit hielt er kurz inne, bevor er das Haus betrat, in dem er das möblierte Appartement kurzfristig angemietet hatte. Alles easy, bis auf den Fußgänger, der ihm offenbar gefolgt war. Er schob sich in den Hauseingang, beobachtete aber weiter. Dem Fußgänger fiel ein Päckchen Papier-Taschentücher aus der Hose; er bückte sich, um es aufzuheben, ergriff aber dabei eine Kippe, die auf dem Bürgersteig lag, seine REVAL, mit irgendeinem durchsichtigen Handschuh. Jetzt klaubte er seine Taschentücher auf und ging – nicht etwa weiter auf ihn zu, sondern zurück zu dem auf der anderen Straßenseite parkenden Subaru-Lieferwagen. Genau gegenüber dem Scheiß-Italiener, in dem er soeben diesen Scheiß-Kurier getroffen hatte. Wo war der überhaupt?
Seine Alarmsysteme glühten. Was war zu tun? In welcher Reihenfolge? Eines war klar: Nach oben in sein Appartement führte jetzt kein Weg mehr. Er drückte sich gleichwohl in den Hauseingang, verließ das Anwesen aber auf der Rückseite. In der kleinen Gasse hinter dem Haus sah er den Buben mit dem blau-weißen Wollschal wieder. Ihm folgte er vorsichtig.

15

Am Abend hatte Rita seine Nachricht entschlüsselt: ´Zp war nicht nur Vorsitzender DTDV sondern auch Vizechef des türkischen Ringes. VIP-Aufschlag damit mehr als gerechtfertigt. Es bleibt beim Einbehalt. Stehe für neues Mandat erst und nur zur Verfügung, wenn Vor- und Nachschuss ausgeglichen werden, wie vereinbart mit Zuschlag 50 %. Innerhalb 36 Stunden`.
Unverschämt. War der Öffentlichkeit alles nicht bekannt. Aber gut recherchiert. Konnte er nur aus dem Polizei-Computer wissen. Oder

von irgendeinem Kumpel aus seinen alten Netzwerken. Die Möglichkeiten und Beziehungen hatte er ja. Ärgerlich. Und gefährlich. Rita schlug mit der flachen Handfläche auf die Tischplatte. Das Comic-Heft fiel zu Boden. Sie musste sofort was unternehmen.
Sie verbrannte die Nachricht und nahm den Lift in die Tiefgarage. Ihr Wagen war nicht abgeschlossen. Merkwürdig, musste sie vergessen haben. Sie fuhr die Rampe hoch, fädelte sich in den Verkehr ein und fuhr Richtung Mitte. Es ging mühsam voran, Spandau, Charlottenburg. Erst auf der Straße des 17. Juni konnte sie beschleunigen. Aber nur kurz. Eine heftige Bewegung auf der Rückbank ließ sie zusammen zucken.
„Fahr rechts ran, Rita, und halte in der Parkbucht dort vorne. Ganz ruhig."
Sie tat, was er sagte. Ihr Range Rover stand, die acht Zylinder blubberten noch. Erst jetzt tauchte sein Gesicht im Rückspiegel auf.
„Was soll das werden? Du erschrickst mich. Deine Nachricht habe ich erhalten. Schade".
Sein Gesicht kam näher. Sie konnte seinen Atem riechen, Zigarettenrauch.
„Halt`s Maul. Wir wurden observiert. Dein unprofessioneller Kurier und ich. Geht das von Euch aus oder könnt Ihr es nicht besser? Jedenfalls bin ich draußen."
Langsam löste Rita sich aus ihrer Schockstarre. Er war offenbar unbewaffnet. Jedenfalls drohte er mit nichts.
„Hör` mal, wir können doch – Jens, ich wollte gerade zur Zentrale. Wir werden eine Lösung finden."
Sie kannte sogar seinen Namen. Woher?
„Hab` schon eine für dich".
Seine Linke presste sich mit einer schnellen Bewegung gegen ihre Stirn, gleichzeitig packte seine Rechte ihren Hinterkopf. Eine ruckhafte Drehung, ein knirschender Knacklaut, Genickbruch.

Fußgänger tauchten aus der Dunkelheit auf. Er hielt Ritas Kopf in inniger Umarmung und küsste sie mehrfach, bis die Passanten endlich im Rückspiegel verschwunden waren. Ritas lebloser Blick fiel auf den Asphalt links neben dem Fahrersitz. Abendlicher Verkehr dröhnte an ihnen vorbei. Jens zog die CD aus dem Navigationsgerät, stellte den Motor ab, entnahm Ritas Handtasche zwei Mobiltelefone und ihre Ausweispapiere, verdeckte ihr Gesicht mit ihrem Gucci-Schal und stieg aus. Aus dem diffusen Licht der Straßenbeleuchtung tauchte er in die Dunkelheit der weitläufigen Grünanlagen ein. Ein einsamer Spaziergänger im Tiergarten.

16

Nachdenklich legte der Baron die Tageszeitungen auf die Seite. Die Berichte über die Sitzung des Innenausschusses erschienen meistens unter ´Politik`, in einigen Blättern sogar nur unter ´Vermischtes`. Das Ergebnis kannte er ja schon seit gestern, nachdem ihm seine Enkelin Emilia davon berichtet hatte. Die Resonanz in der Presse war noch niederschmetternder: ´Vorsitzender Innenausschuss macht sich lächerlich …`, ´Sitzung über Deutschland und seine Identität gerät zur Farce`, ´Eklat im Innenausschuss des Deutschen Bundestages: Vorsitzender Schaefer wird ausgebuht …`.

Weniger kritische Stimmen wurden ausschließlich von Medien veröffentlicht, die den so genannten rechtspopulistischen Parteien nahe standen: ´Wir wissen nicht mehr genau, wer wir sind oder wer wir sein wollen. Was macht uns als Deutsche eigentlich noch aus?`
Gute Frage, fand der Baron und blätterte weiter. Die Partei der Identitären PdI hatte im Ausschuss eine Antwort versucht – ´kulturelle Identität als Projekt von Gegenwart und Zukunft`, war aber niedergebrüllt worden.

Der Innenminister, der den Baron immer noch an die Politkommissare der DDR erinnerte, war informationshalber zur Sitzung geladen worden, hatte aber wegen eines Migrationsgipfels dann doch absagen müssen. Einen seiner Staatssekretäre hatte er ausrichten lassen, ´alles fließe nicht nur, nein, alles müsse fließen, und zwar jederzeit`, und niemand könne ausschließen, dass sich Deutschland im Strom des Flusses – er meinte die Globalisierung – ´ändern, verändern und schließlich verschwinden` würde.

Deutschland, seit 1.200 Jahren in den Geschichtsbüchern, lief Gefahr, aus seinem Flussbett hinausgeworfen zu werden, zu versickern. Der Baron fegte den Zeitungsstapel von der Schreibtischkante auf einen der handgeknüpften Teppiche, Richtung Kamin. Die Stirnadern unter seinem Toupet schwollen an.
„Karl“, brüllte er, „Emilia“.
Viel Zeit hatte er nicht mehr. Keinesfalls die Zeit abzuwarten, ob und bis die PdI oder die NID ihre politischen Ansichten mehrheitsfähig gestaltet hätten. Es musste gehandelt werden. Und zwar jetzt und sofort.

17

„Der könnte es sein“, sagte der Polizeibeamte und stoppte den Bildvorlauf. Die Projektionswand zeigte einen hoch gewachsenen Mann um die Vierzig mit einer Art Sportkappe, die er sich tief ins Gesicht gezogen hatte. Er verließ soeben ein Café und trat auf die Straße.
„Weil er REVAL raucht oder weshalb?“ knurrte der Beamte, dem sie das Video vorspielten. „Name, Aufenthaltsort?“
„Immerhin hat uns eine der Zielpersonen zu ihm geführt“, merkte der Dritte an.

Auf der Projektionswand erschien ein junger Schlacks, der einen auffälligen gestreiften Schal trug. Der Film zeigte ihn beim Betreten und beim Verlassen des Cafés, beide Male hatte er ein Heft unter dem Arm.
„Und da drin soll die Botschaft sein?“ schnarrte der Vorgesetzte. „Unter diesem Kinderarm?“
„Vermuten wir.“
Der Beamte spielte verlegen mit dem Subaru-Schlüssel.
„Namen und Aufenthaltsort der Verdächtigen haben wir nicht. Wir haben beide Männer verloren, vermuten aber …“.
„Immerhin stand der Junge mit dieser Rita Renner in Verbindung, die für diese auffällige Adresse arbeitet, die sie Zentrale nennen.“
Der Vorgesetzte sprang auf.
„Ist mir alles zu wenig. Ich leite die Akte an das LKA weiter. Sollen die damit machen, was sie für richtig halten. Bis dahin observieren wie ihre Zentrale und dieses Café. Und warten auf den Vergleich der DNA-Spuren an diesen REVAL-Zigaretten.“

18

Die Zentrale hatte Jens Timmermans der Navi-Scheibe und einem von Ritas Handys entnommen: Es musste die Deutsch-Türkische Handelsgesellschaft DTHG sein, Pariser Platz 6 b, gleich neben dem Brandenburger Tor, 2. Stock links, Telefon 2068871. Das Straßenlokal schräg darunter bot optimale Observationsmöglichkeiten. Er musste wissen, wer der Auftraggeber seiner Auftraggeber war – etwa die DTHG selbst, um einen der ihren neutralisieren zu lassen, und wer ihn beobachtete – bei einem Treffen mit einem von Rita beauftragten Kurier? Eine weitere Zusammenarbeit war nicht auszuschließen aber doch eher unwahrscheinlich, vor allem nach Ritas Exitus. Auch deshalb durften sie ihn auf keinen Fall aufdecken.

Am Abend des dritten Tages wusste er drei Dinge: Ein Mann, der jeden Mittag mit Anzug und Krawatte in den Räumen der Zentrale erschien, hielt sich dort bis kurz vor Mitternacht auf und arbeitete die letzten Stunden des Tages allein am Computer, wie an dem bläulichen Lichtschein zu erkennen war, den abends die weiße Decke reflektierte. Zweitens: Der Hausmeister war ein langer Lulatsch, der am frühen Abend jeweils noch einen Kontrollgang machte, bevor er seinen grauen Kittel in dem Kellerbüro an den Haken hängte und Feierabend machte. Und schließlich: Von diesem Büro gab es einen unmittelbaren Kellerein- und Ausgang auf die Ebertstraße, während der offizielle Ausgang des Bürogebäudes auf den Berliner Platz hinausführte.

Am Abend des zweiten Tages hatte er seinen alten Freund Heintz in Würzburg auf seinem Mobiltelefon angerufen und ihn wissen lassen, er brauche ihn für einen heißen Auszug. Heintz hatte zugesagt, aber erst für übermorgen. Morgen müsste er noch eine wichtige Klausur schreiben.

19

Dr. Ender Kücük sah Lippen kauend auf den Pariser Platz hinunter. Seit drei Tagen schon war seine Kurierin verschwunden, ihr Range Rover angeblich in einen Verkehrsunfall verwickelt, ohne dass die Behörden irgendwelche Einzelheiten verlauten ließen. Offiziell anfragen konnte er nicht, aber er hatte gestern schon mal bei seinem Kontaktmann in der Botschaft angefragt.

Es klingelte. 21 Uhr. Keine Zeit, in der Besucher zu erwarten waren. Vielleicht jemand aus einem der benachbarten Büros. Oder der Hausmeister. So spät noch? Er ließ sein Jackett über der Stuhllehne hängen und spähte durch den Türspion. Der Hausmeister, er erkannte ihn an seinem Kittel. Er zog die Tür auf. Die kam ihm mit einem heftigen Ruck entgegen, knallte ihm gegen Stirn, Nase und Brustkorb. Alles wurde schwarz. Er taumelte zu Boden.

Als er wieder aufwachte, war alles nass. Die Dusche, unter der er saß, war zwar abgestellt, musste aber bis vor kurzem noch gelaufen haben; jedenfalls klebten Hemd, Weste, Hose klitschnass an seinem zitternden Körper. Seine Beinkleider, Socken und Schuhe waren voll gepisst, hoffentlich war ihm das vor der Dusche passiert. Auf dem nassen Hemd entdeckte er Blutspuren, Stirn, Nase und Brustkorb schmerzten. Hand- und Fußgelenke waren mit Klebestreifen an dem Stuhl befestigt, auf dem er in der Duschwanne saß. In seinem Mund steckte was, was nach Seide schmeckte und seine Krawatte sein konnte; auf seinen Wangen ziepten Klebebänder. Er schüttelte sich, ruckelte an dem Stuhl, versuchte, seine Zunge unter den Knebel zu schieben, aber es half nichts und er verspürte Brechreiz. Alles, was er raus bekam, war ein klägliches Brummen.

Endlich tauchte ein Gesicht vor ihm auf, maskiert. Ruhige dunkle Katzenaugen über einem Schal, der bis zur Nasenspitze hoch gezogen war, über der Stirn eine Kappe. Gummi-Handschuhe. Kein sympathisches Arbeitsgerät.

„Ender“, sagte die Stimme, „ich hab` mir gerade mal Euren PC angeschaut. Das sieht mir ganz danach aus, als ob Ihr hier den Anschlag auf diesen türkischen Gemüsehändler, diesen Kühlani oder so, in Auftrag gegeben habt.“
Der Typ schnalzte missbilligend mit der Zunge. „Aber es sieht auch so aus, als wenn Ihr selbst auch nur im Auftrag gehandelt habt. Wäre ja auch komisch, wenn Ihr Türken Euch Türken umbringen lassen würdet, oder?“

Wieder missbilligendes Zungenschnalzen. „Und dann wolltet Ihr auch noch eine falsche Spur legen: die Deutschen sollten wohl wieder mal die Täter sein."
Enders Kopf wurde an den langen schwarzen Haaren nach hinten gerissen. „Dazu habe ich ein paar Fragen. Ganz einfache. Und ganz einfach zu beantworten. Wenn du antworten willst, nicke."
Ender nickte. Der Typ im Hausmeisterkittel musste irgendwas mit Ritas Verschwinden zu tun haben. Jetzt riss er ihm das Klebeband vom Gesicht und zerrte ihm die Krawatte aus dem Hals. Ender versuchte, endlich wieder tief durchzuschnaufen.
„Wer war euer Auftraggeber? Da ist immer von ´Botschaft` die Rede. Wie ist das gemeint? Welche? Wer?"
Ender krächzte und prustete. „Also, hören Sie mal, Mann …".
Das war offensichtlich die falsche Antwort. Der Typ schlug ihm mit der Außenfläche seiner rechten Hand heftig auf den Mund, stopfte ihm die nasse Krawatte wieder zwischen die blutenden Lippen und drehte die Dusche an.

Ender wusste nicht, wie lange die lief. Die gefühlte Ewigkeit des eiskalten Wassers und seine Erstickungsanfälle könnten eine viertel oder eine halbe Stunde gedauert haben. Alles tat ihm weh, aber durch das eiskalte Wasser fürchtete er nur noch seinen baldigen Erfrierungstod. Falls er nicht vorher erstickte. Sein durchnässter Krawattenknebel wurde immer schwerer und raubte ihm mehr und mehr die Luft.

Endlich tauchte sein Peiniger wieder auf. Ender wollte vor Freude strampeln, aber das ging nicht und wäre auch verfrüht gewesen – der Typ ließ das Wasser weiter laufen und hielt ihm die Faust vor die blutende Nase. Daumen rauf, Daumen runter. Beim zweiten Mal ´Daumen rauf` nickte Ender schnell.
Wieder diese sonore Stimme.
„Wenn du Zicken machst, Alter, überlebst du den Abend nicht, hörst du? Ich will jetzt eine belastbare Antwort oder du säufst hier ab."

Ender nickte, heftiger als vorhin. Das ruckhafte Abziehen des Klebebandes war schmerzhafter als beim ersten Mal, das Rausziehen der Krawatte dafür umso angenehmer. Ender schüttelte sich, würgte und kotzte. Das laufende Wasser spülte alles in den Gully. Erst danach stellte sein Folterknecht die Dusche ab.
„Also, was jetzt? In eurem Programm entdecke ich an entscheidender Stelle immer und immer wieder die Buchstabenfolge RUSA, manchmal auch mit G – GRUSA. Was heißt das? Wer steckt dahinter?"
Ender keuchte und spuckte. „Ein Glas Wasser bitte."
Der Typ machte die Dusche wieder an.
Ender schüttelte sich und hustete. „Ich kann das nicht in einem Satz erklären. Ist eine längere Geschichte. Wo ist Rita?"
Was folgte, ging sehr schnell, so schnell, dass Ender es kaum mitbekam. Das kalte Duschwasser strömte wieder auf ihn ein, ihm wurde ein größeres Stoffteil in den vom Schmerzensschrei aufgerissenen Mund gestopft, ein Handtuch, über das das Wasser jetzt in seinen Rachen lief. Gleichzeitig wurde sein Kopf wieder nach hinten gerissen. Waterboarding.

Es dauerte eine Weile, dann schien die Qual des Wassers nachzulassen. Sein Brustkorb schmerzte fürchterlich. Blut floss in den Ausguss. Das hätte er dem Hausmeister nicht zugetraut, dachte er, und da begriff er, dass er dabei war, seinen Verstand zu verlieren. Das war ja gar nicht der Hausmeister, hämmerte es in seinem Hirn, das ist ja gar nicht … Der Typ vor ihm riss das Tuch aus seinem Mund. Winselnd biss sich Ender auf die aufgerissenen Lippen.
Der Peiniger riss Enders Kopf nach oben. „Wer jetzt?"
Es war Zeit zu reden. Höchste Zeit. „Beide."
„Wer beide?"
Der Typ wedelte mit dem nassen Handtuch vor seinem Gesicht herum während er mit seiner rechten Hand Enders Haarschopf hinten festhielt.

„USA und Russland. Die Botschaften da drüben. Wegen der DGNS."
„DGNS?"
Ender schnappte nach Luft und probierte ein Nicken Richtung Potsdamer Platz und Unter den Linden. „Die GRU, der russische Auslandsgeheimdienst, Militär …".

Jens Timmermans sah auf seine Uhr. 22 Uhr 25. Keine Zeit mehr. Er half dem Nicken seines Opfers mit einem heftigen Ruck an dessen Haarschopf nach. Er arrangierte das Bad ein wenig um, entfernte die Klebebänder, warf das nasse Handtuch über die Heizung, beseitigte die wichtigsten Spuren seiner Anwesenheit, säuberte sich und verließ das Bad. Schal und Baseballkappe legte er ab, Videokameras gab es keine. Zurück im Büro entnahm der dem Zentralrechner der DTHG den USB-Stick, auf den er sich die wichtigsten Dateien geladen hatte, kramte seine Sachen zusammen und ging nach einem letzten kurzen Kontrollgang in den Flur. Den Computer ließ er an.
Der Lichtstrahl im Flur beleuchtete ein gerahmtes Zitat des türkischen Präsidenten: ´Die Demokratie ist nur der Zug, auf den wir aufsteigen, bis wir am Ziel sind. Die Moscheen sind unsere Kasernen, die Minarette unsere Bajonette, die Kuppeln unsere Helme und die Gläubigen unsere Soldaten`.
In einem daneben hängenden Rahmen rief der der Kanzlerin zu: ´Du hilfst mir, damit ich eines Tages die Kontrolle über dich erlangen kann`. Auch das Licht ließ er an.

Im Souterrain hängte er den grauen Kittel neben die grotesk verdrehte Leiche des Hausmeisters, bevor er auf die Ebertstraße hinaustrat.

In dem Subaru-Lieferwagen gegenüber stupste der Beamte seinen Kollegen wach. „Hausmeister geht 23 Uhr 15".

Er machte eine Notiz. Sein Kollege schaute mit halb geöffneten Augen nach oben auf das Bürogebäude. „Dieser Doktor arbeitet immer noch“, sagte er und schlief wieder ein.

Als Jens den Subaru-Lieferwagen auf der anderen Straßenseite wieder erkannte, wusste er, dass er einen Fehler gemacht hatte – die Türken würden sich doch wohl nicht gegenseitig observieren. Bewachen von hier unten sicher auch nicht. Er war es, auf den sie es abgesehen hatten, ohne dass er sie hierher geführt haben könnte; das schloss seine Tarnung aus. Bloß nichts anmerken lassen. Er bummelte gemächlich durch das Brandenburger Tor. Wer waren diese beiden Typen? Aus einem solchen Subaru hatten die schon vor einigen Tagen seine Spur aufgenommen. Wenn das dieselben waren – und so sah es aus -, dann hätte er in den letzten Tagen keines seiner Probleme gelöst. Dafür aber eines mehr.

20

Die beiden jungen Damen saßen in der sechsten Etage des KaDeWe gemütlich bei ein paar Austern zusammen. Die Sitzecke, die sie ausgesucht hatten, lag etwas abseits von den Touristenströmen, die sich weiter weg von ihnen gaffend und schmatzend durch die Feinkostabteilung schoben.

„Glaubst du, dass dein Chef für meinen Großvater politisch noch irgendetwas ausrichten kann?“
Die Baronesse nahm einen Schluck Chablis. „Mal ganz ehrlich.“
Ingeborg Engelhardt beträufelte eine Auster mit Zitrone. Würde sie die Frage bejahen, müsste sie lügen; würde sie sie verneinen, wäre sie ihrer neuen Freundin Emily nicht weiter von Nutzen. Aber das

wäre sie gerne, bei deren märchenhaften familiären Hintergrund.
„Es kommt darauf an."
„Worauf?"
„Was dein Opa jetzt will. Die bisherigen Versuche – Kanzlerin, Bundestagsausschuss – dürften als gescheitert gelten, zumindest derzeit. Außerdem befürchte ich, dass Dr. Schaefer Lunte gerochen hat. Der Anruf kurz vor der Sitzung neulich – und dann auch noch auf meinem Handy – hat ihn, glaube ich, skeptisch gemacht. Das muss ich erst wieder reparieren."
„Fickt ihr noch?"
Inge schüttelte ihre blonden Locken. „Nicht miteinander. Auch das traut er sich nicht mehr. Ehefrau, Familie, na ja, du weißt schon. Ließe sich aber sicher wieder arrangieren."
Emilia Baronesse von Steuffen spielte mit ihrem Weinglas. Ihr struppiges kurzes Haar stand in alle Richtungen ab. Eigentlich ist alles an dir struppig, dachte Inge, die ihrer neuen Freundin beim Nachdenken zusah.
„Politische Pläne? Absichten? Hat dein Chef so was?"
Emilys Stimme war rau und herrisch. „Einfluss auf höhere Ebenen? Netzwerke – mit wem? Wo sind Ansatzpunkte?"
Schwierige Fragen. Inge nahm die letzte Auster und bestreute sie mit Pfeffer.
„Kann ich in Erfahrung bringen. Wenn ich bloß wüsste, in welche Richtung die Intentionen deines Großvaters gehen. Das würde meine Undercover-Arbeit erleichtern".
Inge lächelte. Soweit sie das durchschaute, lag ihrem Chef ausschließlich an zwei Dingen: an seinem Bundestagsmandat und an der Frage, wie er es über die nächsten Wahlen retten konnte.
Die Baronesse hatte den Eindruck, dass sie nicht weiterkam, und rief nach der Rechnung.
„Inge, bei allem Respekt: Aber ich denke nicht, dass Dr. Schaefer uns noch helfen kann. Was bedeutet, dass meine Familie auch ihm und seiner Familie nicht mehr helfen wird. Aber sag` ihm das nicht, das erfährt er früh genug."

Andererseits konnte es nicht schaden, einen nicht ganz unbedeutenden Bundestagsabgeordneten mit eine Affäre erpressbar zu halten, auch mit einer abgelaufenen. Sie legte zwei Scheine auf den Tisch.
„Kann ich Euch denn sonst noch irgendwie behilflich sein? Als Bundestags-Assistentin? Ich begegne da vielen anderen Politikern, und meine Position ist flexibel …“.
Emily nickte.
„Und wie?“
„Das erfährst du dann noch rechtzeitig, mein Schatz.“
„Und wohin gehen nun die Pläne deines Großvaters? Ich meine, ich könnte dann gezielter …“.
„Das willst du nicht wirklich wissen, Schätzchen.“ Emily begann, Inges Unterarm zu streicheln.
„Noch nicht.“
Warm halten, hatte ihr Opa angeordnet. Das würde sie tun. Heiß machen würde sie diese Inge. Noch später vielleicht verheizen, wenn es sein musste.

21

In dem dunkelgrauen Skoda in der Schillerstraße dämmerten zwei Polizisten vor sich hin. Nachtschicht vor dem Anwesen, in dessen oberster Etage die Zielperson angeblich wohnen sollte, dort aber seit Tagen nicht mehr erschienen war. Der REVAL-Raucher. Die vergleichende DNA-Probe hatte ergeben, dass die Zielperson mutmaßlicher Attentäter des neulich brutal erschossenen türkischen Mitbürgers Cem Külahci war. Das LKA hatte gut gearbeitet. Nur seinen Namen hatten sie noch nicht. Es war ein Uhr morgens. Das italienische Café an der Ecke hatte noch auf.
Den Mann in dem dunklen Sportanzug, der mit der umgehängten Sporttasche über den Gartenzaun setzte und an den Hintereingang

des Hauses schlich, konnten die Polizisten nicht sehen. Der Mann schloss die Tür auf und stieg zügig das dunkle Treppenhaus hinauf. Im obersten Stockwerk öffnete er die Etagentür und schaltet seine Stirnlampe ein. In ihrem Schein packte er ein paar technische Spielzeuge aus, die er sorgfältig geordnet auf dem Schreibtisch bereitstellte. Anschließend sammelte er anhand einer Liste die Sachen ein, die Jens ihm aufgeschrieben hatte, darunter sämtliche Disketten, etliche Papiere und eine versteckte Glock 17. Er verstaute alles in seiner umgekrempelten Sporttasche, überprüfte, ob er irgendwas übersehen hatte, und machte sich ans Werk.

Knapp sechzig Minuten später verließ er das Haus durch den Vordereingang und trat hinaus auf die Schillerstraße. Vor dem nieseligen Herbstregen schützte ihn der hohe Kragen des langen Popeline-Mantel, der ein paar Nummern zu groß für ihn schien. Die Sporttasche sah jetzt aus wie eine Reisetasche, mit der er an dem Skoda vorbei Richtung Kantstraße ging. Das italienische Café machte soeben zu.

Die Polizisten wachten erst auf, als das Obergeschoß des gegenüber liegenden Hauses eine Viertelstunde später in die Luft flog.

22

„Danke." Jens Timmermans stellte seinen Gin Tonic auf dem Glastisch zwischen ihnen ab.
„Soldat bedankt sich nicht."
Sein Freund Heintz grinste. Wache hellblaue Augen blitzten unter seinem strohblonden Haaransatz. „War mir ein Vergnügen."
„Scheinst das perfekt hingekriegt zu haben. Was die Zeitungen so schreiben: ´Gasrohr explodiert in der Schillerstraße`. Und niemand

zu Schaden gekommen; keine Toten, keine Verletzten. Maßarbeit, Anerkennung."
„Tja, wenn man das mal gelernt hat. Einmal Pionier, immer Pionier. Das gilt natürlich vor allem für Fallschirm-Pioniere."
„So ist das. Aber jetzt im Ernst: Die Aktion war extrem wichtig für mich. Sie sind mir nämlich auf die Spur gekommen."
„Wer?"
Sie saßen im weitläufigen Foyer des Hotels Adlon und fielen in der hinteren Ecke, die sie in einem toten Winkel der Video-Kameras gewählt hatten, in dem allgemeinen Trubel von Kommenden und Gehenden, Sitzenden und Stehenden nicht weiter auf.
„Ich dachte, meine Auftraggeber. Aber die waren es nicht. Verhängnisvoller Irrtum. Vermutlich die Polizei."
„Also deine Ex-Kollegen."
„Die auf der Spur meiner Auftraggeber waren. Oder sind. Deshalb kann ich mir keine Fehler mehr leisten."

Jens wohnte seit ein paar Tagen im Adlon, weil er das für eine gute Tarnung hielt, vor allem aber, weil es schräg gegenüber von der Zentrale lag, der Deutsch-Türkischen Handelsgesellschaft, die er tagelang observiert hatte. Das Material, das er dort eingesammelt hatte, hatte allerdings mehr Fragen ausgelöst als Antworten gegeben. Vielleicht könnte sein alter Freund Heintz Draxler, den er seit der Bundeswehr kannte, inzwischen Student der Politischen Wissenschaften in Würzburg, sie beantworten helfen.

„Kann gut sein, dass ich deine Hilfe noch weiter benötige."
„Schieß los!" Heintz nippte an seinem Gin.
„Welches Interesse könnte die Deutsch-Türkische Handelsgesellschaft DTHG - da gegenüber - daran haben, ihren Vorsitzenden und unseren deutsch-türkischen Mitbürger Cem Külahci umbringen zu lassen, offiziell ein besserer Gemüsehändler aus Neukölln, inoffiziell Vizechef des Türkischen Ringes, einer illegalen Schlepper- und Schleuser-Organisation, die Türken, Syrer, Pakistani, Afghanen und

ich weiß nicht, wen sonst noch, über Drittländer nach Deutschland schmuggelt. Du wirst vielleicht in der Zeitung davon gelesen haben."
Heintz nickte. Er erinnerte sich an einen Artikel in der Mainpost. Und gestern Morgen hatte er einer Notiz im Berliner Morgenblatt entnommen, dass ein promovierter Türke mit dem Vornamen Enders im Büro einer Deutsch-Türkischen Organisation am Brandenburger Tor einen rätselhaften Badewannen-Unfall gehabt hatte.
„Da gibt es unendlich viele Möglichkeiten. Lass uns beim Attentäter anfangen. Weiß man schon, wer`s war?"
Jens schüttelte den Kopf. „Hoffentlich nicht."
„Gibt es Verdächtige?"
„Bislang wohl nicht."
„Bestehen Aussichten, den Attentäter ausfindig zu machen?"
„Wohl kaum."
Demnach war sein Freund Jens der Attentäter, vermutete Heintz. Bloß nicht direkt fragen.
„Dann verbleibt es bei unendlich vielen Möglichkeiten."
„Lass uns die mal eingrenzen, Heintz. Wenn die DTHG ihrerseits Auftraggeber hat, also nur Subunternehmerin ist, wenn die DTHG bemüht ist, eine falsche Spur zu legen, und zwar in Richtung einer Deutschen Gesellschaft für Nationale Sicherheit DGNS – wer ist das überhaupt? – und wenn die dahinter stehenden Auftraggeber unter RUSA oder GRUSA auf dem Server der Türken auftauchen und sich hierunter angeblich Russland und die USA verbergen sollen …".
Heintz schluckte. „Dann klingt das sehr nach einem politischen Hintergrund."
„Deshalb frage ich dich."
„Das klingt nach einem weltpolitischen Hintergrund."
„Überfordere ich dich?"
„Mich schon. Aber nicht meinen Professor in Würzburg. Der wird dir zumindest was über die DGNS sagen können. Auf die nach deiner These die Spur hinweisen sollte. Der Deutschen Gesellschaft für

Nationale Sicherheit hat mein Prof soeben ein ganzes Forschungssemester gewidmet.“
„Jede Spurensuche ist mir willkommen, aber ich kann außer dir keine Mitwisser einweihen.“
Heintz nahm einen Schluck Gin Tonic.
„Musst du auch nicht. Kann ich für dich machen. Undercover. Ich höre bei ihm und kenne niemanden, der sich da besser auskennt und die entsprechenden Kontakte hat, vor allem zu den Verfassungsschützern.“
Jens leerte sein Glas. „Dann mach` das. Lass uns nach oben gehen. Ich kann dir dort die ganzen Ausdrucke zeigen. Und dich komplett briefen.“

23

Die DITIB-Zentral-Moschee der Anstalt für Religion der türkisch-islamischen Union an der Venloer Straße 160 in Köln-Ehrenfeld füllte sich. Der Mudschahedin hatte von einem der beiden Minarette zum Gebet gerufen. Die Gläubigen, überwiegend Türken mit deutscher Staatsbürgerschaft, knieten zwischen den Säulen auf schmuddeligen Teppichfetzen und verneigten sich gen Osten. Es stank nach Fußschweiß.

Mullah Mustafa Yeneroglu kletterte die Treppe zur Empore hoch, verhüllt in einem schwarzen Kaftan, über dem bis auf Brusthöhe ein zotteliger Bart hing. Das Gemurmel der Gläubigen erstarb. Die Predigt wurde von einer zittrigen Lautsprecheranlage unterstützt.
„Die Deutschen haben ihre Fruchtbarkeit verloren. Deshalb verlangen sie nach unserer. Wir werden mit ihnen Kinder zeugen, weil wir ihre Länder erobern werden. Oh Deutsche, oh Amerikaner, oh Franzosen, oh Italiener und alle, die so sind wie ihr – nehmt Flüchtlinge

auf! Wir werden sie bald im Namen des kommenden Kalifats einsammeln."
Er hob seine Stimme an. „Die Juden und Christen werden Euch nie mögen – in ganz Europa sind die Herzen erfüllt von Hass gegenüber uns Muslimen – aber ihr werdet nie ihren Religionen folgen. Die dunkle Nacht wird bald vorüber sein, und dann werden wir sie niedertrampeln, so Allah will."
Mullah war schon Mitglied der islamischen Organisation Jamwa gewesen, der Armee der Auswanderer und Helfer, und er war dabei gewesen, als die später im Islamischen Staat aufgegangen war. Als Hassprediger wurde er zwar europaweit gesucht, aber solange er sich in der Bundesrepublik Deutschland aufhielt, fühlte er sich sicher. Die deutsche Politik hatte wegen der Religionsfreiheit überwiegend Verständnis für seine Mission. Sicher war er vor allem hier in Köln-Ehrenfeld, das er seit Monaten nicht verlassen hatte. In Ehrenfeld hatte er die deutsche Polizei seit Monaten nicht mehr gesehen. Seit vor einem Vierteljahr eine uniformierte Hundertschaft zuerst bespuckt, dann mit Steinen beworfen und schließlich verprügelt worden war. Die Steine hatten sie aus dem alten Gemäuer der benachbarten Kirche heraus gebrochen, die in den letzten zwei Jahren ohnehin nur noch als Asylunterkunft gedient hatte. Glocken hatte da schon seit Jahren nicht mehr geläutet.

Stefan Niehaus drückte sich durch eine schwere Tür aus dem Gebets- in den Eingangsbereich. Er verstand weder Türkisch noch Arabisch. Er sollte sich lieber um seine neuen Schützlinge kümmern. Er stieg über abgelegtes Schuhwerk hinweg in einen Seitenraum der Moschee, in dem fünf junge Männer auf ihn warteten. Sie saßen an einem Tisch, auf dem Koranfibeln aufgestapelt waren. In der Mitte stand ein aufgeklappter Laptop.
„Er hat gerade mit der Predigt begonnen".
Stefan trat an eine große Karte, die die Südtürkei, Syrien und den nördlichen Irak in verschiedenen Farben zeigte.

„Ich weise Euch inzwischen schon mal in Eure Einsatzgebiete ein". Er ergriff ein Bambusrohr und zeigte auf Adana.
„Da setzen wir euch ab. Ihr nehmt dann Busse, die euch getrennt voneinander zunächst über die syrische Grenze bringen".
Der Zeigestock fuhr kratzend über die Karte und umkreiste ein Gebiet südlich Mossul.
„Etwa dort ist euer Ziel. Und euer Ausbildungscamp. Dort treffen wir uns in drei Wochen. Wenn ihr dort ankommt, fragt nicht nach meinem Namen sondern nach dem Konvertiten. Ihr erhaltet dort alle andere Namen. Und Decknamen. Und eine vorzügliche Ausbildung. Religiös und militärisch. Haltet Euch körperlich fit."
Der Konvertit schaltete den Laptop ein. „Dazu jetzt ein Videofilm aus dem Camp, alles Originalaufnahmen. Dauert eine knappe halbe Stunde."

Eine halbe Stunde später öffnete sich lautlos die Tür. „Mullah" Mustafa Yeneroglu trat ein. Die sechs Männer sprangen auf und verneigten sich. Der graue Bart des Predigers wirkte, als habe er noch Sermonschaum an seinen Lippen. Er wollte die jungen Deutschen kennen lernen, die für die Junud al-Sham in den Dschihad ziehen und ihn nach Deutschland tragen sollten. „Allahu Akbar".

24

„Und was ist jetzt dabei raus gekommen, bei dieser Observation?"
Der Oberkommissar steckte das IPad weg, auf dem er herumgewischt hatte, zuckte mit den Schultern und sah seinen Kollegen an, der neben ihm saß.
„Also", fasste der zusammen, „wir haben die Wohnung unserer Zielperson in der Schillerstraße überwachen lassen, ohne dass da jemals irgendwer aufgetaucht wäre."

„Und wer hat die dann in die Luft gehen lassen?“
„Nach bisherigen Erkenntnissen Gasrohrbruch, also kein Fremdbeteiligung“.
„Und das nur für das oberste Stockwerk, nur für eine Wohnung? Meine Herren, das ist doch nicht Ihr Ernst!“
Der Oberkommissar zuckte wieder mit den Schultern, schielte hinüber zu seinem Kollegen, einem Hauptkommissar. „Wir überprüfen das natürlich noch“, wusste der. „Jedenfalls sind damit sämtliche Spuren unserer Zielperson beseitigt“.
„Na, Glückwunsch! Und wer, meinen Sie, könnte daran ein Interesse haben?“
Nachdenkliches Schweigen.
„Und was hat die Überwachung dieser komischen Zentrale ergeben, da am Brandenburger Tor?“
Der Hauptkommissar rückte seine Brille grade.
„Es handelt sich um den Sitz der Deutsch-Türkischen Handelsgesellschaft DTHG in einem Seitenflügel, in dem auch das Berliner Büro eines süddeutschen Waffenherstellers, der Filialsitz einer us-amerikanischen Coffee Company …“.
„Und was hat diese Rita Renner damit zu tun?“
Der Oberkommissar schüttelte den Kopf. „Was wir nicht wissen, ist: Arbeitete diese Rita Renner als Verbindungsmann -, äh, -frau für diesen international tätigen Waffenproduzenten – Panzer, Haubitzen und so – oder für diese türkische Handelsgesellschaft?“
„Arbeitete? Wieso Vergangenheit?“ Der Polizeidirektor sah auf seine Uhr.
„Die hatte einen Verkehrsunfall.“ Die beiden Kommissare warfen sich Seitenblicke zu.
„Und für wen war sie nun tätig?“
Schulterzucken. „Da ist noch was. Aber wir sehen da keine Zusammenhänge“. Der andere nickte.
„Was ist da sonst noch?“

„Der Generalsekretär dieser türkischen Gesellschaft, ein Doktor, hatte auch einen Unfall. In der Badewanne. Abgesoffen. Keine Spuren von Fremdeinwirkung.“
„Und der Hausmeister ist unglücklich gestürzt. Ein paar Stockwerke tiefer“, wusste der Oberkommissar. „Genickbruch. Da wird noch ermittelt“.

Der Polizeidirektor beugte sich heftig vor. „Und das halten Sie für Zufälle? ‚Keine Zusammenhänge’? Meine Herren, ich darf doch wohl sehr bitten!“ Er ließ sich in seinen Sessel zurückfallen.
„Ja, und zwar auch, weil das während unserer, während der von Ihnen angeordneten Observationen geschah. Unsere Kollegen saßen ja sozusagen am Tatort.“
„Wie bei dem Gasbruch in der Schillerstraße“, ergänzte der Hauptkommissar. „Tag und Nacht unter Überwachung.“

Der Polizeidirektor schüttelte den Kopf, dachte nach, ergriff die Akte vor ihm. „Und was ist mit diesen DNA-Spuren auf diesen filterlosen Zigaretten?“ Er warf die Akte zurück auf den Tisch.
Seine Untergebenen tauschten fragende Blicke aus.
„Es gab doch eine Zigarettenkippe in dieser Schillerstraße an dem italienischen Café und eine unweit des Tatorts, an dem dieser türkische Obst- oder Gemüsefritze vor etwa einer guten Woche erschossen wurde – auf offener Straße.“ Der Direktor haute mit der Handinnenfläche auf die Akte vor ihm.
„Ach so, ja, identisch. Derselbe Raucher. Aber keine Möglichkeit, ihn zu identifizieren. Ist nirgendwo erfasst.“
„Also nicht vorbestraft. Lassen Sie weitere Dateien überprüfen, meine Herren. Wenn es sich um dieselbe Person handelt, lassen Sie sich noch mal die Akten von den zwei Todesfällen aus dem Bürotrakt am Brandenburger Tor vorlegen, mit denen ich sehr wohl einen Zusammenhang befürchte – zwei türkische Mitbürger als Opfer, beide in herausgehobener gesellschaftlicher Position, und in deren Umfeld zwei weitere Todesfälle, ‚Unfälle’, sagten Sie. Und

dann auch noch dieses akkurat abgebrannte Appartement der Zielperson. Meine Herren!“ Seine Stimme klang mitleidig. „Und noch was, kommt mir gerade: Diese DNA von den Kippen, gleichen sie die mal mit denen entlassener Polizeikollegen und ehemaliger Soldaten ab. So eine Etage so gezielt zu vernichten, ohne dass Dritte in Mitleidenschaft gezogen werden, das schafft nicht jeder. Schon gar nicht ohne entsprechende Ausbildung.“

Der Oberkommissar machte sich Notizen. „Könnte das nicht auch mit diesem süddeutschen Waffenhersteller zu tun haben? Sitz Berlin. Potsdamer Platz 6b. Ist international führend tätig. Die haben doch alle Dreck am Stecken.“
„Bei unseren Exportproblemen mit der Türkei“, ergänzte sein Kollege.

Der Polizeidirektor nickte ungnädig. „Verfolgen Sie alle Spuren, meine Herren. Auch die. Wir sind da an ganz was Großem dran. Das sehen Sie schon an der Professionalität unserer Zielperson, die Sie immer an Zu- und Unfälle glauben lässt.“
„Wie kommen Sie darauf, Herr Polizeidirektor?“

Der stand auf und räumte seine Unterlagen zusammen. „Weil sich beim BKA der Leiter der Abteilung 6 für unsere Zielperson interessiert.“
Die Besprechung ging offenbar zu Ende, aber es konnte nicht schaden, noch ein bisschen Interesse zu zeigen. „Wer ist das?“
„Das ist der Kollege, der die Nachrichtendienste des Bundes koordiniert.“

Die beiden Kommissare wechselten fragende Blicke, als sie den Besprechungsraum verließen.

25

Hörsaal 3 der Alten Uni Würzburg war krachend voll. Nicht nur die Sitzreihen; Studierende standen und saßen auf den Gängen dazwischen, auf mitgebrachten Hockern, auf dem Boden, auf Fensterbänken.

‚Einführung in die Politischen Wissenschaften – ein Abriss anhand unserer geopolitischen Lage am Ende der zweiten Dekade unseres Jahrhunderts'. Darunter tat er es nicht: Professor Dr. Klaus Kallemer, bis vor kurzem jüngster Ordinarius seines Fachbereichs bundesweit, Inhaber des Lehrstuhls für Politische Wissenschaften und Internationales Völkerrecht an der Julius-Maximilians-Universität Würzburg, ein schwarzhaariger Beau mit gegelter Frisur, Ferrari-Fahrer, gekleidet wie einem Modeheft für Männer entsprungen, das überwiegend von Frauen oder Schwulen gelesen wird. Schwarm der Studentinnen.

Heintz Draxler quetschte sich in die vorletzte Reihe zwischen zwei Studentinnen. Er kannte den Professor, diesen Paradiesvogel, seit Beginn seines Studiums vor zwei Jahren. Seine Einführungs-Vorlesung kannte er auch, wenn auch nicht in der aktuellen Version. Wegen des Gesprächs, das er mit Kallemer führen wollte, hätte er sich besser ganz vorne hingesetzt, aber er befürchtete einzuschlafen. Nicht wegen der Vorlesung, die bei Kallemers Showtalent sicher wieder einen hohen Unterhaltungswert haben würde, sondern weil Heintz hundemüde war. Er war die ganze Nacht über von Berlin hier runter gefahren. Hoffentlich würde Kallemer ihn wach halten können.

Da sprang er auch schon auf das Podium – beiger Popeline-Anzug, hellblaues Hemd in Augenfarbe, dunkelblaue Krawatte – rechts und links von ihm zwei atemlose Assistenten, einer mit einem Stapel Unterlagen beladen, der andere balancierte ein Laptop. Der Lärm

erstarb, letztes Gemurmel versickerte, ein Student zog die Tür zum Hörsaal hinter sich zu, andere schlossen Fenster. Atemlose Stille. Einer der Fakultäts-Assistenten nestelte auf dem Podium an dem Laptop herum.
Kallemer öffnete sein Jackett und breitete die Arme aus, als wolle er den gesamten Hörsaal umarmen.
„Da sind sie nun alle, mein jungen Kollegen, man beachte den generischen Plural -, ein herzliches Willkommen in dieser altehrwürdigen Alma Mater, in der Sie sich nun einführen lassen wollen in die Politikwissenschaften.“
Er nahm die Arme herunter, senkte drohend die Stimme: „Dabei haben Sie doch heute früh nicht einmal alle verfügbaren politischen Tageszeitungen gelesen und im Netz doch allenfalls nach dem Wetter fürs Wochenende gesucht.“
Die Stimme wurde wieder lauter, jetzt warnend und mit erhobenem Zeigefinger: „So geht das nicht.“
Der Assistent warf eine politische Weltkarte an die Wand.
„Das ist keine Wetterkarte, und das Wetter am Wochenende wird auch Sie nicht mehr interessieren, wenn Sie wüssten, was hier los ist.“
Ein Laserpointer umwirbelte die Weltkarte.
„Aber das werden die wenigsten von Ihnen erfahren.“
Kallemers kornblumenblaue Augen musterten kritisch die vorderen Sitzreihen, er fuhr mit gesenkter Stimme fort: „Weil die meisten von Ihnen sich für Politische Wissenschaften überhaupt nicht ernsthaft interessieren und dieses Studienfach nur gewählt haben, weil es erstens ein Modefach ist, verspottet zweitens auch als Sabbelfach, und weil Sie sich drittens nicht dazu durchringen konnten, etwas Ordentliches zu lernen, was mit ernsthafter Arbeit verbunden sein könnte. Leider.“
Bedächtig wiegte er den Kopf hin und hier. „Diese Herrschaften bitte ich nun, den Hörsaal gleich wieder zu verlassen. Sie stehlen sich die Zeit und uns die Plätze.“

Theatralisch presste er seine Handflächen zusammen und hüpfte vom Podium.
„Bitte, gehen Sie!“
Kallemer riss die Hörsaaltür auf, wieselte an sein Pult zurück und sah in sein Manuskript. Dieselbe Show wie vor zwei Jahren, dachte Heintz Draxler und schmunzelte. Seine beiden Nachbarinnen warteten mit weit geöffneten Augen bewegungslos auf das, was da kommen würde. Auch das würde er wiedererkennen. Kallemer hatte den Tick – einer von vielen – jede auch noch so komplexe Theorie in eine kompromisslose Dreier-Gliederung zu quetschen. Gemunkelt wurde, sein dreisilbiger Familienname sei auf die nachträgliche Einfügung des ersten ´e` durch eine von ihm betriebene Namensänderung zurückzuführen, Po-li-tik habe er auch wegen dieser Dreisilbigkeit zu seinem Fach gewählt, und Fer-ra-ri fahre er aus eben diesem Grunde. Und nicht nur unter seinen eifersüchtigen Fachkollegen galt er als terrible simplificateur.
Niemand wagte es, den Hörsaal zu verlassen. Nach minutenlanger Kunstpause knallte Kallemer die Hörsaaltür wieder zu, sprang zurück auf seine Bühne und breitete die erhobenen Arme ein weiteres Mal zu seiner alle und alles umspannenden Willkommensgeste aus. Einer der Assistenten warf drei Lichtpunkte auf die Weltkarte: über Kallemers rechter Hand auf die USA, über seiner Linken auf Mittel- und Fernost, über seinem Kopf auf Europa.
„Schön, dass einige von Ihnen geblieben sind“. Kallemer.
„Schon nächste Woche werden es weniger sein. Drei Gruppen werden fehlen: Es werden diejenigen nicht mehr da sein, die meine Einführung in die Politikwissenschaften als zu simpel erfahren. Es werden diejenigen fehlen, die nicht einmal dem Einführungsstoff gewachsen sein werden – kein Vorwurf, nur Folge unserer Bildungspolitik …“.
Schwaches Gemurmel hob an. Die Studentinnen neben Heintz Draxler kicherten.
„Und schließlich werden Drittens diejenigen nicht mehr unter uns sein, die die weltpolitische Situation einfach nicht mehr ertragen. Zu

dieser Gruppe könnte auch ich gehören. Denn …“, sein rechter Arm zuckte, „was sich hier in Washington und Umgebung abspielt, wird unvorhersehbare Einflüsse auf den Rest der Welt haben. Bleiben die USA Weltmacht oder degenerieren sie zu der Regionalmacht, als die einer ihrer vormaligen Präsidenten Russland diskriminiert hat?“
Kallemer riss die Hände herunter.
„Na, so was macht man doch nicht, oder?“
Er ging drei Schritte vor zu einem Studenten, der in der ersten Reihe saß. „Herr Kolleg`, wenn Ihre langjährige Freundin heute Abend mal nicht mehr so gut aussieht wie vor Jahren, dann halten Sie ihr das doch auch nicht vor, oder? ´Hey, Baby, heute Abend siehst du aber echt scheiße aus`! Das sagt man doch nicht!“
Verhaltenes Gelächter, quietschendes Gekicher.
Kallemer sprang zurück und wedelte mit dem rechten Arm.
„Hier tut sich was. Hier!“
Der Laserpointer huschte zwischen Moskau und Peking hin und her.
„Und hier …“.
Er wies auf Europa über seinem Kopf, danach auf seinen Kopf.
„Da tut sich auch was, leider zunehmend auch Indolenz.“
Vereinzeltes Gelächter wechselte mit halblautem Geraune.
Kallemer unbeirrt weiter: „Europa zerlegt sich langsam, aber beständig. Brüchig durch egoistische Nationalismen, die Jahrhunderte alt sind, ökonomisch zermürbt durch eine ihm aufoktroyierte Einheitswährung, mit der Deutschland als führende Wirtschaftsnation seine Wiedervereinigung vor Jahrzehnten ermöglicht wurde, zerfleddert von einem Kontinuum von Vertragsbrüchen vegetiert es wie Aas vor sich hin und wartet auf seine Geier. Die USA, der Westen? Zunehmend aber noch wohlwollend desinteressiert.“
Sein rechter Arm zuckte, der Laserpointer umkreiste wieder Washington, D.C.
„Oder kommen die Geier aus dem Osten?“ Sein linker Arm fuhr hoch.
„Was will Moskau?“ Beide Arme fielen runter. „Russland hat drei Optionen: China, den Islam und Europa.“

Der Pointer huschte über die Weltkarte – Peking, arabischer Raum, Brüssel, Straßburg.
„China: zu groß, zu unberechenbar, zu kulturfremd. Entfällt. Islam? Passt auch nicht zur russisch-orthodoxen Kultur. 1.300 Jahre alte Religion, die vor Jahrhunderten einfach stehen geblieben ist. Die das Westliche prägen will, ohne es verstehen zu können. Negative Erfahrungen, siehe Afghanistan, siehe Belutschistan, siehe ungezählte Terroranschläge. Russland hat mit dem Islam nur Ärger und Verdruss - wie alle eigentlich, wie wir auch."
Er räusperte sich. „Von den Islamisten untereinander, den Schiiten, den Sunniten und den Alawiten, will ich hier und heute gar nicht reden."
Heintz Drexler musste grinsen. Auch diejenigen, von denen geschwiegen wurde, tauchten bei ihm in Dreiergruppen auf. Ob sie diesem politisch unkorrekten Lästermaul nicht mal irgendwann die Venia Legendi entziehen würden?

Irgendwo vorne in den ersten Sitzreihen klingelte ein Handy.
Kallemer hielt inne.
„Und jetzt wollen wir hören, was dieser junge Kollege soeben für eine wichtige Nachricht erhält."
Er sprang von seinem Podest runter und baute sich erwartungsvoll vorne auf.
„Herr Kolleg`, könnten Sie das Gerät bitte auf laut stellen".
Ein verstörter Student in Reihe drei machte sich hektisch an seinem Mobiltelefon zu schaffen, bemühte sich verzweifelt, es ruhig zu stellen, und floh eiligst aus dem Hörsaal.
„Schade. Wahrscheinlich Geheimnisträger. Aber, was bleibt Russland?" Kallemer stürmte zurück an seine Weltkarte, auf der der Pointer des Assistenten Europa umkreiste.
„Richtig: Europa. Russland macht sich über Europa her. Warum? Was macht Europa attraktiv? Drei Faktoren: (a) Europa hat alle geistig-kulturellen Ressourcen, die dem russischen Bauern fehlen. (b) Europa hat die Infrastruktur, von der de der russische Bär immer

noch träumt. Können Sie sich vorstellen, liebe Kollegen, dass dieses vor Weizenanbauflächen strotzende Land Jahr für Jahr Weizen aus Kanada importieren musste, um es dann in seinen Häfen an der Barents-See verrotten zu lassen, weil weder Lkw noch Bahn es ins Landesinnere schafften, wo die Bevölkerung hungernd und wodka-trunken manipulierten Staatsnachrichten zuschauen musste? Bis vor wenigen Jahren war Russland auf diese Weizenimporte aus Kanada angewiesen; derzeit entwickelt es sich zu einem Exportland für Getreide, dem größten weltweit – und warum? Weil westliche, vor allem deutsche Technologie hilft: deutsche Landmaschinen-Hersteller, die in Russland produzieren müssen, und die wegen ihrer hohen Qualitätsstandards dort sogar wettbewerbsfähig sind gegen russische Produzenten, die ihre Produkte um die Hälfte billiger anbieten können, weil sie staatlich subventioniert werden."
Kallemer ließ diese Erkenntnis abwartend auf seine Hörer einwirken und holte tief Luft. Einige Studenten machten sich Notizen oder spielten mit ihren Tablets.
„Und schließlich (c), meine Damen und Herren Kollegen: Europa ist ein leichtes Opfer - degenerierend verfällt das Aas, das auf derselben kontinental-europäischen Platte wie Russland nicht nur vor seiner Nase liegt, sondern auch noch auf der eigenen. Fazit: Zugriff. Dazu hat es drei Möglichkeiten: Militärisch, politisch, hybrid. Militärisch: aussichtslos, solange das US-Verteidigungsvolumen fast zehn Mal höher ist als das des wirtschaftlich permanent maroden Russlands."
An der Wand sprangen an die Stelle der sich auflösenden Weltkarte zwei Säulendiagramme hoch, mit den Nationalfarben von Russland und den Vereinigten Staaten. 66,3 Milliarden US-Dollar stand auf der russischen Säule, 610 Milliarden auf der US-amerikanischen.
„Zweitens politisch: funktioniert nicht, weil kaum jemand mit dem Schmuddelkind Russland spielen will, der nicht selber ein failed State ist. Russland wird von den Entscheidern der Weltpolitik gemieden, weil (a) dauerhaft verarmt, (b) Völkerrechtsbrecher – siehe

Ukraine, und (c) Autokratie, die im Westen nur von käuflichen Politikern als ´lupenrein demokratisch` angesehen wird."
Die beiden Fakultäts-Assistenten nickten beifällig und synchron, einige Hörer murrten.
„Also drittens hybrid: Das funktioniert, das können ehemalige Geheimdienst-Offiziere des KGB. Man verleibt sich fremdes Territorium durch grüne Männchen ein, die das ukrainische Parlament auflösen, nachdem sie von der Roten Armee per Urlaubsschein auf die Krim befohlen wurden. Dazu braucht man als Alibi russisch unterdrückte Minderheiten, die es nicht nur dort und in der Ost-Ukraine, im gesamten Baltikum – erstens Lettland, zweitens Litauen, drittens Estland – sondern auch in Polen gibt. Und in Bulgarien, in Rumänien, auf dem Balkan. Und als Legende benötigt man die Eröffnung eines McDonald's im Zentrum von Kiew, weil man damit die imperialistischen Absichten der USA belegen kann. Fazit: Ziel Europa, Mittel hybrid, scheibchenweise und hinterhältig. Respekt, Respekt, Herr Putin."
Schon wieder und immer noch eins-zwei-drei, eins-zwei-drei. Heintz Draxler kämpfte mit seiner Müdigkeit.
„Und deshalb, verehrte Kollegen – die Kolleginnen unter Ihnen verehre ich im übrigen noch weit mehr, deshalb wage ich aus meiner bescheidenen Beobachterposition als Politikwissenschaftler folgende Prognose über die weitere Vorgehensweise des russischen Präsidenten gegen Europa: China als konkurrierende Weltmacht im Nacken, vor sich das marodierende Europa, das vom Großen Bruder USA vernachlässigt und zunehmend allein gelassen wird, und schließlich drittens getrieben von der nostalgischen Großmannssucht seiner überwiegend berauschten Bevölkerung wird der russische Bär nach der Ukraine zweitens auf das Baltikum – ehemaliger deutscher Boden, von Deutschen besiedelt und kultiviert – zugreifen; Truppen sind längst dorthin verlegt, Raketenbatterien in Königsberg installiert, ebenfalls alter deutscher Boden, deutsche Kultur, Wirkungsstätte Immanuel Kants, …".

Heintz Draxler war eingenickt. Den immer größer werdenden Braunbären auf der Weltkarte, dessen riesige Tatzen von Moskau aus nach Europa bis an die Atlantikküste griffen, sah er schon nicht mehr.

26

Irgendwo war irgendwas irgendwie falsch gelaufen. Jens Timmermans grübelte, während er seine Habseligkeiten einpackte. Angefangen hatte es mit seiner – aus seiner Sicht – unkorrekten Honorierung und den – aus seiner Sicht – unvorsichtigen Kontakten mit seinen Auftraggebern, Ritas semi-professionellen Auftritten. Dabei war das Attentat auf diesen VIP-Türken vorbildlich gelaufen. Aber danach nichts als Schwierigkeiten: das angebliche Missverständnis – dabei hatte kein Mensch ihm gesagt, er solle eine falsche Spur legen, schon gar nicht in Richtung auf eine DGNS, die er überhaupt nicht kannte; und dann dieser Schulbub in dem italienischen Café in der Nähe seiner inzwischen abgefackelten Wohnung, wo sie ihn observiert hatten. Wahrscheinlich alles Ritas Schuld. Die würde keine Fehler mehr machen.
Aber er saß unverschuldet in der Scheiße. Er hatte allenfalls dadurch Fehler begangen, dass er seine Schatten falsch eingeschätzt hatte – das waren wohl weniger seine Auftraggeber gewesen als vielmehr staatliche Ermittlungsbehörden. Nur die würden sich für seine Zigarettenkippen interessieren. Nur die würden nachts das Büro der Deutsch-Türkischen Handelsgesellschaft am Brandenburger Tor observieren.
Jens warf den gepackten Seesack in den Samsonite-Koffer auf dem Doppelbett. Mit dem nato-olivgrünen Seesack wäre er im Adlon aufgefallen. Was er jetzt vor allem brauchte war Klarheit. Hoffentlich würde Heintz mit Hilfe seines Professors dazu beitragen

können. Auch die Informationen, die er noch heute Morgen aus dem Intranet der Polizei gehackt hatte, waren aufschlussreich gewesen. Aber ihm fehlten noch etliche Mosaiksteine für sein Puzzle. Er wusste nicht einmal, wo er als nächstes hingehen sollte, bis er Nachrichten von Heintz hatte – irgendeine Absteige im Osten Berlins oder besser eine Hütte auf dem Land?
Er drückte die Schlösser des Koffers zu. Im Foyer wusste er es: zu Monika. Er würde für ein, zwei, maximal drei Tage bei Monika einziehen. Ideales Versteck. Und ideale Quelle zum Anzapfen. Noch bevor er die Lobby verließ, rief er sie an. Sie war zwar im Dienst, hatte aber gerade Mittagspause. Nein, kein Problem, er könne jederzeit kommen, wie versprochen, auch heute Nachmittag. Sie müsse nur noch einen Typen bei sich rausschmeißen, der aber sowieso überfällig wäre.
„Monika, ich will mich da nicht reindrängen …“.
„Tust du nicht. Heute Nachmittag ist der draußen. du kannst rein. Du weißt ja noch, wie.“
„Dann sehen wir uns heute Abend.“
„Ich freue mich.“
Seinen Namen hatte sie nicht genannt. War das schon eine Vorsichtsmaßnahme? Weil sie bereits etwas über ihn wusste?

Auf der Höhe der Deutschen Bank Unter den Linden drückte er einem Bettler seinen leeren Samsonite-Koffer in die Hand und hängte sich den Seesack über die Schulter.

27

Dröhnende Trommelwirbel ließen Heintz Draxler aufschrecken. Er hatte kurz von Säulendiagrammen geträumt, über die ein gieriger Bär hergefallen war. Der Traum war zu Ende. Der stürmische

Applaus seiner Kommilitonen ebbte ab. Er zwängte sich zwischen den engen Bankreihen hindurch und den Seitengang hinunter auf Prof. Kallemer zu, der schon von einer Traube von Studenten umringt war.
Endlich war er dran, so nach knapp zehn Minuten, als einer der letzten. Das war ihm bei dem Thema, das er ansprechen wollte, gerade recht. Aber er kam gar nicht dazu. Kallemer, der bis eben für jeden seiner Hörer ein Lächeln übrig gehabt hatte, vor allem für die Hörerinnen, verfinsterte seine Miene beim Anblick des Studenten Heintz Draxler; er trat einen halben Schritt zurück und zeigte mit ausgestrecktem Finger auf ihn: „Sie haben meine Vorlesung verschlafen."
Wie konnte er das bei diesem vollen Hörsaal bemerkt haben?
Jetzt lächelte er wieder, trat auf Heintz Draxler zu.
„Sagen Sie mir doch bitte, Herr Kolleg`: Was habe ich falsch gemacht. Das ist mir noch nie passiert."
Die umstehenden Studenten kicherten.
Draxler sammelte sich. „Herr Professor, Sie müssen entschuldigen, aber ich bin die ganze Nacht über von Berlin hierher gefahren, um Ihre Vorlesung zu hören. Ich …".
„… die Sie dann verschlafen haben. Und jetzt ersuchen Sie mich wahrscheinlich um ein Privatissimum."
„Nein, nein, Herr Professor Kallemer. Ich … mein Name ist Draxler, ich …, das heißt: eigentlich ja."
„Also was jetzt?"
Die umstehenden Kommilitonen murrten amüsiert. Jetzt wäre es wohl unklug, Kallemer unmittelbar auf die DGNS anzusprechen. Nicht nur wegen der politisch heißen Thematik – er wollte ihn auch neugierig machen.
„Ich wollte Ihnen was mitteilen zu Ihrem Seminar. Sie erforschen doch diese Deutsch-Nationale Gesellschaft. Insider-Informationen."
Kallemer sprang wieder einen Schritt zurück, seine Stirn legte sich in Falten.
„Sie sind doch Hörer von mir".

„Aber ja, Herr Professor Kallemer. An dem Seminar letztes Semester habe ich auch teilgenommen."
Kallemers Sorgenfalten glätteten sich, er trat wieder auf ihn zu. „Dann kommen Sie in meine nächste Sprechstunde", raunte er. Und, wieder etwas lauter: „Morgen Nachmittag, siebzehn Uhr."
Als Heintz Draxler schon in der Hörsaaltür stand, rief Kallemer ihm noch hinterher: "Ausgeschlafen."

28

Monika wusste fast alles über Jens Timmermans, zumindest bis zu der Zeit, als er als Kommandosoldat nach Afghanistan gegangen und dort seinen Unfall erlitten hatte. Viele Jahre war das hier, er wusste gar nicht mehr, wie viele, und er zählte auch nicht mehr nach. Er fragte sie auch nicht. Am liebsten dachte er gar nicht mehr daran. Sie würde es wissen, bis auf ein Jahr genau.
Er interessierte sich mehr für das, was sie als Polizistin aktuell über ihn wusste.
Sie zuckte die Schultern.
„Aktuell? Keine Ahnung. Ich könnte aber morgen mal nachgucken. Warum? Wirst du gesucht?"
Sie saß in der Ecke des Sofas, hatte ihre langen Beine angewinkelt und nippte an einem Drink.
„Aber checken kannst du das auch selbst, oder?" Mit dem Glas deutete sie auf den aufgeklappten Laptop auf dem Tisch.
Jens nickte. Er saß auf der gegenüber liegenden Seite des Couchtisches in einem knautschigen Sessel.
„Aber ich finde nichts. Das beunruhigt mich."
„Verstehe ich nicht." Monika legte ihre Stirn in anmutige Fältchen und sah bezaubernd aus. Immer noch, nach den vielen Jahren. Zu

gut für eine Polizistin, eher wie eine Polizistin, von der sich Ganoven gerne und widerstandslos festnehmen lassen würden.
„Ihr sucht einen Typen, der vor ein paar Wochen einen Türken namens Cem Külahci erschossen hat. Mich interessiert, ob ihr den Mörder in Verbindung bringt mit einem Mann, dessen Zigarettenkippen ihr einsammelt. Und mich interessiert, ob ihr die gefundenen DNA-Spuren in Verbindung mit diesem Mörder bringt. Und ob ihr meine DNA irgendwo habt."
Du bist also der Täter, dachte Monika und sagte: „Sind bei dir mal DNA-Proben erhoben worden? Polizeilich, beim Bund oder so?"
„Kann sein nach dem Vorfall, der zu meiner Entlassung aus dem Polizeidienst geführt hat. Du weißt schon".
Sie wusste nicht. Das war vor gut drei Jahren geschehen, als sie schon nicht mehr zusammen gewesen waren.
Er erzählte es ihr. Als Leiter einer SEK-Einheit hatte er damals eine No-go-Area in Duisburg bei einem Einsatz gegen Drogendealer feindfrei gemacht. Der Sondereinsatz unter seiner Leitung war nur technisch ein voller Erfolg gewesen, nicht politisch und auch nicht für seine Karriere. Die Grünen hatten im Landtag einen Untersuchungsausschuss stattfinden lassen und die Staatsanwaltschaft Düsseldorf hatte das bereits eingestellte Ermittlungsverfahren gegen ihn wieder aufnehmen müssen. Es war zu einem Strafverfahren gekommen.
„Zwei meiner Männer sind verurteilt worden. Ich bin dem knapp entronnen, aber man hat mir und meinem Stellvertreter das Ausscheiden aus dem Dienst nahe gelegt. Wäre ich dem nicht gefolgt, würde ich heute wahrscheinlich Knöllchen in Gelsenkirchen verteilen".

Sein damaliger Stellvertreter hatte sich dem Studium der Politikwissenschaft zugewandt, weil er das mit den Grünen irgendwann mal hatte verstehen wollen. Heintz Draxler.
„Und du weißt nicht, ob damals deine DNA festgehalten worden sind?"

Er nickte.
„Das kann ich feststellen.“
„Wie willst du das machen, ohne im Dienstcomputer einen Hinweis auf mich zu hinterlassen? Und damit auch auf dich, solange ich hier wohne.“
Monika machte sich eine Zigarette an. „Lass das meine Sorge sein. Ich helfe dir. Reicht das?“
Ihr Selbstbewusstsein hatte sie immer noch. Durfte sie auch, bei ihrer Ausstattung: mit ihren knapp ein Meter achtzig, mit den grün schimmernden großen Augen, die wie Jadesteine blitzten, und ihrem langen schwarzen Fell, das sie heute Abend zu einem Pferdeschwanz hochgebunden hatte. Schade, dass er es bei dem ästhetischen Genuss belassen musste. Hoffentlich machte sie den Pferdeschwanz nicht noch auf.
Jens griff sich eine Roth-Händle.
„Hast du die Marke gewechselt?“
Früher hatte er REVAL geraucht, und sie war ziemlich sicher, dass die Zigarettenkippen, die sie morgen irgendwo in den Polizeiakten finden würde, REVAL waren. Sie musste vorsichtig sein. Aber sie mochte diesen Teufelskerl immer noch. Der Mann ihres Lebens. Monika nahm noch einen Schluck und verzichtete auf weitere Fragen.

Erst zwei Stunden später stellte sie noch eine. „Schläfst du mit mir drüben im Doppelbett oder hier auf dieser blöden Couch?“
Sie zupfte ihre unendlich langen Jeans glatt und öffnete die Haare.
„Lieber auf diesem blöden Sofa. Du wirst vielleicht geahnt haben, weshalb ich dich nach meinem Einsatz in Afghanistan gebeten habe, unsere Beziehung zu beenden. Keine Klinik hat mir nach diesem Unfall bis heute helfen können, keiner der Experten, die ich weltweit konsultiert habe. Das solltest du wissen. Und für dich behalten. Wie alles, was du von mir weißt.“
Sie hatten nie darüber gesprochen, in all den Jahren nicht, aber Monika hatte es natürlich geahnt, auch nach den Gerüchten, die aus dem

Kreis seiner ehemaligen Kameraden zu ihr vorgedrungen waren: Sie hatten Jens in Massar-el-Sharif wohl die Eier weggeschossen.

29

In Prof. Dr. Kallemers Institutsraum diente als Tisch eine voluminöse Glasplatte, die auf sechs Metallbeinen ruhte und zwei PCs und einen Laptop trug. In eine Seitenwand war passgenau ein Glasregal eingelassen, in dem einige Bücher standen, die wohl vornehmlich als Dekoration dienten. Aus einer Ecke strahlte eine Stehlampe gezielt eine Kante des Glastisches an. Stangendioden leuchteten grell von der Decke. Hier wurden Sein und Bewusstsein durch das Design bestimmt, dachte Heintz Draxler.
Kallemer dimmte das grelle Diodenlicht runter und warf sich in den leichten Ledersessel ihm gegenüber.
„Jetzt bin ich gespannt, was Sie mir über die DGNS zu berichten haben“.
Er rieb sich erwartungsvoll seine langfingrigen Hände.
Draxler räusperte sich.
„Wegen dieses Falles war ich in Berlin. Dort verfolgt ein mir nahe stehender Privatdetektiv eine Spur, die ihn zur Deutsch-Türkischen Handelsgesellschaft DTHG am Brandenburger Tor führte und fand heraus, dass diese Gesellschaft das Attentat auf diesen Gemüse-Türken in Auftrag gegeben hat, der nicht nur Vorsitzender des Deutsch-Türkischen Dachverbandes DTDV war, sondern, wie er ermitteln konnte, auch Vizechef des Türkischen Ringes. Wissen Sie, was der macht?“
„Sollte ich?“ Kallemer betrachtete seine Manschettenknöpfe.
„Der Türkische Ring ist eine illegale Schlepper- und Schleuser-Organisation. Die holt uns über Österreich vor allem Türken, aber auch Syrer, Afghanen, Afrikaner und andere Immigranten ins Land.“

„So was gibt's noch? Und ich dachte, die würden alle eingeladen. Was Sie da so erzählen, Herr Kolleg', das klingt mir sehr nach einem innertürkischen Konflikt."
„Aber die Deutsch-Türkische Handelsgesellschaft DTHG handelte als Sub-Unternehmerin. Ihr Auftraggeber war oder waren eine oder mehrere Organisationen mit der Kürzel RUSA, R-U-S-A oder auch GRUSA und dahinter sollen sich ausländische Botschaften verstecken."
Kallemer spielte gelangweilt mit seiner Seidenkrawatte.
„Russland und die Vereinigten Staaten natürlich. Beide Botschaften übrigens in unmittelbarer Nähe zum Brandenburger Tor."
„Und GRU?"
„GRU ist die Hauptverwaltung für Aufklärung, genauer: Glawnoje Raswedy- watelnoje Uprawlenije – Hauptverwaltung beim Generalstab der Streitkräfte der Russischen Föderation, die die Aufgabe hat, nachrichtendienstlich militärisch relevante Informationen zu beschaffen und innerhalb der russischen Streitkräfte Spionageabwehr zu betreiben. – Und was soll die DGNS damit zu tun haben? Unser Forschungsgegenstand?"
Draxler wirkte eingeschüchtert.
„Bei dem Attentat auf diesen Gemüse-Türken vor wenigen Wochen, Külahci – Sie werden davon gehört haben, Herr Professor – hatte der Attentäter eine Spur legen sollen, was aber irgendwie unterblieben ist. Diese Spur hätte die DGNS belasten sollen."
Kallemer sprang auf.
„Jetzt ergibt die Geschichte Sinn, Herr Kolleg`."

Plötzlich erregt umrundete er den Glastisch. „Was weiß dieser Privatdetektiv über die DGNS? In welchem Verhältnis stehen Sie zu ihm?"
„Wir sind eng befreundet. Wir möchten wissen, weshalb Türken Türken im Auftrag der USA oder Russlands oder wem auch immer umbringen lassen und damit die DGNS belasten wollen."

„Gute Frage. Er weiß also nichts über die DGNS und Sie sollen dieses Vakuum mit meiner Hilfe für ihn füllen. Merkwürdig für einen Privatdetektiv, finden Sie nicht?“ feixte Kallemer.
„Konnten Sie ihm denn mit Ihren Kenntnissen aus meinem Seminar ein wenig auf die Sprünge helfen?“
„Aber ja,“ Draxler nickte, „er ist Ihnen sehr dankbar.“
„Schön.“
Kallemer hatte sich vor seinem Glasregal aufgebaut. „Dann weiß er, dass die DGNS eine konservative, rechtsnationale Geheimorganisation ist, die es sich zum Ziel gesetzt hat, Deutschland wieder zu der ihm angemessenen Größe und Bedeutung zurückzuführen. Geheim deshalb, weil sich solche Ziele in der gegenwärtigen politischen Situation und auch wohl noch auf lange Zeit nicht realisieren lassen werden.“
Er ergriff einen staubigen Folianten von einer der höheren Glasplatten und warf ihn auf den Tisch. Staub stieg aus den alten Seiten in das Dämmerlicht der Kunstbeleuchtung auf.
„Geheime Gesellschaften, Verbindungen und Orden“, las Draxler vor. „Von Dr. Schuster, Archivrat am Königlich Preussischen Hausarchiv, mit einem Vorwort von 1905. Das, Herr Kolleg`, sind die Wurzeln. Auch der DGNS. Bände I und II im Sammelpack, über 1.100 Seiten, können Sie gerne mal mitnehmen.“
„Danke.“ Draxler schluckte.
„Und weshalb, Herr Professor, meinten Sie eben, die Verbindung zur DGNS gäbe dieser ganzen Geschichte, in der mein Freund da ermittelt, einen Sinn?“
Kallemer nahm wieder Platz, korrigierte den Sitz der Bügelfalten seines dunkelblauen Maßanzugs.
„Hätten Sie meine gestrige Einführungs-Vorlesung nicht verschlafen, wüssten Sie, dass sich Russland und die Vereinigten Staaten Europa als ihre derzeitige Manövriermasse ausgesucht haben, als potentielles Expansionsfeld zur Erweiterung des eigenen Raumes, der eigenen Macht und der eigenen Bedeutung, vor allem ihres Wirtschaftsraumes, was die USA angeht, und Europas Infrastruktur und

seines technischen Knowhows, was Russland betrifft. Dabei kommt Deutschland eine besondere Rolle zu. Nicht nur, weil beide Großmächte uns seit dem zweiten Weltkrieg fortwährend unter Kontrolle halten, früher als SBZ und DDR einerseits und als BRD andererseits und seit gut drei Jahrzehnten als wiedervereinigtes Deutschland“. Kallemer lockerte den Knoten seiner Krawatte, hellblau mit großen gelben Punkten.
„Und das will diese Gesellschaft nun wieder in den Mittelpunkt der Welt zurückholen?“
„Moment, Herr Kolleg`, so weit sind wir noch nicht. Fremdes Territorium erobert man heutzutage nicht mehr militärisch: zu teuer, zu blutig, zu aufwendig. Auch das haben die beiden Supermächte aus den Erfahrungen des Zweiten Weltkriegs gelernt. Nein, heute geschieht das weit subtiler, schmuseweich sozusagen, aber ich kann hier nicht so weit ausholen. Ich repetiere nur folgende Stichworte: Wir gewähren Russland Zugang zu erstens unseren Kapitalmärkten, zweitens zu unseren Finanzsystemen, wir gestatten ihm drittens Investitionen. Schauen Sie sich mal die Grundbücher der Filetstücke unserer Innenstädte an. Und lesen Sie mal das Standardwerk von Kelly Greenham, Mass Migration as Weapon, dann wissen Sie, was ich meine. Fazit dieser Theorie: Europa, vor allem Deutschland, soll durch Masseneinwanderung destabilisiert werden, und den Supermächten ihren Zugriff zu erleichtern. Klappt ja auch ganz gut, oder? Der Türkei, um auf den Fall Ihres Freundes zurückzukommen, kommt dabei eine Schlüsselrolle zu. Außerdem müssen die Opfer der von den Großmächten geschürten und geführten Bürgerkriege ja irgendwo hin, oder? Libyen, Syrien, Afghanistan – um nur drei Beispiele zu nennen.“
Natürlich drei, dachte Draxler.
„Also nach dieser Migrationstheorie funktioniert das so, und es funktioniert tatsächlich, wie Sie sehen. Europa hat dem nichts entgegenzusetzen, weil es zerstritten, unorganisiert und machtlos ist“.
„Und weshalb nicht Deutschland?“

„ … und Deutschland nicht, weil es einen eigenen Willen, einen Selbstbehauptungswillen, überhaupt nicht hat und nach dem Willen unserer Immer-noch-Besatzungsmächte nach mehr als sieben Jahrzehnten aufgrund unserer angeblichen historischen Schuld auch gar nicht haben darf und wohl auch inzwischen selbst gar nicht mehr haben will. Deutschland verleugnet sich. Aber auch das würde jetzt zu weit führen. Denken Sie nur einfach an die Handy-Abhör-Affäre unserer alternativlosen Kanzlerin, die das Abhören aus dem US-Botschaftsgebäude zwar öffentlich missbilligt hat – das geht gar nicht unter ´Freunden` – wenige Tage später aber den smarten amerikanischen Präsidenten abbusselt. Und nach wie vor natürlich vom Special Collection Service der Amerikaner abgehört wird. Weil unsere auf Spielzeugniveau gehaltenen Nachrichtendienste sonst keine Informationen und Hilfe mehr vom Big Brother jenseits des Atlantiks erhalten und damit endgültig bedeutungslos würden. Oder denken Sie an Russlands Cyber-Attacke auf den Bundestag 2015. Und so weiter, und so weiter.“
Wenn er doch nun endlich zum Punkt kommen würde, dachte Draxler und arbeitete an einer interessierten Miene.
„In diese Lücke sticht die DGNS, die uns sicher verboten würde und die wir uns vor allem selbst untersagen würden, gut erzogen, wie wir sind – wenn man ihrer nur habhaft werden könnte. Aber sie existiert nur als Geheimgesellschaft …“
Kallemer klopfte auf den verstaubten Doppelband zwischen ihnen „ … und Sie finden sie weder im Vereinsregister noch als Untergliederung der Reichsbürger oder als NGO.“
„Aber in Ihrem Seminar …“.
„Aber sie existiert – nicht nur als Forschungsobjekt: Diese Gesellschaft mutiert ständig, wechselt Mitglieder, Organisationsstrukturen, ja sogar ihre Bezeichnung. DGNS ist sozusagen nur ihr derzeitiger Tarnname. Und diese Rätselhaftigkeit weckt natürlich mein Forscherinteresse und wohl auch das der ausländischen Auftraggeber Ihres Freundes daran, die Spuren des Attentats aus dem türkischen Migrationsumfeld auf die DGNS zu lenken, damit deutsche

Ermittlungsbehörden sie nun endlich finden. Und wirkungslos machen."
„So wie Sie die DGNS schildern, bietet die sich ja auch für einen solchen Verdacht geradezu an."
„Das kommt hinzu. Hat man den Attentäter eigentlich inzwischen gefasst oder zumindest einen verfolgbaren Verdacht?"
Draxler zuckte mit den Schultern. Er wusste nicht einmal, wo Jens sich derzeit aufhielt.
„Das alles könnte hinter dem Auftrag an Ihren Freund stecken, und ich könnte mir vorstellen, dass er mir gelegentlich mal vom Fortgang seiner Ermittlungen berichtet. In Sachen DGNS."
„Das wird er, ich frage ihn."
„Tun Sie das. Es gibt da nämlich noch eine Initiative, die sich die Suche nach diesem rätselhaften Phänomen auf die Fahne geschrieben hat. Fand auch Erwähnung in meinem Seminar."
Draxler faltete nachdenklich seine Stirn, konnte sich aber nicht erinnern.
„Womöglich haben Sie auch da geschlafen, Herr Kolleg`", schlug Kallemer vor.
„Die BrU, Stiftung zur Bekämpfung rechtsnationaler Umtriebe, eine Stiftung des Öffentlichen Rechts, die vornehmlich vom Bund gefüttert wird und die auch meinen Lehrstuhl großzügig mit finanziert."
Was glaubte der wohl, aus welchen Mitteln er sich diesen aufgemotzten Ferrari leisten konnte und nicht auf den Allerwelts-AMG-Mercedes angewiesen war, mit dem Baron von Steuffen ihn neulich hatte anfüttern wollen.
Kallemer warf einen Blick auf seine Rolex Oyster Perpetual. „Herr Kolleg`, wir sollten zum Schluss kommen." Er stand auf.
„Aber eines sagen Sie mir noch. Wir sind ungefähr gleichaltrig. Was haben Sie vor Ihrer Immatrikulation gemacht?"
Draxler nahm unwillkürlich Grundstellung ein.
„Ich war Polizist. Sondereinsatzkommando. Und davor Soldat. Kommandosoldat."

„Und daher, nehme ich an, auch der Kontakt zur Unterwelt, Attentate, Privatdetektiv, DGNS".
Draxler nickte brav, auch als Dankeschön.
„Na, dann schildern Sie Ihrem Sportsfreund mal meine Theorie über seine Auftraggeber und gewinnen Sie ihn für weitere Ermittlungen in Sachen DGNS."
Davon würden er und Ferrari ja dann wohl hoffentlich auch profitieren können.
„Dann sind wir nämlich zu dritt: die BrU-Stiftung, Ihr Freund und mein bescheidenes Institut."
„Zu viert", korrigierte Draxler: „seine Auftraggeber."

30

Die beiden jungen Damen lagen nackt auf dem Doppelbett. Emilia Baroness von Steuffen warf ein Kissen zur Seite und richtete sich auf. Ingeborg Engelhardt rollte sich zu ihr, als ob sie noch kuscheln wollte. Aber Emily hatte bereits den Schneidersitz eingenommen. Sie legte den Vibrator auf den Nachttisch zurück. Fahles Abendlicht ergraute vor den Fenstern ihrer Suite. Emily paffte irgendein über riechendes Kraut
„Lässt du mich mal ziehen?"
Inge hielt Emily ihr Kussmäulchen hin und schloss die Augen.
Die Baronesse schob ihr den Joint zwischen die halb geöffneten Lippen. „Soll ich dir eine drehen?"
Inge hustete. „Lieber nicht."
„Dann hör` mal zu, mein Schatz. Dieser Dr. Schaefer ist als Vorsitzender des Innenausschusses doch auch für das öffentlich-rechtliche Stiftungswesen zuständig, nehme ich an – Vereinsrecht, politische Bildung, Religionsgemeinschaften, Parteien, und so."
„Kann sein." Inge hustete und setzte sich auf.

„Ich meine ja, glaube ich."
Sie erinnerte sich an irgendeine Akte über irgendeine Stiftung und nickte.
„Weshalb fragst Du?" Sie zog die Bettdecke über ihre Brust.
„Es gibt da eine Stiftung gegen Rechtsnationale. Die heißt BrU, Stiftung zur Bekämpfung rechtsnationaler Umtriebe oder so ähnlich. Eine öffentlich-rechtliche. Meinst du, du könntest über die was in Erfahrung bringen, mein Engel? Ich meine, was nicht in der Zeitung steht."
Der Engel zuckte die nackten Schultern.
„Was meinst du genau?"
„Mich interessiert, was diese Stiftung über unsere Familie weiß. Genauer: über meinen Großvater, den du ja kennen gelernt hast."
Eigentlich über ihren Vater, den jungen Baron, der inzwischen auch schon Mitte fünfzig war; aber den wollte sie noch unerwähnt lassen.
„Da müssten irgendwelche Erkenntnisse vorliegen. Soweit ich weiß, hat sich der Ausschuss mit dieser Stiftung früher schon mal befasst."
„Mag sein. Kann ja mal nachsehen. Wie heißt die gleich noch mal?"
Emily hüpfte aus dem Bett. Inge zog einen Schmollmund.
„Meinst du, wir kriegen noch was zu trinken?"
„Aber ja, mein Schatz, soviel du willst."
Sie füllte die beiden Champagner-Kelche auf dem Nachttisch und reichte ihr einen.
„Hier, schau her." Emily deutete auf das Flaschenetikett, zeigte auf das ‚Brut' und verdeckte dabei mit dem Daumen den letzten Buchstaben: „B-r-U".

31

„Hast du was erreichen können?“ Jens Timmermans lag immer noch auf Monikas Sofa, ein Prepaid-Handy am Ohr. Es war ein erholsamer Tag gewesen.
„Der Prof rückt nicht mit viel raus. Tut so geheimnisvoll wie das Objekt seiner Forschung. Aber eine interessante Theorie hat er. Und einen Auftrag.“
„Kannst du mir auf dieser Verbindung was über die Theorie berichten, ohne Namen zu nennen?“
Heintz räusperte sich. „Verkürzt meint er, die beiden Staaten hätten ein gemeinsames Interesse daran, alle Kräfte zu schüren, die Migration nach Deutschland schaffe, und alle Kräfte zu unterbinden, die das verhindern wollen. Darunter diese obskure Gesellschaft.“
Jens dachte nach.
„Bullshit. Wahrscheinlich Bullshit, diese Theorie. Dann hätte die Deutsch-Türkische Gesellschaft nicht den Chef dieser Schlepper-Organisation umbringen lassen“.
„Doch. Gerade der wäre doch das idealtypische Ziel dieser deutschen Gesellschaft gewesen, auf die die Spur hatte gelegt werden sollen“.
„Hmm, du sagtest was von einem Auftrag. Für wen? Was?“
„Ach so, ja. Ich habe ihm erzählt, dass du Privatdetektiv bist. Er meinte, du solltest seine Forschungen durch deine Ermittlungen unterstützen. Wie findest du das?“
„Wer bezahlt mich?
„Davon war noch keine Rede. Aber sein Lehrstuhl wird von einer öffentlich-rechtlichen Stiftung gefördert, die rechtsnationale Umtriebe bekämpfen soll, zu denen ja auch wohl diese deutsche Geheimgesellschaft gehört, nach der wir suchen. Die Stiftung heißt BrU, Stiftung zur Bekämpfung rechtsnationaler Umtriebe. Vielleicht geht da was.“
„Frag ihn. Ich denke drüber nach. Danke und Ende.“

Heintz wollte Jens noch daran erinnern, dass ein Soldat sich nicht bedankt, aber Jens hatte die Verbindung schon weggedrückt. Denn es gab Geräusche an der Wohnungstür. Er sprang auf, die Glock in der Hand, entsichert, durchgeladen, schussbereit.

Es war Monika. Er ließ die Pistole hinter eines der Sitzkissen fallen.
„Hi."
„Hallo. Ich bin mal eben in der Küche."
Während Monika dort irgendwas anrichtete, dachte Jens über die Theorie dieses Professors nach. Vor allem darüber, wie sich das mit den Datensätzen in Übereinstimmung bringen ließ, die er im Büro der Deutsch-Türkischen Handelsgesellschaft abgezapft hatte. Er zündete sich eine Roth-Händle an.
„Willst du einen Drink?", rief Monika aus der Küche.
„Ich mach uns einen", schlug er vor. „Gin Tonic."
„Tonic ist hier im Eisschrank."
Er würde später in Ruhe über sein Problem nachdenken müssen.

Nach dem Essen fragte er: „Hast du was in Erfahrung bringen können?"
Monika nickte.
„Die DNA an zwei REVAL-Zigaretten ist identisch. Eine haben sie am Tatort des Attentats auf diesem Gemüsemarkt gefunden, die andere in der Schillerstraße. Wie sie auf deine Spur gekommen sind, weiß ich nicht. Noch nicht. Weißt du`s?"
„Weshalb meine Spur?"
Monika nippte an ihrem Glas.
„Weil sich dieselbe DNA in einer alten Akte von dir findet. Wegen der Sache mit deinem Stellvertreter damals, die euch gezwungen hat, beim SEK aufzuhören."
Jens starrte sie fragend an.
„Sie haben die DNA aber noch nicht abgeglichen, die Akten noch nicht miteinander in Verbindung gebracht. Jedenfalls bis heute nicht."

Aber das kann jeden Moment passieren, dachte Jens.
„Aber es ist eine Frage von Zeit und Zufall, wann das passiert."
„Könntest du sie durch deine Recherche heute darauf gebracht haben?"
Monikas stechender Blick durchbohrte ihn. Sie schüttelte den Kopf.
„Aber Berlin dürfte kein gutes Pflaster für dich sein. Nicht mal bei mir in diesem Versteck hier."
Vor allem nicht, wenn sie dir im Dienst auf die Schliche kommen bei deinen Recherchen für mich, dachte Jens.
Und Monika dachte, wenn du auf deine Beteiligung an dem Attentat auf diesen Cem Külahci nicht ansprechbar bist, wirst du sicher heute Abend auch keine Lust haben, dir anzuhören, was ich sonst noch so gefunden habe: Rita Renner möglicherweise doch kein Opfer eines Autounfalls sondern eines gewaltsamen Genickbruchs. Ender Kücük, ehemals Generalsekretär der Deutsch-Türkischen Handelsgesellschaft DTHG, nicht, wie zunächst offiziell verlautet, Opfer eines selbst verschuldeten Unfalls in der Badewanne, sondern ertränkt. Und das zur etwa selben Tatzeit wie der Hausmeister desselben Büroanwesens Pariser Platz 6b, Tatausführung wie Rita Renner, die es Tage zuvor auf dem Wege dorthin erwischt hatte. Alles nicht beweisfest, aber stimmig. Zumindest heute Abend würde sie ihren Gast auf ihren Verdacht jedenfalls besser nicht ansprechen.
Statt dessen goss sie ihnen noch etwas Gin nach.

32

Nebel tauchte die Steinsche Gasse in dämmeriges Licht. Es war nach Mitternacht, die ersten Lokale hatten bereits ihre Beleuchtungen ausgeschaltet, nur vereinzelte Kneipen und Bars waren noch geöffnet und warfen diffuses Licht in den Nebel, der durch die Amüsiermeile von Duisburg waberte.

Die Beleuchtung der Straßenlaternen fiel wie gedimmt in die dunstige Ecke, in der eine Gruppe jugendlicher Zecher zusammenstand, Bierflaschen, Dosen, Joints und Zigaretten in den Händen. Eine Flasche mit dunkelgrünem Wodka ging unter lautem Gegröle und albernem Lachen von Mund zu Mund.

Die Polizei näherte sich von hinten. Vier Mann. ‚Shariah Police' stand auf ihren sackfarbenen Umhängen. Die Männer musterten die Jugendlichen. Der größte der Scharia-Polizisten, ein Deutsch-Iraker mit zauseligem Bart und kleinen roten Schweinsäuglein, entwand einem der Jungen mit schnellem Griff die Wodkaflasche und hielt sie hoch.
„So geht das nicht", rief er.
„Ihr solltet um diese Zeit längst zuhause sein und schlafen."
„Und morgen in aller Früh dem Ruf des Muezzin folgen und zu Allah beten", sagte sein Polizei-Kollege.
„Allah ist der Größte. Und der sieht das hier überhaupt nicht gerne."
„Und euch beide schon mal gleich gar nicht".
Ein dritter Kollege griff nach den beiden Mädchen in der Gruppe, eines mit kurzen schwarzen Löckchen, das andere mit blondem Bubikopf.
„Geht besser nach Hause."
Die Blonde hielt er am Oberarm fest, Lockenköpfchen an der Schulter. Die Blonde kreischte. Der Lockenkopf entwand sich dem Griff mit einer trunkenen Drehung.
Der Deutsch-Iraker ließ die Wodkaflasche fallen und fing das taumelnde Mädchen auf. Seine Barttracht hing über ihrer Brust.
Die Jugendlichen wichen zurück.
„Sag mal, dürfen die das überhaupt?" fragte einer. Er sah in ratlose, verängstigte Gesichter. Einer zuckte die Achseln. Police hieß immerhin Polizei. Ein anderer schielte auf die vorüber streunenden Passanten auf der gegenüber liegenden Seite der Fußgängermeile. Aber von denen achtete keiner auf sie.

Nur der Freund von Lockenköpfchen bückte sich und ergriff den Rest der Wodkaflasche, die auf dem Kopfsteinpflaster zerscheppert war.
„Lass sie sofort los!“
Der Iraker stellt das zitternde Mädchen wieder aufrecht hin.
„Aber ja. Seid friedlich, Brüder. Wir wollen euch nichts Böses. Wir sind dazu da, euch auf den richtigen Weg zu bringen.“
Sein Deutsch war akzentfrei. „Wir sind eure Polizei. Die Scharia-Polizei.“ Er wölbte seinen beachtlichen Brustkorb vor, damit auch alle bei diesen Lichtverhältnissen die schwarze Aufschrift auf dem Sackleinen lesen konnten.
Der vierte seiner Kollegen zog vorsichtshalber ein längeres Messer unter seinem Burnus hervor und nickte bestätigend. Der Junge ließ den Rumpf der Wodkaflasche wieder fallen.
Der Iraker wischte die Scherben mit seinen schwarzen Kampfstiefeln zur Seite.
„Geht jetzt am besten nach Hause. Alkohol ist nicht gut für euch.“ Er hob seine Arme, als wolle er seinen Segen erteilen.
„Kommt morgen früh in unsere Moschee. Dort wird es euch besser gehen.“

Die Gruppe der Jugendlichen löste sich auf. Zwei stellten ihre Bierflaschen ab, einer warf seine Zigarette in den Gully, in den die Reste des Wodkas geflossen waren. Das Mädchen mit dem Lockenkopf schmiegte sich eng an ihren Freund. Die Blonde torkelte allein in die Dunkelheit. Die Scharia-Polizisten folgten ihr.
Einer der Jungs dachte, das hat geklungen wie ein Platzverweis. Shariah Police. Ob die dafür hier überhaupt zuständig waren? Musste wohl: Denn andere Polizisten hatte er auf diesem Kiez schon seit langem nicht mehr gesehen.

33

Ingeborg Engelhardt, Abgeordneten-Assistentin im Deutschen Bundestag, klappte zufrieden ihren Laptop zu. Ein gelungener Hackerangriff. Jetzt hatte sie so viele Daten über so viele Vereinigungen zusammen, dass sie ihrer Geliebten stolz unter die Augen treten konnte: BrU, DGNS, RUSA, VHD und wie diese obskuren Vereinigungen alle hießen, mit denen ihr Chef sich im Rahmen des Innenausschusses des Deutschen Bundestages beschäftigte – oder besser: sich hätte beschäftigen sollen, dachte sie.
Sie räumte sorgfältig ihren Schreibtisch auf, verbarg den Stick mit den vertraulichen Daten in einem kaum benutzten Taschentuch, warf noch einen Blick auf die Uhr über der Tür – 17:55 – und schlüpfte in ihren Gabardine-Mantel.
Übermorgen würde sie nach München fliegen. Die Baronesse, Emily-Schatz, hatte sie zu einem viel versprechenden Wochenende in das Vier-Jahreszeiten in der Maximilianstraße eingeladen. Die würde sich über den Stick freuen.

Vier Stockwerke unter ihr im Kontrollraum des Abgeordneten-Bürohauses in der Dorotheenstraße 43 wachte ein Sicherheitsmann vor seinem Monitor auf, warf einen Blick auf den Bildschirm vor ihm und rief: „Jetzt! Zimmer 408.“

34

„Wie kommen Sie darauf, dass die Deutschen uns verarscht haben?“
Der Botschafter ließ sich in den Sessel fallen, hinter dem die US-Flagge stand.
„Setzen Sie sich, General, und berichten Sie.“

Der Militärattaché löste sich aus seiner Grundstellung und nahm Platz.
„Unsere Dienste haben – leider mit Verspätung – gemeldet, dass sich sicherheitsrelevante Vorgänge anders zugetragen haben als den offiziellen Verlautbarungen zunächst zu entnehmen war."
Der Brigadegeneral griff nach dem Pappbecher mit dem wässerigen Kaffee.
„Nämlich?"
„Sie erinnern sich an die Operation RUSA?"
Der Botschafter nickte ungeduldig. So, als ob er daran nicht gern erinnert werden wollte.
„Wir haben damals diese Deutsch-Türkische Gesellschaft, diese DTHG, als Handlangerin mandatiert. Dort kam es zu einem Unfall. Hieß es zunächst. Jetzt aber stellt sich heraus, es war eine Operation. Überhaupt scheint da einiges schief gelaufen zu sein."
„Mann, werden Sie deutlicher: Unfall – Operation – schief gelaufen. Wer, wie, wann, was, wo?" knurrte der Botschafter.
„Der Scheißtürke, den wir weg haben wollten, der war uns ja eigentlich egal, ich sage mal, sein Tod war ein willkommener Nebeneffekt. Dekouvrierter Gülan-Anhänger und deshalb schädlich für unsere Beziehungen zur Türkei. Wichtig war uns, den Verdacht auf diese deutsch-nationale Gesellschaft, diese DGNS, zu lenken, damit wir den politischen Widerstand gegen die Flüchtlingsbewegung reduzieren konnten …".
„Weiß ich, weiß ich alles, fällt mir jetzt wieder ein. Operation RUSA, eine false flag operation. Und was ist da schief gelaufen?"
„Die falsche Spur wurde nicht gelegt. Ging irgendwo bei unserem Subunternehmer verloren."
„Bei dieser deutsch-türkischen Gemüsegesellschaft?"
„So ist das. Und deren Generalsekretär, hören wir nun von unseren Diensten, hatte keinen Unfall, sondern ist wohl umgebracht worden. Waterboarding."
„Aber das waren nicht wir, oder?"

Der Botschafter kannte Waterboarding als bewährte Foltermethode zur Erlangung von Geständnissen, aber nicht zur Neutralisierung.
„Woher wissen unsere Dienste das?“
„Integriert ins LKA. Nein, nein, gesucht wird jemand aus der Profi-Killer-Szene, der den Hausmeister gleich auch noch mitgenommen hat. Aber es kommt noch schlimmer.“
Der Botschafter schob neugierig seine Unterlippe vor.
„Jemand hat sich beim Überfall in den PC dieser Gesellschaft eingeloggt und Daten abgegriffen, Daten, die auf uns hinweisen könnten.“
Der Botschafter sprang auf und verschüttete dabei Kaffee aus seinem Pappbecher. „Das muss verhindert werden, Mann. Auf jeden Fall. Unternehmen Sie da was. Sofort.“
„Was und wie, Herr Botschafter, hatten Sie sich das vorgestellt?“
„Hey, Mann, das ist Ihr Baby. Sie sagten LKA. Reden Sie mit den Deutschen. Die tun, was wir sagen. Wenn ich dem LKA-Präsidenten sage ´jump!`, dann fragt der nur noch, ´how far, how high?`“
„Und was soll er machen? Wohin soll er springen?“
„Er soll diesen Profi-Killer, der uns gefährlich werden kann, orten und neutralisieren. Oder bei uns abliefern. Und lassen Sie das alles durch unseren CIA überwachen, ab sofort, jeden Schritt.“

Der Militärattaché sprang auf und nahm Grundstellung ein. „Jawohl, Herr Botschafter, sofort, jeden Schritt.“
Das hatte ihm bei den alten Wehrmachtsfilmen immer so gut gefallen. Dieses makellos Zackige.

35

Schräg gegenüber der US-Botschaft saß ein Mann mit Pudelmütze und schlürfte heißen Tee, den er in gebrochenem Deutsch bestellt hatte. NATO-olivgrüner Parka, zu dünn für die Jahreszeit, darunter einen zu oft gewaschen Rollfragen-Pullover, abgewetzte dunkelbraune Cordhose, ausgelatschte Stiefeletten, die früher mal schwarz gewesen sein konnten, daneben ein Seesack. Er machte sich eine NIL an.

Jens Timmermans getarnt unterwegs. Seine dunklen Kontaktlinsen drückten. Seine liederliche Aufmachung war ihm lästig, aber er brauchte sie.

Nach allem, was er von Monika erfahren hatte. Heute früh war er bei ihr ausgezogen. War besser so. Er durfte sie nicht in Schwierigkeiten bringen. Und hoffte, sie würde ihn nicht hinhängen. Sie zu neutralisieren wäre zwar denkbar einfach, aber zu gefährlich gewesen - das hätte zu Ermittlungen in ihrem Umfeld geführt, auch zu Recherchen über ihre letzten dienstlichen Tätigkeiten. Und über ihren Dienst-PC wäre man irgendwann auf seine Personalien gestoßen. Also unmöglich. Und vielleicht brauchte er sie sogar noch mal. Denn seine Situation war nach wie vor unbefriedigend.

Den Vormittag über hatte er in einem Internet Café nicht weit von hier in der Friedrichstraße versucht, weiteres über diese Deutsch-Türkische Handelgesellschaft und ihre Hintermänner und Auftraggeber heraus zu finden. Auch wenig befriedigend: Die DTHG unterstand einerseits der türkischen Religionsbehörde Diyanet in Ankara, die auch fast neunhundert Moscheen in Deutschland unter sich hatte sowie annähernd eintausend vom türkischen Staat finanzierte Imame – war also eher eine Tarngesellschaft. Sie hatte Anhänger des Predigers Gülen in der Bundesrepublik bespitzelt und Informationen direkt an die türkische Regierung weitergegeben. Da Gülen, Erzfeind Erdogans, in den USA lebte, waren die dortigen Behörden offenbar auf die DTHG aufmerksam geworden, hatten sie erpresst

und als Doppelagentin gefügig gemacht. Er nahm an, in dieser Rolle hatte die DTHG bei ihm dann den Mord in Auftrag gegeben – und wer weiß, was sonst noch.
Moment mal: der Folgeauftrag. Der Umschlag, den Rita ihm vor ein paar Wochen ein paar Kaffeehäuser weiter, im Café Einstein, übergeben hatte. Bislang hatte er nur seinen großzügigen Vorschuss durchgeblättert, den Umschlag im Umschlag – Inhalt des eigentlichen Auftrags – aber noch gar nicht angeschaut. Wozu auch? Ob der ihm jetzt bei seinen Recherchen weiter helfen könnte? Jens griff nach seinem Seesack.

Der Mann, der an ihm vorbei ins Café wollte, blieb neben ihm stehen. „Kann ich Ihnen irgendwie behilflich sein?“
Jens sah zu ihm auf, witterte eine Falle. Schüttelte den Kopf, sprungbereit.
„Entschuldigung. Ich dachte nur …. mein Name ist Schubert. Peter-Klaus Schubert. Ich bin Fachanwalt für Migrationsrecht.“
Er fummelte eine Visitenkarte aus seiner Manteltasche. „Ich meine, wenn Sie Probleme haben, weil Sie Asylant sind. Oder wegen Ihres Bleiberechts, oder wenn Sie Ihre Abschiebung verhindern oder verzögern wollen, dann kann ich Ihnen ja vielleicht helfen. Ich arbeite mit ProAsyl zusammen. Auch eine Wohnung kann ich Ihnen besorgen. Bezahlt alles die Stadt Berlin.“
Der Rechtsanwalt rückte sich einen Stuhl an Jens’ Tisch und legte seine Visitenkarte darauf ab.
„Auch mein Honorar.“
Jens fegte die Karte vom Tisch. „Du Sozialarbeiter für Flüchtlinge? Solltest dich was schämen.“ Er rollte das ‚r’. „Verpiss dich, Rechtsverdreher.“
Eilig verschwand der Anwalt im Innern des Lokals.
Als er weg war öffnete Jens seinen Seesack. Aus einem schwer zugänglichen Seitenfach, das er mit grober Nadel eingenäht hatte, zog er den Umschlag mit seinem letzten Auftrag heraus, dem Auftrag,

der so eilig war, dass er ihn bis jetzt noch nicht mal angeschaut hatte. Er saß alleine hier draußen.
Solche Aufträge lasen sich wie Beurteilungen: Fotos der Zielperson, Aufenthaltsort, Bewegungsmuster, Angewohnheiten, Schwächen, Gefahren. Jens blätterte verstohlen durch die sorgfältig zusammengestellte Mappe. Wer wäre diesmal dran gewesen, wenn seine Auftraggeber professioneller vorgegangen wären? Den Mann in der Akte kannte er nicht. War schon älter.
Auf der letzten Seite fand er eine Notiz, die seine Aufmerksamkeit erregte: ´Steht zu vermuten, dass Kopf (Präsident oder Ehrenpräsident) der Deutschen Gesellschaft für Nationale Sicherheit (DGNS), einer Geheimorganisation, in der als Dachverband rechtsnationale Gruppierungen wie die Old School Society (OSS), die Preußische Gesellschaft, die Identitären, die Neue Initiative Deutschland (NID) etc Mitglieder sein sollen. Gilt als Kopf der nationalen Rechten in der BRD …`.
Also wieder ein VIP.
Aha, dachte Jens, erst wollten sie den Tatverdacht auf die DGNS lenken und dann deren Kopf abschlagen. Das hätte für Stimmung gesorgt im Land. Bis hin zum Bürgerkrieg. Deshalb wohl die Eile. Oder weil die Zielperson schon so alt war: Friedwart Freiherr von Steuffen, neunzig Jahre alt, Schlossherr auf Schloss Steuffenberg im Fränkischen. Jetzt hatte er wenigstens eine Spur zur DGNS.

Jens Blick schweifte über die beiden Botschaftsgebäude auf der gegenüber liegenden Seite, das amerikanische und das russische. Vor der US-Botschaft standen wie immer zwei Polizeifahrzeuge. Der Bürgersteig vor der russischen Botschaft war unbewacht. Wie sich doch die Zeiten ändern, dachte er. Egal, wer von Euch beiden der Auftraggeber der DTHG war, egal, ob Ihr es beide wart - Operation RUSA. Jetzt machte es Sinn: In diesem Land musste vor der Übernahme noch möglichst viel Unruhe geschürt werden. Jens schnürte seinen Seesack und stand auf. Wenn er Heintz jetzt noch erreichte, könnte es doch noch ein guter Tag werden.

36

Dr. Norbert Schaefer, MdB, blätterte durch einen Antrag, den die Grünen in seinem Innenausschuss gestellt hatten, unterzeichnet von dieser Möller: Aufnahme der Einwanderung als Staatsziel in Artikel 20b des Grundgesetzes: ´Die BRD ist ein vielfältiges Einwanderungsland. Sie fördert die gleichberechtigte Teilhabe, Chancengleichheit und Integration aller Menschen`.
Es war erst kurz nach sechs Uhr früh, die Spree lag noch in nebeligem Dunkel. Er konnte sich auf das Papier vor ihm nur schwer konzentrieren. Zumal er in Kürze seine Assistentin zur Rede stellen musste.
Er blätterte weiter. Der neu zu schaffende Grundgesetz-Artikel sollte auch dazu führen, Asylbewerbern und Migranten mehr Führungspositionen am Arbeitsmarkt zu verschaffen; dazu sollten jedwede Bewerbungsverfahren anonymisiert werden – ´Rassismus und Diskriminierungen sind nachhaltig zu ächten und zu sanktionieren`, dazu seien Antidiskriminierungs-Behörden zu schaffen…

Schaefer sah aus dem Fenster. Mein Gott, wenn der Baron das zu Gesicht bekäme. Der hatte seine Zahlungen für Schaefers Kinder schon eingestellt. Ein Mann, ein Wort. Aber darüber würde noch zu reden sein, müsste noch zu reden sein. Nur - wie sollte er jetzt mit diesem Antrag verfahren? Die Präambel des Grundgesetzes sprach doch vom ´Deutschen Volk` und nicht von denen, die hier einfach rein kamen, und das auch noch illegal. Auf der anderen Seite steckten hinter diesem Antrag fünfzig staatsfinanzierte Organisationen und natürlich Staatsministerin Özögüz mit ihrer Ideologie der ´interkulturellen Öffnung`, hinter der große Teile der Koalition standen. Und die sollte gerade jetzt nicht gefährdet werden, hatte die Bundeskanzlerin der Fraktion neulich noch durch deren Vorsitzenden einschärfen lassen. Dann müsste man aber auch wohl den geforderten Nationalen Rat zur interkulturellen Öffnung etablieren, die Länder müssten Partizipationsgesetze erlassen und der Bund

sollte für die Organisation der Migrantenverbände jährlich zehn Millionen Euro an Steuergeldern zur Verfügung stellen, die irgendjemand aus seiner Partei schon zu vierzig bis fünfzig Millionen hochgerechnet hatte, wenn man die erforderliche finanzielle Unterstützung durch die Länder und Kommunen hinzurechnete – jährlich zu den 50.000.000.000 €, die nach den Berechnungen des Kölner Instituts der Deutschen Wirtschaft die so genannten Flüchtlinge den deutschen Steuerzahler ohnehin bereits kosteten.
Ob die Antragsteller das mal durchgerechnet hatten? Eher nicht, vermutete Schaefer, nachdem er sich neulich mal die privaten Lebensläufe, die parteilichen Werdegänge und die beruflichen Abschlüsse der Meinungsmacher angeschaut hatte. Er klappte die Antragsakte zu. Das würde Probleme geben. Er schob die Akte auf den Stapel der unerledigten Eingänge und sah auf die Uhr. Kurz vor halb acht. Inge musste jeden Moment kommen.

Er nahm sich die Papiere vor, die der Sicherheitsdienst ihm gestern Abend übergeben hatte. Kurz nach 18 Uhr hatten die Beamten von der Datensicherheit bemerkt, dass sein PC soeben angezapft worden war. Von Inges Computer. Schon um fünf nach sechs, als die Sicherheitsleute ihr Büro gestürmt hatten, war sie dort nicht mehr anzutreffen gewesen. Laut Kontrolluhr hatte sie das Gebäude um genau diese Zeit bereits verlassen – womöglich mit den abgegriffenen Daten. Er hatte ihr, nachdem er sie nirgendwo hatte erreichen können, in einer SMS noch gestern Abend mitgeteilt, dass er sie heute pünktlich um 7 Uhr 30 zu sprechen wünschte, ´in einer ernsthaften Angelegenheit`.

Sie war pünktlich. Sie trug ein enges dunkles Strickkleid, darüber einen schwarzen Blazer mit hellem Einstecktuch. Sie setzte sich in den Besuchersessel und schlug die Beine übereinander. Schwarze Strumpfhose.

Schaefer griff zur Akte des Sicherheitsdienstes. Jedenfalls ist sie in ihrem schwarzen Outfit dem Ernst der Situation entsprechend angezogen, dachte er und löste den Blick von ihren Knien. Er konfrontierte sie mit seinem Verdacht und las ihr die Aufzeichnungen des Sicherheitsdienstes vor.
Sie wurde blass. Genau das hatte sie befürchtet, als die SMS sie gestern Abend erreichte. Deshalb hatte sie auch nicht zurück gerufen. Und die ganze Nacht über Zeit gehabt, sich ein Konzept zurechtzulegen. Ihr gespieltes Entsetzen gehörte dazu.
Sie wischte sich ein paar Tränen ab. „Ich weiß nicht …“.
„Du, Sie müssen doch wissen, ob Sie meinen PC geknackt haben.“
Ob, nicht dass.
Sie griff nach dem unerwarteten Strohhalm.
„Natürlich nicht.“ Sie räusperte sich.
„Ich habe mein Büro nebenan bereits um 17 Uhr 55 verlassen. Weiß ich genau. Sollte auch der Sicherheitsdienst wissen, der weiß doch, wann ich das Gebäude verlassen habe und wie lange ich bis zum Ausgang, zur Ausgangskontrolle brauche. Da muss zwischendurch jemand für ein paar Minuten in meinem Büro gewesen sein. Jemand, der mir aufgelauert und darauf gewartet hat, dass ich gehe. Wenn das ganze überhaupt stimmt.“
„Du hattest dein Büro nicht abgeschlossen?“
Inge schüttelte ihre blonden Locken. „Aber was viel schlimmer ist, Norbert: dass du mir das zutraust.“
Sie schniefte und tupfte ihre Nasenflügel mit dem Einstecktuch ihres Blazers ab.
„Für dich Dr. Schaefer, bitte! Ich meine, für Sie.“
Ihm war der Anruf von Baron von Steuffen neulich wieder eingefallen, der ihn just zu Beginn der Sitzung des Innenausschusses auf Inges Mobiltelefon erreicht hatte. Das war ihm damals schon merkwürdig vorgekommen.
Auf der anderen Seite stimmte ihr Einwand mit der Zeitlücke: Zwischen fünf vor sechs und fünf nach sechs lagen zehn Minuten, in

denen jemand, der sich auskannte, den Hackerangriff von Inges PC hätte ausführen können.
„Hattest du deinen Computer runtergefahren?“
Noch ein Strohhalm. Warum wusste der Sicherheitsdienst das nicht?
Sie zuckte mit den Schultern.
„Weiß ich nicht. Mache ich ja immer. Aber gestern war ich in Eile, ich musste Punkt sechs weg sein, eine Verabredung. Du, Sie waren nicht da …“.
Er war den ganzen Nachmittag auf dieser überflüssigen Konferenz gewesen. Eigentlich hätte sie auch in dieser Zeit meiner Abwesenheit an meinen PC gehen können, sein Büro war unverschlossen gewesen. Und für wen oder was sollte sie ihn schon ausspionieren? Bei dem guten Verhältnis, das sie hatten. Gehabt hatten. Er hatte da doch nichts falsch gemacht. Oder war Inge etwa eifersüchtig auf Ilona und ihre Ehe? Unwahrscheinlich. Wahrscheinlich aber war, dass Inge ihn mit ihrer kleinen Affäre erpressen würde, wenn er jetzt versuchte, sie weiter unter Druck zu setzen.
Als er an Ilona dachte, fielen ihm die ausbleibenden Zahlungen des Barons wieder ein. Ilona hatte deswegen schon vorwurfsvoll Fragen gestellt. Verteufelte Situation. Gut, dass er das Angebot des Sicherheitsdienstes abgelehnt hatte, bei der Befragung seiner Assistentin dabei zu sein. Ob die deswegen Verdacht geschöpft hatten? Eher nicht. Am besten, er würde die Sache auf sich beruhen lassen.
Inge erwiderte erwartungsvoll seinen Blick.
„Wenn du meinst, ich sei ein Sicherheitsrisiko …“, flüsterte sie in die entstandene Pause. „Privat könnten wir doch dann wieder zusammen sein, oder? Ich meine, nach meiner Entlassung.“
Schaefer schüttelte den Kopf.
„Nun lass mal gut sein, ich musste der Sache ja nachgehen. Du bleibst hier.“
Er erhob sich und legte ihr den Vorgang ´Diskriminierung als Staatsziel` auf den Schoß.
„Geben Sie das mal in den üblichen Verteiler, Frau Engelhardt.“

„Gerne.“ Sie stand auf und schob den Saum ihres schwarzen Strickkleides nach unten.
„Eilt aber nicht“.

37

Die beiden Berliner CIA-Residenten waren unterwegs zu Monika Metzlers Wohnung. Die Scheibenwischer des alten Dodge kämpften gegen heftigen Schneegriesel an.
„Und weshalb setzen wir bei dieser Pussy an?“ wollte der Fahrer wissen.
„Sie war es, die in ihrer Dienststelle den Zusammenhang zwischen dem Attentäter dieses Türken, den wir aus operationalen Gründen weghaben wollten, und einem ehemaligen Kommandosoldaten festgestellt hat, der mit unseren Jungs früher mal in Afghanistan war. Ein Zusammenhang, den sie bisher offiziell nicht gemeldet hat.“
„Und woher wissen wir das dann?“
Der Beifahrer kicherte. „Wir sind auf Anordnung der Botschaft in der Dienststelle drin und in sämtlichen Computern. Und uns ist es dann auch aufgefallen. Deshalb kennen wir jetzt auch die Identität der Zielperson. Wir wissen bloß nicht, wo sich dieser Typ aufhält. Noch nicht. Pussy Metzler sollte es wissen. Wir fragen sie gleich.“ Der Mann schmatzte mit seinen wulstigen Lippen.
„Da vorne musst du links rein, wir sind dann auch gleich da.“

Den Dodge stellten sie in einer dunklen Seitengasse ab. Die beiden Agenten traten in das diffuse Licht der Bogenleuchten und tapsten durch den Schneematsch auf das gegenüber liegende Haus zu. Der Beifahrer hatte ein vernarbtes Boxergesicht und sah aus wie Charles Bronson nach einer verunglückten Botox-Behandlung. Sein Kollege war einen Kopf kleiner und erinnerte an die Kreuzung zwischen einer Hyäne und einer Fledermaus, mit großen Segelflugohren und einer zu klein geratenen Rattennase.

Die Haustür von Nr. 9 stand offen. Sie betraten den Aufzug. An der Wohnungstür mit dem Schild ´M. Metzler` im I. Stock klingelten sie. Frau Metzler war wohl nicht zuhause; jedenfalls rührte sich nichts hinter der Tür, auch nicht nach mehrfachem Klingeln.
Auf ein Nicken des Boxergesichts öffnete die Fledermaus-Hyäne das Schloss mit dem Dietrich. Die beiden nahmen auf der Couch im Wohnzimmer Platz.
Die Fledermaus-Hyäne ertastete im Dunkeln neben sich ein bezogenes Kopfkissen. Ob auf der Couch jemand geschlafen hatte? Etwa ihre Zielperson?
Sie warteten. Irgendwann würde diese Polizistin schon nach Hause kommen. Charles Bronson überprüfte den Sitz seiner Dienstpistole, stellte fest, dass sie nicht geladen war, und schlummerte ein.

Monika Metzler kam nach einer guten halben Stunde. Schon beim Aufschnappen des Türschlosses hatte sie ein eigenartiges Gefühl – es klang irgendwie anders heute Abend. Dann die Nässespuren auf dem Parkett im Flur. Geschneit hatte es erst seit heute Nachmittag. War Jens etwa doch wieder zurückgekommen? Und saß oder lag hier irgendwo im Dunkeln rum? Nicht anzunehmen. Gespannt schaltete sie die Flurbeleuchtung ein, danach die Küchenlampe. Der fremde Geruch gefiel ihr nicht. Im Flur stellte sie die Sporttasche ab, die sie bei ihrem Taekwondo-Training dabei gehabt hatte.
Als sie den Wohnraum betrat und nach dem Lichtschalter tastete, ahnte sie, dass hier irgendeine Überraschung auf sie warten würde, eine eher unangenehme. Aber mit diesen beiden schrägen Vögeln auf ihrem Sofa hatte sie nicht gerechnet. Immerhin trugen die zwei Anzüge, wenn auch leicht zerknitterte, und Krawatten, wenn auch sehr geschmacklose.

Die beiden standen auf. Der Kleine mit den Segelohren murmelte eine Entschuldigung, die wie „Sorry, Ma'am" klang. Der Größere, dessen Gesicht sie an irgendeinen US-Schauspieler erinnerte, schüttelte sich den Schlaf aus seiner Boxervisage.
„Meine Herren, Sie haben sich sicher verlaufen. Sie wollten wohl zur Geisterbahn, oder?"
Monika hielt ihnen die Tür auf und trat zur Seite. Dieser Besuch musste irgendetwas mit Jens zu tun haben. Vielleicht hätte sie sich überraschter zeigen sollen. Aber immerhin war sie Polizistin und sie nahm an, ihre Besucher wussten das. Ob das Kollegen waren? Aber die hätten sich nicht auf Englisch entschuldigt. Amerikaner?
Der Kleinere der beiden trat vor.
„Lieberman, Special Agent Lieberman, CIA Berlin. Ma'am, beruhigen Sie sich. Wir haben nur ein paar Fragen. Dienstlich. Das ist mein Kollege Cahill."
Lieberman wackelte mit seinen Segelohren.
„Ich schlage vor, wir setzen uns", meinte Cahill und ließ sich wieder auf das Sofa fallen.
„Fühlen Sie sich wie zuhause, Miss Metzler." Seine Botoxnase deutete auf den Sessel ihm gegenüber.
Beide sprachen jetzt deutsch. Auch Lieberman setzte sich. Nur Monika nicht.
„Nix da! Aufstehen und gehen! Sofort! Sie können mich morgen auf meiner Dienststelle erreichen. Auf dem Dienstweg. Also raus jetzt!"
Sie wedelte mit der offenen Tür.
„Ich halte sie fest und du fragst", schlug Charles Bronson alias Cahill vor und stand wieder auf. Lieberman auch.
„Es geht um Jens Timmermans", sagte er. „Sie kennen den doch. Nur ein paar Fragen. Wir interessieren uns nur für den."
Er kam langsam auf Monika zu, von vorne rechts. Cahill von vorne links.
„Wenn Sie nicht sofort gehen, rufe ich die Polizei".
Monikas Handy lag unten in der Sporttasche und die stand im Flur.
„Bevor die hier ist, sind wir mit unserer Befragung schon durch."

„Also, mach keine Zicken, Baby.“ Cahill griff nach ihr, wollte sie wohl in den Sessel schieben oder ziehen.
Monika riss ihr linkes Knie hoch in seinen Schritt, wartete seine schmerzerfüllte Verbeugung ab und hieb ihm, als er langsam wieder hoch kam, ihre rechte Faust in seine Botoxfresse. Es knackte hässlich und Cahill taumelte auf die Couch zurück.
Bevor Lieberman ein- oder angreifen konnte, traf Monika ihn mit einem angewinkelten Fußstoß an der linken Schläfe – bei ihrer Größe und der Länge ihrer trainierten Beine überhaupt kein Problem für sie. Aber für ihr Opfer: Lieberman fiel über den einknickenden Tisch und landete neben seinem Kollegen auf Jens' Kopfkissen. „Und jetzt raus, meine Herren! Zurück auf die Geisterbahn.“
Die beiden Special Agents berappelten sich. Lieberman versuchte aufzustehen, drehte sich im Kreis, setzte sich wieder hin. Beide Hände an beiden Schläfen versuchte er es erneut. Cahill schnappte sich den Kopfkissenbezug und bespuckte ihn mit Blut und Zahnsplittern. Er sammelte seinen torkelnden Kollegen ein und schleppte sich und ihn an Monika vorbei in den Flur. Seine wulstigen Lippen waren aufgesprungen.
In der offenen Etagentür blieb er stehen. Sein linker Arm stützte Lieberman, der wie abwesend im Türrahmen lehnte und an die Decke stierte. Mit der Rechten zog Cahill seine Waffe aus dem Holster, richtete sie auf Monika und drückte ab. Monika erstarrte. Klack. Leeres Patronenlager.
„Sie hören von uns, Ma'am. Schon bald.“
Special Agent Cahill spuckte noch einen blutigen Zahnsplitter in die Schneepfütze auf dem Parkett, klemmte sich seinen kleinen Kollegen unter den Arm und verschwand im Dunkel des Treppenhauses.

Monika hatte sich bepisst. Die auf sie gerichtete Dienstpistole hatte sie beeindruckt. Sie knallte die Etagentür zu. Vom Wohnzimmerfenster aus beobachtete sie, wie der Größere den Kleineren vorsichtig in den Fond der dunklen Limousine zog, die etwas abseits auf der anderen Straßenseite stand. Ein älterer Dodge. Dass ihr der vorhin nicht aufgefallen war. Jetzt fiel ihr etwas anderes auf: Cahill rollte Jens' Kopfkissenbezug zusammen, schob ihn unter Liebermans Kopf. Scheiße, jetzt hatten sie die DNA von Jens - hoffentlich ohne es zu wissen. Seufzend entließ sie einen letzten Urintropfen in ihre durchnässte Sporthose.

Auch nach der heißen Dusche, einem warmen Bad und zwei doppelten Gin fand Monika keinen Schlaf. Wieso wusste die CIA von ihrer Verbindung zu Jens, wenn sie die einzige in ihrer Dienststelle war, die auf Jens' Spuren DNA-Vergleiche angestellt hatte? Ihre Dienststelle musste von der CIA gehackt worden sein. Wie lange würde es dauern, bis ihre Vorgesetzten Monikas Recherchen über Jens entweder selbst aufdecken oder von dem befreundeten Nachrichtendienst darauf hingewiesen würden? Nicht lange. Nicht nach der Abschiedsdrohung dieses Monsters vorhin. Einer offiziellen Meldung musste sie zuvorkommen, wenn sie nicht ein Disziplinarverfahren riskieren oder gar ihren Job verlieren wollte. Sie könnte sich ihrem Inneren Dienst anvertrauen, der Polizei innerhalb der Polizei. Aber das alles würde Jens gefährden. Sie würde ihn zwar hinhängen müssen, aber sie sollte ihn zuvor warnen. Oder sollte sie ihn einfach verleugnen?

Irgendwann schlief sie ein, träumte aber von Geisterbahn-Fratzen, die ungeladene Dienstpistolen auf sie richteten und hin und wieder auch mal abdrückten. Im frühen Morgengrauen fiel ein erster Schuss. Monika schreckte auf, fuhr hoch, schweißnass. Der Wecker. Als erstes rief sie Jens an.

38

Auf die Zinnen von Schloss Steuffenberg rieselten erste Schneeflocken. Seine ausladenden Dächer verschwanden nach und nach unter einer glitzernden weißen Decke. Die Dämmerung des späten Nachmittags tauchte die umliegenden Wälder in geheimnisvolles Grau.

Das Arbeitszimmer von Friedwart Freiherr von Steuffen wurde von mehreren Lichtinseln erhellt, auf dem Schreibtisch, in der Sitzecke und durch das prasselnde Kaminfeuer, vor dem der Baron in seinem Lieblingssessel Platz genommen hatte, Schafswolldecke über den Knien, zu seinen Füßen seine Enkelin, Emilia Baronesse von Steuffen, genannt Emily.

„Nun, mein Schatz, was weiß unsere Quelle denn so zu berichten?" Der Baron setzte seinen Cognacschwenker auf dem Beistelltisch mit den Mosaiken ab.

„Ihr Typ, dieser Schaefer, ist Gründungs- und Präsidiumsmitglied dieser Stiftung zur Bekämpfung rechtsnationaler Umtriebe, BrU, weiß es aber inzwischen wohl gar nicht mehr. Jedenfalls kümmert er sich einen Scheiß drum."

Der Baron runzelte missbilligend die Stirn.

„Seine Tätigkeiten beschränken sich auf die gelegentliche Teilnahme an Stiftungstreffen und –essen, die alle zwei Jahre stattfinden, und darauf, aus den öffentlich-rechtlichen Stiftungsgeldern seine jährliche Apanage abzugreifen. Die Quartalsinformationen wandern jeweils ungelesen in die Ablage."

„Unternimmt dieser Kerl eigentlich noch irgendwas in unserem Sinne, etwas, wofür ich ihn und seine Familie schließlich jahrelang subventioniert habe?"

Der Baron wischte sich verärgert eine Strähne seines blonden Toupets aus der Stirn. Emily schüttelte ihren Drahthaarkopf.

„Eher im Gegenteil: In dieser Stiftung tut er zwar nichts, aber die BrU-Stiftung ihrerseits sucht die DGNS; die steht sozusagen bei denen ganz oben auf der Fahndungsliste, und zwar aufgrund von

Informationen des Verfassungsschutzes. Und weißt Du, wen diese Stiftung ihrerseits finanziert und wer die DGNS deshalb auch sucht?“

„Schenk mir noch einen Cognac ein.“

Der Baron lehnte sich zurück, nachdenklich, weniger über ihre Frage als über die, die er ihr stellen wollte: „Haben wir über deine Quelle die Möglichkeit, ihn in seinem Stiftungstreiben umzudrehen?“ Er sprach langsam, betonte jedes Wort.

„Eher nicht, Opa. Meine Quelle muss befürchten aufzufliegen. Neulich hatten sie sie schon fast am Wickel. Außerdem: Der Typ hat doch schon bisher gezeigt, dass er uns nicht helfen kann“.

Da hatte sie Recht. Er hätte schon vorher entscheiden sollen. Und jetzt musste er zu seiner einmal getroffenen Entscheidung stehen. Er wurde alt.

„Und wer sucht uns noch?“

„Jetzt halte dich fest, Opa: der Lehrstuhl für Politische Wissenschaften in Würzburg. Der erhält dafür Gelder aus der BrU-Stiftung. Um uns ausfindig zu machen. Genauer gesagt: dein Patensohn Kallemer.“

Der Cognacschwenker zerschellte auf dem Mosaik. Das Gesicht des Barons hatte die Tönung der fahlen Asche am Rande des Kamins angenommen. Sein Mund stand und blieb offen. Der flackernde Blick fuhr empört zur Zimmerdecke, um etwas später in der Glut des Kaminfeuers zu versinken. Der Baron zitterte.

Die Eingangstür wurde aufgerissen. Karl, der Zerberus, war durch das Klirren des zerspringenden Glases alarmiert worden. Die Baronesse wedelte ihn mit einer ungeduldigen Handbewegung zurück in den Flur, ihre Augen besorgt auf den Großvater gerichtet. Ihre Nachricht hatte ihn noch tiefer getroffen als ohnehin befürchtet. Unlängst hatte er ihr noch ganz stolz erzählt, sein Patenkind und Freund Klaus Kallemer, sein Sohn-Ersatz, hätte eines seiner Seminare der DGNS gewidmet – ohne etwas Substantielles zutage gefördert zu haben.

Der Alte sabberte leise Flüche vor sich hin. Sie goss ihm ein neues Glas ein. Mit zittriger Hand griff er danach.
„Das mit der Finanzierung seiner Arbeit durch diese BrU-Stiftung, das hätte er mir berichten müssen. Wer weiß, was er mir noch alles verheimlicht? Unehrenhaft. Ich betrachte das als Verleugnung unserer Freundschaft. Er hätte doch nun von mir wirklich alles haben können. Wird nicht folgenlos bleiben."
Müde prostete er seiner Enkelin zu. „Ruf morgen deinen Vater an. Es ist Zeit für einen Übergang."

39

Dr. Norbert Schaefer, MdB, bekam seine Assistentin nicht aus dem Kopf. Das lag nicht nur an dem engen Strickkleid, das sie kürzlich getragen hatte. Das lag vor allem daran, dass er ihr wohl zu leichtfertig geglaubt hatte. Es war doch zu unwahrscheinlich, dass irgendein Fremder im Korridor auf ihren Feierabend gewartet haben könnte, um dann innerhalb von fünf bis zehn Minuten von ihrem Computer aus den seinen zu hacken; schließlich hätte er das an Schaefers Schreibtisch einfacher haben können.
Schaefer griff sich noch mal die Akte des Sicherheitsdienstes. Was hatte der Hacker eigentlich gesucht? An welchen Daten war er interessiert gewesen? Aha, überwiegende Material beschäftigte sich mit der BrU-Stiftung, um die er sich aus Termingründen jahrelang nicht mehr so richtig hatte kümmern können. Also völlig unwichtig, kein tagesaktuelles Thema. Die BrU-Stiftung dümpelte so vor sich hin. Sollte er mal wieder aktivieren. Was hatten die gerade im Visier? Eine Gesellschaft namens Deutsche Gesellschaft für Nationale Sicherheit DGNS, derer man nicht habhaft werden konnte, weil so gut wie nichts über deren Struktur und ihre einzelnen Mitglieder bekannt war. Ein Würzburger Polit-Professor war darauf angesetzt

worden, der die Gesellschaft wohl wissenschaftlich suchen und untersuchen sollte – Würzburg? Sein Wahlkreis. Prof. Dr. Klaus Kallemer. Nie gehört. Wieso Würzburg? Die Ursprünge der Gesellschaft wurden nach unbestätigten Informationen des türkischen Geheimdienstes und der CIA im fränkischen Adel vermutet.

Schaefer schüttelte den Kopf. Lächelte. Das konnte ja wohl nicht wahr sein: Der Bericht enthielt zwar keinen Hinweis auf den Verdacht, der soeben in ihm hoch gekommen war, aber er hatte gerade an Freiherr von Steuffen denken müssen.
Er sprang auf, ließ die BrU-Akte liegen. Ein Blick auf seine Blancpain: kurz nach 22 Uhr. Er lief in Inges Büro nebenan, schaltete das kalte Neonlicht ein und fuhr ihren Computer hoch. Schon beim Passwort blieb er hängen. Er unternahm ein paar weitere Versuche, alle vergeblich. Von der IT-Sicherheit dürfte niemand mehr zu erreichen sein. Außerdem wäre es unklug, nochmal den Verdacht eines Leaks auf sich zu ziehen.
Als er aufstand fiel sein Blick auf Inges Jahreskalender. Sie hatte gesagt, sie hätte am Donnerstag ´Punkt sechs` gehen müssen, wegen einer ´Verabredung`. Aber da war kein Eintrag, kein Hinweis auf irgendeine Verabredung mit einem Auftraggeber, der ihn ausspionieren wollte, kein Rendezvous, kein sonstiger Termin. Dafür aber am Folgetag. Am Freitagabend war eine Abflugzeit eingetragen: ´17:16 MUC`, und auf den Seiten für Samstag und Sonntag entdeckte er stilisierte Skizzen von Blumen, der Sonne, eines Baumes und eines Schneemannes – von Symbolen für die vier Jahreszeiten. Die vier Skizzen standen zwischen fünf wie von Kinderhand gemalten Buchstaben: ´E – m – i – l – y`. Emilia Baronesse von Steuffen.

40

Nach Monikas Warnanruf hatte Jens Timmermans Zuflucht auf dem Gelände der Julius-Leber-Kaserne im Norden Berlins gefunden, die seit einiger Zeit als Erstaufnahme-Einrichtung für Flüchtlinge diente. Mit seiner Migranten-Tarnung hatten sie ihn nicht einmal nach Papieren gefragt, vielleicht, weil ihnen ohnehin nur immer Falsifikate vorgelegt oder leere Hände gezeigt wurden. Auch für den Inhalt seines Seesacks hatte die junge Obergefreitin an der Wache sich nicht interessiert. Aber die CIA interessierte sich für ihn. Noch vor der deutschen Polizei. Ein weiteres Indiz dafür, dass die USA hinter seinem Auftrag gesteckt hatten. Die würden demnach auch hinter dem Auftrag stecken, den Chef der DGNS zu liquidieren. Von Heintz und diesem Professor hatte er immer noch nichts gehört. Jens musste jetzt erst mal zu sich kommen und seine weiteren Schritte sortieren. Hier war er zwar vor seinen Häschern sicher, denn Repräsentanten des Staates waren in diesem Kasernengelände noch nie aufgetaucht - sah man von den Bundeswehr-Angehörigen ab, die in ihren Flecktarn-Kostümen aber lediglich Pförtner-, Service- und Reinigungsaufgaben wahrnahmen.
Aber seine neue Umgebung da war so unruhig, dass er kaum zum Schlafen und erst recht nicht zum Nachdenken kam. Derzeit waren sie in den festen Gebäuden der ehemaligen Kaserne untergebracht, pro Gebäude je nach Größe zwischen 20 und 60 Mann. In Jens' Backsteinbaracke waren sie 20, Bett an Bett, aber man hatte den Schutzsuchenden nach deren lautstarken Protesten und dauernden Meutereien für die nächste Woche schon Umzüge in benachbarte Hotels versprochen. Dann würde Jens allerdings nicht mehr dabei sein.
Sein Nachbar zur Rechten hatte ihm Kokain, Hasch und Ecstasy angeboten, auch zum Weitervertrieb. Jens würde am Gewinn natürlich beteiligt. Sein Nachbar zur Linken hatte ihn gestern Nacht für eine Einbruchstour durch Charlottenburg gewinnen wollen, an der noch zwei andere Flüchtlinge beteiligt waren. Heute früh hatten sie in

seinem Beisein ihre beachtliche Beute aufgeteilt und ihn gefragt, ob sie nächste Nacht mit ihm rechnen könnten.
Jens verharrte schweigend auf seinem Bett. Seine Kontaktlinsen drückten. Er sprach nur das Nötigste, und das brockenweise und in falschem Deutsch. Trotzdem befürchtete er ständig, sich durch einen Zufall oder einen Fehler irgendwann zu verraten und als Nicht-Migrant auf- und rauszufliegen. Vorher musste er hier weg. Wenn doch Heintz sich endlich melden würde.
Die Umgebung war auch sonst nicht einladend. Jedenfalls nicht für Zivilisierte. Gebäude 32 hatten sie vor ein paar Tagen in einem Streit zwischen Kurden und Türken abgefackelt, war ihm berichtet worden, und in der Unterkunft nebenan plante ein selbst ernannter Imam einen Bombenanschlag auf eine Kirche in Wilmersdorf, für den noch Sprengstoffexperten gesucht wurden.

Er kam von der Toilette zurück und sah, dass jemand in Uniform ihren Schlafsaal fegte. Die Obergefreitin, die ihn vorgestern an der Wache in Empfang genommen hatte. Sie war gerade auf der Höhe von Jens' Bett, als der Typ an der gegenüber liegenden Wand auf seine Matratze sprang, sich die Hose aufriss und rief: „Ficki, ficki, du kommen, deutsche Frau."
Er hüpfte auf der Matratze herum wie auf einem Trampolin, sein halb ausgefahrener Schwanz hüpfte mit.
Die Soldatin ließ den Besen fallen, wollte an Jens vorbei zum Ausgang laufen. Aber zwei andere Flüchtlinge hatten sich schon rechts und links von ihr aufgebaut, grinsend und voller Erwartungen. Auch Jens stand im Weg, ihn traf ihr erschrockener Blick. Er hielt sie mit dem linken Arm fest, hob mit der Rechten den Besen auf. Sie kreischte. Die beiden Flüchtlinge grapschten nach ihr. Dem einen rammte Jens den Besenstiel in den Solarplexus, dem anderen in die Halspartie. Der Matratzenhüpfer von der anderen Gangseite hüpfte nicht mehr, verharrte stehend auf seinem Bett und fummelte an seiner Hose herum. Seine wütenden Augen waren auf Jens gerichtet, verständnislos, fassungslos.

Jens löste seinen Blick von den beiden regungslosen Männern zu seinen Füßen und sagte zu der Obergefreitin, während er den Mann gegenüber im Auge behielt: „Mädchen, nimm besser nur noch Aufträge an, die du auch ausführen kannst. Fegen solltest du hier nicht mehr. Ist auch nicht dein Job. Und unser Land solltest du auch nicht mehr verteidigen wollen. Du kannst ja nicht mal dich selbst verteidigen." Einwandfreies Deutsch.
Er gab ihr den Besen zurück, griff sich das Ende des gegenüber stehenden Bettes und zog es heftig vor. Der Hosenmatz taumelte mit rudernden Armen nach hinten und klatschte mit seinem Hinterkopf gegen die gekachelte Mauer. Dort blieb er in bizarrer Verrenkung liegen.

Mitbewohner hatten interessiert zugeschaut. Einem waren seine jugendlich weichen Gesichtszüge in Andacht und Bewunderung erstarrt. Donnerwetter, dachte er, den Typen wirst du dir merken müssen.
Jens hatte sich verraten. Das war genau das, was er befürchtet hatte. Hier konnte er nicht länger bleiben. Er hob seinen Seesack auf und verließ das Unterkunftsgebäude, die Soldatin an seiner Seite. Keiner stellte Fragen, niemand stellte sich ihnen in den Weg. Draußen vor dem Gebäude vibrierte Jens' Telefon. Es war nicht Heintz, es war Monika.

41

Nach so langer Zeit hatte sich Emily das Treffen mit ihrem Vater anders vorgestellt. Sie saß in einem kalten Ledersessel vor seinem gigantischen Schreibtisch in einem knapp 100 qm großen Raum aus Glas und Stahl, Downtown Frankfurt, in der 22. Etage eines dieser

Bürotürme, die das Zentrum von Mainhattan so gemütlich machen. Unter ihr pulsierte der Banken- und Business-District.

Ein livrierter Sekretär mit Arschbacken schaukelndem Homo-Gang hatte ihr eine Limonade mit Eis serviert, die fast so kalt war wie die gefühlte Raumtemperatur. Schneeregen klatschte gegen die Panoramafenster, auf denen Windböen das Wasser immer wieder neu verteilten. Draußen herrschten Minusgrade, aber Emily empfand die Atmosphäre hier drinnen noch deutlich kälter. Sie wartete seit knapp einer halben Stunde hier, dachte an ihre viel zu früh verstorbene Mutter und wusste nicht, ob sie frieren oder schwitzen sollte.

Die Stimme ihres Vaters, Dr. Roland Freiherr von Steuffen, Chief Financial Director von Blackbridge, Inc., Germany, nationaler Ableger einer der größten internationalen Vermögensbetreuungs- und Verwaltungsgesellschaften weltweit.
„Hi, Emily, welch' Überraschung!"
Emily stand auf und beschloss zu frieren.
Ihr Vater ging mit behendem Schritt nicht auf sie zu, sondern an ihr vorbei zu seinem Thron hinter den Marmor-Schreibtisch, der jetzt wie der Sockel seines dunkelgrauen Zweireihers wirkte.
„Bleib' doch bitte sitzen, mein Kind. Wie geht es dir? Was kann ich für dich tun? Probleme?"
Er liebte Probleme. Und löste sie alle sofort. Hatte er immer so gemacht. Ohne Rücksicht auf die Folgen. Und immer ohne persönliche Anteilnahme. Seine fast 60 Jahre sah man ihm nicht an.
Emily stellte ihre Limo auf der Marmorplatte ab, die Eiswürfel klirrten.
„Es geht um deinen Vater, meinen Opa."
„Probleme? Gesundheitlich?"
Emily nahm ihm seine besorgte Miene nicht ab und entschloss sich, sogleich zur Sache zu kommen.

„Es geht um seine Nachfolge als Präsident der DGNS. Er hat den Nachfolge-Fall ausgerufen und deshalb bin ich hier. Nach den Statuten bist du als sein Sohn auch sein Nachfolger.“
„Also doch gesundheitlich. Kann er nicht mehr? Er war doch immer so engagiert.“
„Dieser Würzburger Professor, sein Freund, sein Patenkind, hat ihn wohl enttäuscht.“ Sein Ersatzsohn, dachte sie.
„Dieser Kallemer hat ihm den Rest gegeben. Dessen Lehrstuhl wird von einer Stiftung finanziert, die sich die Bekämpfung rechtsnationaler Umtriebe auf die Fahnen geschrieben hat. Zum Beispiel die DGNS.“
Ihr Vater legte seine Stirn in Falten. Bilanzprobleme wären ihm offenbar lieber gewesen, dachte Emily.
„Und als ich ihm das offen legte, fragte er sofort nach dir.“
Er drehte ihr die Rückseite seines Rollsessels zu und starrte auf die Frankfurter Skyline. Oder hatte die Augen geschlossen. Emily sah nur die sorgfältig geschneiderte Rückenpartie seines grauen Business-Jacketts über dem Marmorsockel.

Der Sekretär tänzelte in den Saal und füllte ihre Limonade auf.
„Darf es sonst noch etwas sein, Herr Direktor?“
Der Baron winkte mit unauffälligem Augenzwinkern ab.
Emily schaute dem aufregenden Gang des Livrierten hinterher.
„Oh, doch!“
Der Sekretär blieb stehen, drehte sich zurück zu ihrem Vater.
„Bring’ mir doch mal die Akte DGNS oder wie die gerade heißt. Das ist diese politische Gesellschaft, du weißt schon, Schnucki.“
Emily schluckte. Schnucki holte die Akte.
Vater und Tochter saßen sich schweigend gegenüber. Die Raumtemperatur nahm weiter ab.
„Also, weißt du, grundsätzlich bin ich natürlich bereit, Aufgaben zu erledigen, die ich mich bereit erklärt habe zu übernehmen“, sagte ihr Vater nach einer Weile, die viel zu lange gedauert hatte.

„Aber zunächst mal muss ich wissen, ob ich muss.“
„Du musst.“
„Das werden wir gleich wissen.“
Er nahm von Schnucki einen verstaubten Ordner entgegen, in dem er gezielt blätterte.
„Ja, ich muss, das steht so in den Statuten. Du hast Recht. Aber ich kann nicht und ich werde nicht.“ Er klappte den Ordner wieder zu.
„Aber…“.
Eine Handbewegung ließ sie schweigen.
„Lass mich es dir erklären, mein Kind: Selbstverständlich werde ich satzungsgemäß den Vorsitz antreten, wenn dein Großvater das wirklich wünscht, …“.
„Tut er.“
„… aber ich werde ihn sogleich wieder abgeben. Weiterreichen. Wie einen Wanderpokal.“ Er grinste. „Steht auch hier: §13.“ Er klopfte auf den Deckel des Ordners.
So war ihr Vater immer schon gewesen: Er hatte immer Recht gehabt und dabei immer Unrecht getan. Emily dachte nicht daran, schnell aufzugeben.
„Dass du dich als gewiefter Jurist da rauswinden kannst, hat niemand bezweifelt. Als deine Tochter interessiert mich etwas anderes: weshalb du dich den Wünschen deines Vaters widersetzt; warum du deine Familie, diese DGNS, für die du auch mal aktiv warst, deine Vergangenheit, deine Zugehörigkeit, deinen Vater, deine genetische und völkische Abstammung verleugnest. Das interessiert mich. Mehr als dein §13.“
Der Baron schob den Ordner mit langen Fingern in Emilys Richtung.
„Das kann ich dir erklären, mein Kind.“ Er räusperte sich und betrachtete zufrieden das Ergebnis seiner sorgfältigen Maniküre.
„Ich habe da ja eben noch mal kurz den Gesellschaftszweck überflogen: deutsch-national, rückwärtsgewandtes Gedankengut, vergangenheitsverhaftet. Passt überhaupt nicht zu dem, was ich hier sonst so mache.“ Er rollte mit seinem Stuhl wieder zurück Richtung

Fensterwand und breitete die Arme aus, drehte dabei den Sitz herum.
„Da draußen liegt nicht nur Deutschland, das dabei ist, in Europa aufzugehen. Da draußen liegt die ganze Welt, mein Kind, und zwar mir zu Füßen, weil wir von Blackbridge nämlich das uns weltweit anvertraute Vermögen weltweit verwalten. Und zwar gekonnt. Diese meine Welt werde ich nicht dadurch gefährden, dass ich mit deutscher Nationalgeschichte und überholten politischen Theorien auftrete, weder in der Öffentlichkeit noch in Geheimgesellschaften, die sich überlebt haben und durch deren Zugehörigkeit ich erpressbar werden könnte."
„Also doch Verleugnung. Du bist seit Jahrzehnten Stellvertretender Vorsitzende des Beirates. Und Sohn des Präsidenten. Der dich jetzt braucht."
„Gebraucht werde ich hier, mein Kind, bei Blackbridge."
Ihm gelang erneut diese Rundum-Drehung mit seinem Sessel, wieder mit horizontweit ausgestreckten Armen; diese Geste schien ihm zu gefallen. „Tempora mutantur et nos in illis."
Kleines Latinum, dachte Emily. Dabei bist du doch immer der Alte geblieben, Daddy.
„Du solltest es besser mit Goethe halten: Was du ererbt von deinen Vätern hast, erwirb es, um es zu besitzen."
„Lieber mit Alberto Moravia, mein Kind: Was du ererbt von deinen Vätern hast, verwirf es, um dich zu besitzen".
„Das trifft auf uns beiden eher zu, da magst du recht haben." Emilys raue Stimme bebte. Ihr Vater stand auf.
„Ich werde pflichtgemäß und zeitnah die Gesellschafter-Versammlung einberufen – selbstverständlich unter Wahrung unserer sämtlichen Sicherheitsvorkehrungen, den Gesellschaftern den interimistischen Übergang von Vater auf mich mitteilen und danach über meine Nachfolge abstimmen lassen. Satzungsgemäß. Reicht euch das so?"

Ihre Unterredung schien beendet. Emily schälte sich aus dem Ledersessel.
„Opa wird es nicht nur reichen. Es wird ihm den Rest geben."
„Ach, sag' ihm doch einen schönen Gruß von mir. Und gute Besserung. Er kriegt ja dann das Sitzungsprotokoll. Ohne Netzberührung, auf dem üblichen Weg. War schön, dass wir uns mal wieder ausgesprochen haben, mein Kind."
Schnucki hielt ihr die Tür auf.

42

Monika hätte den Inneren Dienst, die Polizei innerhalb der Polizei, kontaktieren sollen, so, wie sie es zunächst vorgehabt hatte. An dem Abend, an dem sie diese CIA-Monster aus ihrer Wohnung herausgeprügelt hatte. Jetzt war es zu spät.
Jetzt saß Kriminalkommissarin Monika Metzler – Dienstkürzel unter Kollegen: MM – zum Appell ihrem vorgesetzten Dienststellenleiter gegenüber, der ein sehr ernstes Gesicht aufgesetzt hatte. In der Ecke des Büros hinter ihr stand neben dem Kleiderständer ein Mann im Burberry-Mantel, ein Zivilist, der ihr irgendwie amerikanisch vorkam.
„Dies ist eine informelle Einvernehmung, Frau Metzler", meinte ihr Vorgesetzter.
„Off the records", fügte er mit einem Blick auf den Kleiderständer hinter ihr hinzu. Zwischen ihnen auf dem Holzschreibtisch standen zwei Gläser und eine Flasche Wasser.
„Kennen Sie einen Jens Timmermans?"
Mit dieser Frage hatte sie gerechnet. Monika nickte tapfer.
„Nach dem wird gefahndet."
Der Kriminalhauptkommissar blätterte durch eine vor ihm liegende Akte.

Aber offenbar nur, um sich seine nächste Frage zurechtzulegen.
„Das trifft zu. Merkwürdig ist nur, dass alle nach ihm suchen, das BKA, wir, ausländische Dienste …“ – wieder ein kurzer Blick an ihr vorbei Richtung Burberry-Mantel – „… und dass Sie ihn als erste finden. Und das in meiner Dienststelle.“
„Spricht eigentlich für mich.“
„Nicht für Sie spricht, dass Sie Ihre Erkenntnisse nicht weitergegeben haben. Jedenfalls nicht auf dem Dienstweg.“
„Ich war weder zuständig noch bin ich zu verwertbaren Ermittlungsergebnissen gekommen.“
„Per Klick hätten Sie Ihre wie auch immer gefundenen Erkenntnisse an mich als Ihren unmittelbaren Vorgesetzten weiterleiten können. Und müssen. Und zwar alles, was wir zu diesem Timmermans auf Ihrem Server gefunden haben.“
Der Hauptkommissar spielte mit einem USB-Stick, den er zwischen seinen Fingern hin und her bewegte.
„Dazu war ich noch gar nicht gekommen. Ich war noch nicht soweit. Ich hatte ja auch noch Dienstgeschäfte zu erledigen, für die ich zuständig bin.“ Sie legte ihre langen Beine übereinander.
„Frau Kollegin Metzler, wir sind ja auch sonst zufrieden mit Ihnen. Sehr sogar. Allein Ihre Leistungen als Trainerin unseres Taekwondo-Dojos. Sie stehen zur Beförderung an. Umso mehr erstaunt mich Ihr Verhalten: Sie räumen demnach ein, für diesen Timmermans nicht zuständig zu sein. Kennen oder kannten Sie ihn privat?“
„Wie kommen Sie denn darauf?“ Blöder Einwand.
„Beantworten Sie einfach meine Frage. Hier läuft kein Band mit oder so. Off the records. Also?“
„Diese Frage muss ich nicht beantworten.“ Noch blödere Antwort.
Also ja, dachte der Hauptkommissar. Er hatte es geahnt. Befürchtet.
„Doch, müssen Sie. Spätestens wenn wir das Verfahren offiziell werden lassen. Und das müssen wir wohl.“

In Monikas Kopf rasten die Gedanken. Sie hatte ihr Konzept verloren. Die Schlinge, die sich soeben um ihren Hals zog, war vorhersehbar gewesen. Und sie war dem Schlingenleger nicht rechtzeitig in den Arm gefallen. Weshalb antwortete sie nicht einfach, sie habe Jens als ehemaligen Kollegen kennen und schätzen gelernt? Sie ahnte, dass das ihr Verhalten auch nicht erklären würde. Und dieser Typ hinter ihr, den sie nicht sehen konnte, der irritierte sie. Ob der nicht sein Aufnahmegerät, sein Handy eingeschaltet hatte?
Die Stimme ihres Vorgesetzten drang inzwischen wie durch Nebel an ihr Ohr: „Zufallsfund – Türkenmord – zwei Tote – BKA, Abteilung 6 – DTHG am Brandenburger Tor – undichte Stelle – DNA-Spuren – REVAL – Wohnungsbrand – Elitesoldat und Polizeikollege. Und Sie haben dessen Weg akribisch auf Ihrem Dienstcomputer nach verfolgt und seine DNA auf Ihrer Bettwäsche."
Der Burberry hinter ihr räusperte sich. Monika schluckte, schaute sich nach hinten um, traf seinen lauernden Blick, wandte sich wieder nach vorn. Ausreden, abstreiten, Gegenfragen – alles schien sinnlos. Sie saß in der Falle, die sie schon vor Tagen hatte zuschnappen sehen.
„Wenn Sie uns bei den Ermittlungen helfen, bei den gemeinsamen Bemühungen, diesen Kerl festzusetzen, lege ich keine offizielle Akte an."
Ihr Vorgesetzter schob ein Foto über den Schreibtisch. Es zeigte einen bärtigen Ausländer mit schwarzen Pupillen und struppigem Haar. Jens' Verkleidung.
„Haben wir von der Erstaufnahme-Einrichtung in der Julius-Leber-Kaserne. Ist dort auffällig geworden. Randale. Unverbesserlich. Ist er das?"

43

„Du hast Kontakt zu den von Steuffens. Hinter meinem Rücken. Was geht da vor? Ein Wort von mir, und du hast unsere Security wieder am Hals."

Dr. Norbert Schaefer MdB fühlte sich ausgesprochen unwohl. Er hasste den Anlass dieses Gesprächs mit Inge, er hasste die Umgebung, in der es stattfand, er hasste die Umstände, er hasste sich selbst. Wie hatte er es nur zulassen können, dass diese Unterredung in Inges Appartement stattfand?

Den offiziellen Ermittlungsweg über die Innere Sicherheit hatte er zunächst vermeiden wollen, mit Rücksicht auf seine Position und sein Ansehen in Partei und Parlament. Im Abgeordnetenhaus, in ihren Büros, hatten sie kaum Zeit und Gelegenheit für so ein wichtiges Gespräch. Also hatte er sie zum Abendessen an den Gendarmenmarkt eingeladen, aber sie hatte zurecht entgegnet, dass Öffentlichkeit gerade für ihr Treffen nicht so geeignet sei. Danach hatte er sich bereit erklärt, Inge hier in ihrer Wohnung aufzusuchen, ´aber nur kurz` für die Dauer ´einer ernsten Unterredung`.

Jetzt saßen sie vor einem Aperitif, und Inge entgegnete, sie müsse mal eben nach dem Essen sehen. Während der Vorspeise gestand sie ihm ihre lesbische Beziehung zur Baronesse. Norbert Schaefer verschluckte sich daraufhin an einem großblättrigen Salatblatt und griff irritiert nach seinem Weißweinglas. Zum Boeuf Stroganov gab es einen französischen Siray. Bei der anschließenden Crème brulée offenbarte sie ihm, über Emily herausgefunden zu haben, dass ihr Großvater der Kopf dieser anonymen DGNS-Bewegung war.

„… die von deiner BrU-Stiftung gesucht wird. Und jetzt wirfst du mir vor, Kontakt zu dieser Familie zu unterhalten."

Sie tupfte ihre Lippen mit der weißen Serviette ab, auf der sie rote Spuren hinterließ. „Ich verstehe die Welt nicht mehr".

„Lass mich versuchen, sie dir zu erklären, Inge."

Norbert fühlte sich jetzt etwas besser. Das mochte an Inges spontaner Erklärung gelegen haben, an dem guten Essen oder an dem süffigen Rotwein. Oder auch an Inges eng geschnittenem Hosenanzug, den sie ihm jetzt beim Ablegen der Küchenschürze zeigte. Sie setzte sich ihm gegenüber hin, legte das Kinn auf ihre Handflächen, die Ellbogen neben die leeren Dessertteller auf die Tischplatte gestützt. Norbert versuchte, sich zu konzentrieren.
„Ja, wo soll ich anfangen?"
„Fang einfach irgendwo an."
„Was die wenigsten unserer Bürger wissen – und wissen dürfen, vielleicht wirst du auf unseren Fluren schon entsprechende Gerüchte gehört haben: um unsere Regierung ist es nicht gut bestellt, ihre Arbeit wird sogar intern als ´grottenschlecht` kritisiert, die Regierungspartei bröckelt. Unsere Kanzlerin sitzt auf einem Schleudersitz, der jeden Moment hoch gehen kann, hoch gehen wird. Na ja, sie hat ja auch viele Fehler gemacht."
„Zum Beispiel, dass sie nicht auf dich und deinen Ausschuss gehört hat."
„Zum Beispiel. Und sie plant weitere Fehler. Heute hatte ich einen Entwurf der Weihnachtsansprache in der Hand, heute Nachmittag."
Norbert schüttelte den Kopf.
„Entsetzlich. Sie wird sich um Kopf und Kragen reden."
Inzwischen fragte sich Inge, was das alles mit den gegen sie erhobenen Vorwürfen zu tun haben mochte.
„Wie kommst du darauf, dass die Partei bröckelt?"
„Wir sind von Muslimen unterwandert. Ich hatte dir neulich diese interne Expertise zukommen lassen: ´Muslime in der Union`."
„Ach so, ja, ich erinnere mich". Sie erinnerte sich nicht, weil sie sie nicht gelesen hatte.
„Und unsere Kanzlerin will es nicht wahrhaben, spricht statt dessen von gelungener Integration. Und die Sonntagsfragen bestätigen immer mehr ein Anwachsen der Zustimmung für die MPD".
„Mohammed Prophet Deutschlands."

„Nein, Mohammedanische Partei Deutschlands. Mit denen will unsere Kanzlerin demnächst notfalls sogar koalieren."
„Notfalls?"
„Wenn die Wahlen so schlecht ausfallen wie derzeit prognostiziert. Aber die wollen nicht mit uns koalieren, sondern würden eine Koalition mit den Violetten vorziehen. Aber wir kommen vom Thema ab. Jedenfalls …"
„Inwieweit würde uns das betreffen? Dich?"
„… mein Bundestagsmandat ist gefährdet. Gleichzeitig brechen meine Beziehungen zu von Steuffen zusammen, während du mit der Baronesse ins Bett gehst."
Zwar gefiel ihm die Vorstellung irgendwie, aber er schüttelte seinen grau-blonden Kopf.
„Und dann …"
„Vielleicht kann ich dir ja mit meinen privaten Kontakten zur Familie von Steuffen behilflich sein."
„Das wird nicht helfen, Inge. Ich bin nämlich auch darauf gestoßen, dass der Baron Präsident der DGNS sein könnte, dieser Gesellschaft, deren Vernichtung sich die BrU-Stiftung zum Ziel gesetzt hat. Deren Gründungs- und Präsidiumsmitglied ich bin."
„Und das alles in deinem Wahlkreis."
„Das ist ein Knäuel von Interessenkonflikten, aus dem mich niemand mehr herausholen kann." Er fuhr sich durch seine fahlen Haarreste. „Hast du bitte ein Digestiv für mich?"
Inge holte eine Flasche mit dunkelbraunem spanischem Brandy und schenkte beiden ein.
„Und schließlich dieser schreckliche Verdacht, dass du mich auch noch hintergehen könntest, bei all meinen Kalamitäten. Ausgerechnet du!"
Inge prostete ihm mit dem Cardenal Mendoza zu.
„Vielleicht kann ich dir ja helfen, Norbert."
Sie tranken.

„Und wie willst du das bitte machen?“ Sie wollte sich doch sicher nur aus der Affäre ziehen, seinen Verdacht verwässern, ihn ruhig stellen.
Sie spürte sein Misstrauen. „Ich habe da so einen Plan. Ist mir soeben in den Sinn gekommen. Aufgrund der Informationen, die ich von Emily habe.“
Norbert ließ den Brandy auf seiner Zunge zergehen und sah sie erwartungsvoll an. Es konnte zumindest nicht schaden, sich das mal anzuhören. In seiner Situation durfte er keinen Strohhalm an sich vorbei ziehen lassen. Er schenkte sich einen Mendoza nach. Vielleicht würde Inge ihm sogar noch ein paar Delikatessen aus ihren Nächten mit der Baronesse schildern. Er schnalzte mit der Zunge.
„Lass hören!“
„Dazu sollten wir es uns ein bisschen gemütlicher machen.“
Inge nickte Richtung Couchecke und legte die Jacke ihres Hosenanzugs ab.

44

„Einen schönen guten Abend Ihnen allen, meine lieben Mitbürgerinnen und Mitbürger. Wie auch in den vergangenen Jahren möchte ich mich als Ihre gewählte Kanzlerin am heutigen Abend an Sie wenden, wo Sie sicher zuhause im Kreise Ihrer Familien gemütlich zusammen sitzen und sich auf ruhige Tage der Besinnung und der Fröhlichkeit freuen.“
Die Bundeskanzlerin trug einen Hidschab, der ihre Ohren, den Hals und die Schultern bedeckte, ihr Gesicht aber frei ließ. Das Laufband am unteren Bildschirmrand zeigte: ´Winteransprache der Bundeskanzlerin der Bundesrepublik Deutschland`.
„Wir blicken zurück auf ein Jahr gelungener politischer Entwicklungen, auf die wir gemeinsam stolz sein dürfen.“

Sie las ein paar Zahlen zur Wirtschaftspolitik vom Teleprompter ab, zur erneut zurück gegangenen Arbeitslosigkeit, zur Verringerung der statistischen Durchschnittsarmut, zur wiederholten Erhöhung des Haushaltsvolumens. „Worauf wir aber besonders stolz sein können, dürfen und müssen: Auch im zurückliegenden Jahr sind wir durch gelungene Integrationsbemühungen unserem gemeinsamen Ziel des Einheitsmischlings wieder deutlich näher gekommen. Und alle, die meine politische Vergangenheit in meiner alten Heimat kennen, wissen, dass ich wie kaum eine andere berufen bin, stolz darauf zu sein, dass wir nun gemeinsam weitere Menschen zu uns lassen, die uns kulturell bereichern. Ich nenne nur einige wenige Beispiele: Im vergangenen Jahr haben alle Bundesländer aufgrund der Initiative des Bundes Türkisch als Abiturfach eingeführt. Nicht nur das: In fast allen Kitas bundesweit wird schon Arabisch mit unseren Kleinen gesprochen. Die Zusammenarbeit unserer Landespolizeien mit den örtlichen Scharia-Polizisten gedeiht und gestaltet sich immer erfolgreicher. Wir deutschen Eingeborenen können für diese Hilfe unserer zugewanderten Mitbürger gar nicht dankbar genug sein.“

Die Kanzlerin hob mahnend den Zeigefinger.

„Dafür müssen wir natürlich auch Zugeständnisse machen. Aber ist es wirklich schon ein Zugeständnis, wenn wir ein lästerliches Schauspiel an den Kammerspielen vom Spielplan absetzen, weil da in unverantwortlicher Art und Weise islamistischer Terror und die Fiktion einer Unterwerfung unseres lieben Nachbarlandes Frankreich unter einen islamisierten Staat thematisiert wurden? Ist das nicht schon Volksverhetzung, gegen die wir mit allen Mitteln unseres Rechtsstaats hätten rechtzeitig von uns aus vorgehen müssen? Aber ich kann Sie beruhigen: Erstens wird Deutschland Deutschland bleiben, auch nach der Wahl im nächsten Jahr. Zweitens: Ich werde auch im nächsten Jahr Ihre Kanzlerin sein und bleiben, eine Kanzlerin für alle in diesem unserem Lande.“

Direkter Blick in die Kamera, entschlossener, gleichwohl treuherziger Augenaufschlag in sämtliche Wohnzimmer der Republik.

Die Durchlaufzeile unten verhieß: ´Terroranschlag an der Gedächtniskirche – Lkw fährt in Weihnachtsmarkt`. Die Zeile verschwand. Tauchte neu auf: ´Lkw fährt in Wintermarkt. Offenbar kein terroristischer Hintergrund, sondern vermutlich verwirrter Einzeltäter mit deutscher Staatsangehörigkeit. Einzelheiten gleich in den Nachrichten`.

45

Über den Gebäuden des Hotel-Restaurants Felsenkeller in Bad Iburg hingen düstere Wolken. Frühlingshafter Wind wehte durch die Baumwipfel des Teutoburger Waldes auf die flachen Kupferdächer.

Unter dem Restaurant, in dem heute Morgen nur wenig Betrieb herrschte, war das Untergeschoß für eine Seminar-Veranstaltung der Digital Network Services DgNS reserviert. Eine Alibi-Veranstaltung, durch deren Sicherheitsschleusen man hindurch musste, um in das ausgebaute Felsgewölbe im Tiefgeschoß zu gelangen, in dem dieses Jahr die DGNS tagte, die Deutsche Gesellschaft für Nationale Sicherheit, ehemals Dachverband der Gesellschaften für nationale Sicherheit, von ihren Verfolgern Dachverband der Gesellschaften der Nationalsozialisten genannt. Die genaue Bezeichnung war unerheblich: Die Gesellschaft benannte sich aus Tarnungsgründen immer wieder um und ihre Sub-Gesellschaften und kleinen Untergruppierungen wechselten und veränderten sich noch häufiger, und das bei im Wesentlichen gleichbleibender Basisstruktur. Das hatte sich so bewährt, um ihre politischen Verfolger abzuschütteln, und das auch in Zukunft zu gewährleisten, war eine der vornehmsten Aufgaben des Präsidenten der DGNS.

Dr. Roland Freiherr von Steuffen ließ sich von den Sicherheitsleuten durch enge Gänge und verwinkelte Flure führen, in denen Reste alter Farbe von den Wänden krümelten. Er ging ein paar Stufen hinunter durch zwei Panzertüren und eine weitere Sicherheitsschleuse, bevor er im Veranstaltungsraum stand, dem eigentlichen Felsenkeller, der dem historischen Lokal seinen Namen gegeben hatte.
Noch war der Keller leer. Von Steuffen bestieg das Rednerpult und sah auf die Tische mit den Tischfahnen der einzelnen Mitglieder-Organisationen herab: ´Neue Rechte`, ´Die Reichsbürger`, ´Deutsche Konservative`, ´Preußen-Gesellschaft`, ´Identitäre Bewegung Deutschland IBD`, ´Konservative Aktion KA`. Er zählte etwa zwanzig Tische und ebenso viele Embleme. Nur die Spitzen dieser Gruppen waren berechtigt, an den Jahresversammlungen der Dachgesellschaft teilzunehmen; der Kreis musste klein gehalten werden. Desto schlagkräftiger würde er sein.
Eingerahmt wurde die Tischanordnung von den Flaggen der Bundesländer. Quer über der Stirnseite des Saales hing ein Plakat:

´Besseres kann kein Volk vererben,
als ererbten Väterbrauch –
wo die Landesbräuche sterben,
stirbt die Landesblüte auch.`

Von Steuffen überprüfte den Glanz seiner gewienerten Fingernägel und probierte das Mikrophon aus. Funktionierte.
„Punkt 12 Uhr fangen wir an.“

46

Sie hatten MM vom Dienst suspendiert. Auf Jens’ Foto in der Erstaufnahme-Einrichtung, das sie ihr vorgelegt hatten, war er zwar auf den zweiten Blick zu erkennen gewesen, aber sie hatte ihn natürlich

verleugnet. Wahrscheinlich hatten sie ihr nicht geglaubt. Sie hatte gehofft, sich später wegen seiner Verkleidung herausreden zu können, wenn es noch enger werden sollte, aber dazu hatten sie ihr keine Gelegenheit mehr gegeben. Suspendiert, mit sofortiger Wirkung. Dienstpistole und Dienstausweis hatte sie abgegeben.
Jetzt hockte sie grübelnd auf ihrem Sofa. Demselben Sofa, auf dem sie Jens' DNA gefunden hatten. Ihr Mobiltelefon hatten sie ihr nicht abgenommen. Warum eigentlich nicht? Kannten sie Jens' Telefonnummer bereits? Wenn ja, würden sie ihn bald finden. Wenn nein, könnten sie sie aus Monikas alter Chipkarte herauslesen. Wechselte sie die aus, würde sie sich noch mal verdächtig machen. Sie konnten die Nummer von Jens längst über Monikas Provider erfahren haben. Sie musste ihn dringend warnen. Aber wie? Sicher nicht durch einen Anruf bei ihm. In der Julius-Leber-Kaserne war er nicht mehr. Aber wo?
Oder sollte sie einknicken und ihren Vorgesetzten bei deren Ermittlungen helfen? Versuchen, ihren Dienstherrn wieder zu beruhigen? Aber sie wusste kaum etwas über Jens, seinen Verbleib, seine Pläne – und genau das würden sie ihr nicht glauben. Das war inzwischen sein Leben, das, was davon noch übrig geblieben war. Hatte er nicht diesen Ex-Kameraden und Ex-Kollegen erwähnt, Heinz Drachsler oder so? Oder hatte sie diesen Namen noch aus ihrer gemeinsamen Zeit so in Erinnerung? Den würde sie als Ex-Polizistin irgendwo in Deutschland ja wohl ausfindig machen können. Student der Polit-Wissenschaft.
Einknicken war noch nie ihr Ding gewesen. Sie setzte sich an ihren Computer: ´Heinz Drachsler`. Nichts. Sie rief die damalige Affäre des Polizeieinsatzes in Gelsenkirchen auf, den von den Grünen seinerzeit veranlassten Untersuchungsausschuss im Düsseldorfer Landtag.
Aha: Heintz Draxler, inzwischen Student der Politologie in Würzburg - da hatte sie ihn. Ob Jens dort Zuflucht suchen würde? Ob der mindestens wissen würde, wo Jens sich aufhielt?

47

„Wir wissen genau, dass die Masseneinwanderung Teil eines globalen Zerstörungsfeldzugs gegen alle Völker und Kulturen ist. Wir wissen genau, dass es die eigene Dekadenz und der liberalistische Werteverfall sind, die Europa erst sturmreif für die Invasion der Fremden gemacht haben. Wir wissen vor allem, dass der wahre Feind im eigenen Land sitzt: unsere Eliten, die uns fortgesetzt verraten, sich und uns verleugnen."
Der junge Mann mit der kreischenden Blechstimme hatte rote Flecken im Gesicht.
„Der Prozess des Großen Austausches ist bereits jetzt irreversibel. Inzwischen geht es an die Substanz. Alle Debatten über Regierungsformen, Wirtschaftssysteme, über religiöse und umweltpolitische Themen erübrigen sich, wenn das Subjekt dieser Fragen, das Volk, nicht mehr existiert …"
„Die Umvolkung Deutschlands hat doch längst begonnen", polterte ein älterer Zwischenrufer.
„Völkisch darf man doch gar nicht mehr sagen", fauchte ein anderer.
„Jedenfalls nicht außerhalb dieses Kellers", ergänzte eine Dame mit Silberlocken.
„Jedenfalls muss der uns von allen Seiten aufoktroyierte Schuldkult als Druckmittel von uns selbst abgeschafft werden. Die kulturkonservativen, volksbezogenen und die islamkritischen, eher staatsbezogenen Rechten müssen in dieser Situation gegen den Großen Austausch zusammenarbeiten."
Der junge Mann nahm wieder an seinem Tisch Platz, auf dem ein Wimpel einen Kreis mit umgedrehten V in der Mitte zeigte, dem griechischen Zeichen Lambda, dem Symbol der Identitären.
In den Beifall mischte sich die mahnende Stimme seines älteren Tischnachbarn: „Die seinsgeschichtliche Epoche, in der wir uns befinden, beschreibt uns Heidegger als Seinsvergessenheit, als Entzug von Sein. Das bedeutet letztlich den Verlust jeder ganzheitlichen Deutung, jeden Sinns, jeder Qualität von Dingen, Mitmenschen und

damit auch einen Verlust von Volksgeist und –seele. Dagegen stellt Heidegger ein Denken des Volkes als – ich zitiere: ′nicht patriotisch, nicht nationalistisch, sondern seinsgeschichtlich` und die Heimat als ′geschichtliches Wohnen` in der ′Nähe zum Sein′ – Zitatende, vielen Dank.“
Der junge Baron von Steuffen horchte auf. Bemerkenswert, dieser philosophische Einwurf. Aber für das, was von Steuffen suchte, schien dieser ältere Herr doch nicht geeignet. Zu alt, zu abgehoben. Er gab dem Versammlungsleiter ein dezentes Zeichen: zurück zur Tagesordnung. Die Redezeit der Identitären war bereits überzogen.

Der Versammlungsleiter rief den nächsten Teilnehmer auf seiner Liste auf, einen ehemaligen Bundeswehr-General, der vor Jahren von der Verteidigungsministerin in den einstweiligen Ruhestand versetzt worden war. Ohne Angaben von Gründe, die das Gesetz auch nicht erforderte, aber offensichtlich wegen Unbotmäßigkeiten, die darin bestanden hatten, dass er der inkompetenten politischen Führung aufgrund seiner Sach- und Fachkenntnis widersprochen hatte. Von Steuffen erinnerte sich an frühere Fernsehbilder und Presseveröffentlichungen, als der Brigadegeneral a.D. jetzt an sein Tischmikrofon trat.
„Meine Damen und Herren, ich trage Ihnen hier den letzten Akt vor, nicht dieser Veranstaltung, nicht der DGNS, sondern den letzten Akt der Bundesrepublik Deutschland, unseres Vaterlandes. Unsere Vorfahren setzten ihr Leben für Volk und Vaterland ein. Sie kämpften gegen Mongolen, Türken, Bolschewisten. Erstmals in der Geschichte unseres Volkes hat Deutschland heute eine politische Klasse, die es in aller Offenheit darauf anlegt, das deutsche Volk, zu dessen Wohl sie verpflichtet ist, gezielt in eine multiethische, multikulturelle und multireligiöse Bevölkerung zu verwandeln. Deutschland verändert sich, ist aus den Führungsgremien der Parteien und aus den Medien zu vernehmen. Dies ist die Folge einer verderblichen historischen Entwicklung. Der Zweite Dreißigjährige Krieg von 1914 bis 1945 entmachtete, dezimierte, schwächte und

beraubte das Deutsche Reich entscheidend und beendete schließlich seine Existenz. Nahezu ein Drittel des Reiches wurde abgetrennt und die deutsche Bevölkerung daraus mit Mord und Totschlag vertrieben. Die seither stattfindende Umerziehung, die der Historiker Wolffsohn Rezivilisierung nennt, hat zur Zerstörung der deutschen Seele und zur Schaffung eines neuen Deutschen geführt. Die über Jahrhunderte gewachsene Wertewelt, die Traditionen und Verhaltensnormen wurden planmäßig abgebaut und durch eine Bußkultur in Verbindung mit kultureller Kollaboration ersetzt, die weder Würde noch Stolz noch Selbstbewusstsein haben aufkommen lassen, da hat mein Vorredner mit seiner Forderung nach dem Ende des Schuldkults absolut recht."

Von Steuffen wandte sich wieder den Bilanzen auf seinem Tablet zu. Recht hatte der General, aber was ging ihn das an?
Wenig später blickte er wieder auf, hörte wieder der Stimme des Generals zu, der seine Sätze jetzt wie Maschinengewehr-Garben in den Keller feuerte: „...Allen voran die Engländer, aber auch Franzosen, Italiener, Polen, Tschechen, die baltischen Völker, die Ungarn und alle anderen lassen jedenfalls nicht erkennen, dass sie ihre weltweit geachtete Identität aufzugeben bereit wären. Der letzte Akt der deutschen Tragödie ist angebrochen. Lassen Sie mich schließen mit den Worten des Germanisten Nishio: ´Durch die Strategie der Selbstverneinung und ethnischen Selbstauflösung wird in einem halben Jahrhundert das deutsche Volk in vermischtem Zustand anzutreffen sein. Dann wird man das Deutschland des 18. und 19. Jahrhunderts wie das antike Griechenland zum Gegenstand der Forschung machen.`"

Die letzten Worte gingen in allgemeinem Getöse unter. Teilnehmer sprangen auf, Stühle wurden verrückt, fielen um, tosender Applaus wurde von Begeisterungsrufen unterbrochen, der Saal tobte.

Von Steuffen klappte sein Tablet zu. Dieser General, der sich hier jetzt gerade bejubeln ließ, das könnte der Mann sein, den er suchte. Wirkte jünger als er gedacht hatte. Vielleicht nicht einmal sechzig, schlank, drahtige Figur, sportlich wie früher fast alle diese Militärs. Der käme in Frage. Wie hieß der gleich noch mal?

48

Nach längerer und abwechslungsreicher Fahrt per Zug, per Fahrrad, mit dem Bus und als Anhalter, war Jens in Würzburg in einem Flüchtlingslager untergekommen, das die Behörden auf dem Gelände der ehemaligen US-amerikanischen Leighton Barracks eingerichtet hatten. So bleiben gewisse Areale deutschen Bodens immer in ausländischer Hand, dachte er, als er zur Stadt runter lief.
Heute Morgen hatte er nach langer Zeit erstmalig auf seine Kontaktlinsen verzichtet. Auch von der übrigen Tarnung wollte er sich bis zu seinem Treffen mit Heintz im Schützenhof getrennt haben. Dazu bot sich auf der Alten Mainbrücke Gelegenheit: Junge Leute belegten die gesamte Länge der Brücke mit ihren Kleidungsstücken, eines nach dem anderen, Hosen, Mäntel, Jacken, Socken, Unterhemden, sogar Büstenhalter bildeten eine Kette, die fast schon über die ganze Brücke reichte. Sie sagten Jens, dass es sich um einen Studentenulk handelte – irgendein medizinisches Seminar hatte eine Wette verloren. Am Ende der Kleiderkette, noch gute zehn Meter vom Kai auf der anderen Mainseite entfernt, liefen und hüpften dürftig bekleidete Studenten und Studentinnen hin und her und auf und ab und überlegten, womit sie die letzten Meter noch abdecken konnten. Ein langer Lulatsch wie Jens kam ihnen da gerade recht: sein Parka, seine bollerige Überhose, der lange Schal, mit dem er sich in den letzten Tagen häufig das Gesicht vermummt hatte – all das ergab zusammen weitere fünf Meter Kleidung, um dem anderen Ufer näher zu

kommen. Unter dem Applaus der Studenten lief er weiter zum Ufer und winkte zurück.
Zwei Straßen weiter sah er sich in einigen Schaufenstern nach ein paar neuen Klamotten um, fand aber nichts Geeignetes und machte sich an den Aufstieg zum Käppele, zunächst den Leutfresser Weg hinauf.

Eine halbe Stunden später saß er im Schützenhof vor einem Glas fruchtiger Scheurebe und genoss den Ausblick auf die unter ihnen liegende Bischofsstadt, deren Dächer in der Morgensonne glänzten.
„Schönen Studienort hast du dir ausgesucht."
Heintz Draxler seufzte.
„Leider haben unsere Befreier die Altstadt noch in den letzten Kriegsmonaten weitgehend zerstört. Ohne jegliche militärische Notwendigkeit."
Jens hielt seine Scheurebe gegen die Sonne.
„Was sagt dein Prof denn nun?"
„Da geht was."
„Was?"
„Wenn du ihm tatsächlich den Kopf dieser Organisation benennen kannst: zwanzig Blätter."
„Dann sag du's ihm und nimm das Geld für mich entgegen. Cash. Zwei Blätter für dich, Kostenbeitrag."
Heintz setzte sein Weinglas ab. „Das geht so nicht."
„Warum nicht?"
„Er will dich sehen. Er will es von dir wissen. Er muss da wohl irgendwie ganz korrekt vorgehen. Drittmittel kann er nicht flüssig machen, wenn bloß einer seiner Projektstudenten ihm diese Information erteilt."
Jens dachte nach.
„Sei's drum. Aber cash und auf die Hand. Und ich will die Blätter sehen, bevor ich den Mund aufmache."
„Weiß er."
„Wann?"

„Morgen hat er um 17 Uhr Sprechstunde. Das ist am unauffälligsten. Wir gehen gemeinsam hin. Du wohnst bei mir, wenn du willst."
„Danke, aber ..."
„Soldat bedankt sich nicht."
Feixend prosteten sie sich zu. Wie in alten Zeiten.

Die kräftiger werdende Sonne strömte durch das Blätterdach auf ihren Holztisch. Jens bestellte eine Schinkenplatte, Heintz ein Schäufele und noch zwei Viertele von der Scheurebe.
„Ach, noch was, Jens."
„Ja?"
„Könntest du dir zu der Sprechstunde morgen ein paar andere Sachen anziehen?"
Jens grinste. „Habe meine Tarnklamotten unten auf der Mainbrücke für einen Studentenulk spendiert. Außerdem führe ich morgen kein Bewerbungsgespräch. Solange mein Aufzug deinen Examenserfolg nicht gefährdet ..."
„Und zum Friseur solltest du auch vorher."
Jens nickte ermattet. „Du hast ja Recht."
Heute könnte endlich mal wieder ein schöner Tag werden.

49

„Wir lehnen den westlich-liberalen Universalismus mit seiner Globalisierung genauso ab wie andere religiöse oder politische Utopien, die dem Rest der Welt – notfalls mit Gewalt – ihr Lebenskonzept aufzwingen und aus falsch verstandener Moral ethno-kulturelle Traditionslinien zerstören. Wir fordern deshalb, die Grenzen um die ´Festung Europa` zu schließen, damit alle Kulturen weiterhin getrennt voneinander an ihrem angestammten Ort existieren und sich von dort aus weiter entwickeln können."

Der Redner holte tief Luft. Einer von den Neuen Rechten, so um die Fünfzig und mit bedenklichem Leibesumfang.
„Und was geschieht statt dessen? Statt dessen wendet sich die Globalisierung, die von Europa ausging, auf Europa zurück. Und was geschieht dann vorhersehbar als nächstes? Deutschland wird nicht mehr Deutschland bleiben, unser Land gibt mit seinen Grenzen seine Konturen auf und überlässt sich so dem Strom der Weltläufe."
Der Redner wischte sich Schweißbäche von der Stirn und langte nach einem Glas Wasser.
Der Philosoph von gestern nutzte die entstandene Pause für einen weiteren Zwischenruf: „Zur Nation sich zu bilden fiel schon den Deutschen schwer genug. Der staatlichen Rechtsordnung obliegt es, im Rahmen ihrer Möglichkeiten Zerfaserungen der Identität des Staatsvolkes entgegenzuwirken. Denn wenn sich erst einmal das Gefühl verbreitet, überall und nirgends zuhause zu sein, gedeihen Populismus und Radikalismus, meint der Verfassungsjurist Klein. Der Mensch als soziales Wesen braucht Halt, und den findet er vor allem immer noch in Familie und Staat – nicht etwa in einer diffusen Volksgemeinschaft."
Applaus.
Der Dicke hatte sich wieder erholt.
„Und was sehen wir statt dieses Haltes heute schon? Parallelgesellschaften, No-go-Areas – ich nenne als Beispiel nur Nordrhein-Westfalen, wo inzwischen zunehmend die selbsternannte Scharia-Polizei für Ordnung sorgt – und andere rechtsfreie Zonen – Beispiel wieder Duisburg, weil eben dort eben diese Scharia-Polizei neulich eine blonde Deutsche im dortigen so genannten Amüsierviertel zu Tode gerettet und vergewaltigt hat – wie arabische, türkische und moslemische Viertel – in unserer Hauptstadt gibt es genug davon -, aus denen die Deutschstämmigen nach und nach vertrieben werden, ohne dass ihnen staatliche Stellen beistehen können oder wollen. Heimatverlust nennt man das …"
Der Felsenkeller halte wieder von dem Applaus, den der schnaufende Rheinländer beim Wort Heimatverlust erhielt.

Von Steuffen klatschte höflich ein bisschen mit, hatte aber kaum zugehört. Schon der zweite Tag des Redemarathons ging ihm auf die Nerven: viele Sprechblasen, leere Worthülsen, gewürzt mit ein wenig Polit-Sprech, zu wenig Entscheidungen, zu wenig Aktionen. Gestern Abend hatte er diesen General verpasst, den müsste er heute Abend mal unter vier Augen auf seine Nachfolge ansprechen. Branninger hieß er, Brigadegeneral a.D. Branninger.
Ein weiterer Redner vom Tisch der Preußen-Gesellschaft ergriff das Mikrophon. Von Steuffen wandte sich wieder den internationalen Wirtschaftsnachrichten auf seinem Tablet zu. Obwohl der Redner die Stimme eines Presslufthammers hatte: ´Multikulturelle Gesellschaft – Selbstaufgabe Europas und Deutschlands – nationaler und kultureller Selbsthass – Aufgehen in der Weltidentität` drangen wie Druckluftstöße an seine überreizten Ohren. All das hatte er schon mal und immer wieder gehört. Das war nun also das Spätwerk seines Vaters. Sie hatten ja alle irgendwie Recht, aber sie würden es alle nicht ändern können. Auch sein Vater nicht. Und mit dessen Nachfolger erst recht nicht.
Von Steuffen horchte erst wieder auf, als am Nachmittag das Thema Ökonomie auf der Tagesordnung stand. Erster Redner war ein Mitglied der von den Medien regelmäßig als rechtspopulistisch geschmähten Partei des Nationalen Aufbruchs.
„Im Kern geht es um den Stellenwert und die Interpretation nationaler Interessen. Die politische Klasse in Deutschland spricht kaum noch in Begriffen wie ´unser nationales Interesse`. Die deutsche Politik definiert Interessen heute zunehmend im europäischen und internationalen Kontext …“
Von Steuffen nickte zustimmend, sah sich aber schon mal die Tagesordnung für morgen früh an, die neben einem mit Spannung erwarteten Vortrag über das Recht zum Widerstand weitgehend organisatorischen Punkten vorbehalten war.
Schlagworte aus dem internationalen Wirtschaftskrieg drangen an sein Ohr: ´USA gegen Deutsche Bank`, ´USA gegen Commerzbank`, ´Amerika zwingt deutsche Unternehmen zu Entlassungen

wegen Russland-Geschäften`, ′US-Verletzung deutscher Patentrechte`, ′USA gegen Siemens`, ′USA gegen VW`, ′USA gegen Merck`, ′USA gegen Hilfinger` …

Am späten Nachmittag war er selbst dran mit seinem Referat: „Deutschland Nummer eins – die Geheimnisse seines Erfolges.“
Er beabsichtigte zwar, einen qualifizierten Vortrag zu halten, wollte sich aber bemühen, den Saal keinesfalls leidenschaftlich mitzureißen. Das würde er den späteren Rednern überlassen. Der DGNS durfte der Abschied von der Familie von Steuffen nicht zu schwer gemacht werden.
Nüchtern und sachlich arbeitete er sich durch die sieben Geheimnisse des deutschen Erfolges, die er von Andretsch und Lehmann, The Seven Secrets of Germany, übernommen hatte: Mittelstand, Ausbildung, Standort- und Ordnungspolitik, Infrastruktur, Diversität, Verhältnis von Produktivität und Arbeitskosten und schließlich – es mache Spaß, Deutscher zu sein.
Wie erwartet setzte nur dezent-höflicher Applaus ein. Der letzte Grund löste bei einigen Teilnehmern unfreundliches Gemurmel aus, deutlich zu vernehmendes Murren, grollende Blicke. Ein Glatzkopf meinte halblaut, das sei ja nun wirklich das letzte. Von Steuffen schien das alles zu überhören, bedankte sich artig für den Applaus und nahm wieder seinen Platz ein, wo er als allererstes einen Blick auf seine tadellos manikürten Hände warf.

Abendessens-Pause. Noch immer in Diskussionen vertieft machten sich die Teilnehmer auf den Weg nach oben ins Restaurant. Auch Brigadegeneral a.D. Branninger, der von Steuffen sparsam zulächelte.
„Ach, Herr General, hätten Sie wohl einen Moment Zeit für mich? Unter vier Augen?“
Der General nahm Grundstellung ein.

50

Monika Metzler, suspendierte Kriminalkommissarin, saß im ICE nach Würzburg. In Berlin war ihr die Decke auf den Kopf gefallen. Trotz täglichem Taekwondo-Training. Trotz Jogging und Shopping und Aufräumen und Shopping und Jogging. Immer wieder hatte sie sich am PC bei Internet-Recherchen ertappt, also bei unbeabsichtigten Rückfällen in ihr Berufsleben. MM war ja nicht jeden Tag begeistert in ihre Dienststelle gegangen, aber dort nicht mehr willkommen zu sein, war härter als sie gedacht hatte.
Ein Würzburger Kollege hatte ihr am Telefon bestätigt, dass ein Heintz Draxler dort in der Sanderglacisstraße in einem Appartementhaus gemeldet war, das vorwiegend von Studenten bewohnt wurde. Student der Politik-Wissenschaften am Lehrstuhl eines etwas exaltierten Professors, Prof. Dr. Kallemer, Ordinarius für Politische Wissenschaften oder so. Aber keine Anhaltspunkte für einen Untermieter oder eine zweite Person in seinem Umfeld. Das wusste der Dorfpolizist alles.
Nach einem weiteren Telefongespräch, in dem die Institutssekretärin ihr bereitwillig mitgeteilt hatte, für die Sprechstunde des Herrn Professor morgen um fünf sei Stud. rer. pol. Draxler in Begleitung eines anderen Herrn angemeldet, dem Vernehmen nach einem Privatdetektiv – aber das bleibt hoffentlich unter uns – hatte ihre Entscheidung festgestanden. Geschwätziges Weib, das sich durch Monikas forsches Auftreten hatte beeindrucken lassen. Der Privatdetektiv musste Jens sein. Monikas einziger Anhaltspunkt.
Jedenfalls ein Grund, ihre Wohnung zu verlassen, bevor die Decke endgültig runter kam. Wenn sie Jens erstmal gefunden hatte, konnte sie immer noch entscheiden, ob sie ihm würde helfen können oder wollen, oder ob es nicht doch besser wäre, ihn ans Messer der Berliner Polizei zu liefern.
Bei ihrem Dienststellenleiter hatte sie sich – überflüssigerweise – abgemeldet, sie wolle ihre Großmutter in Hamburg für ein paar Tage besuchen. Kein Problem, gute Reise. Im ICE Berlin-Hamburg hatte

sie einer älteren Mitreisenden, die nach Hause fuhr, kurz vor Hamburg ihr Handy in die unbenutzte Seitentasche ihres Koffers gesteckt. Und den Peilsender, den sie in der Brusttasche ihrer Lieblings-Lederjacke entdeckt hatte. Der Jacke, die an dem Garderobenständer neben diesem Ami im Burberry-Mantel gehangen hatte, bei ihrer Vernehmung ´off the records` durch den Kriminalhauptkommissar. Der Peilsender war US-amerikanischer Bauart. Ob ihre deutsche Dienststelle davon wusste? Jedenfalls hoffte man, durch sie auf Jens' Spur zu kommen. Demnach hatten sie wohl keine bessere. Oder doch? Sie musste höllisch aufpassen.

Die Fahrkarte für Würzburg löste sie erst im Zug, kurz vor Hannover. In der letzten Reihe des Großraumwagens saß noch ein Fahrgast ohne Ticket, ein unauffälliger Mann in einem beigen Trenchcoat.
„Ich möchte eine Fahrkarte mit demselben Ziel wie die hoch gewachsene Dame da vorne links. Die mit dem mittellangen brünetten Haar."
Er hielt dem Kontrolleur einen abgegriffenen Plastikausweis hin. Sah etwas amerikanisch und sehr offiziell aus. Der Kontrolleur zögerte. Der Trenchcoat wedelte ungeduldig mit der Plastikkarte und murmelte etwas, das wie ´CIA` klang.
„Also?"
„Würzburg", flüsterte der Ticketverkäufer.
„Also Würzburg – wie viel?"
Der Uniformierte wischte auf seinem schmierigen Tablet herum. „Das macht mit den Zuschlägen – einen Moment, das haben wir gleich."
„Machen Sie's unauffällig", zischte der Trenchcoat.
„Wenn Sie in offizieller Mission unterwegs sind, könnte ich Ihnen auch ein Ticket free of charge ausstellen, oder non refundable, Sie wissen schon – äh."

„Machen Sie, was Sie für richtig halten, aber machen Sie's. Diskret und schnell."
Das Tablet spuckte ein Ticket aus.
„Wird jetzt bis Würzburg irgendwas passieren? Was der Fahrdienstleiter wissen muss: Festnahmen? Übergriffe? Halt auf offener Strecke – doch kein terroristischer Hintergrund?"
„Nicht, wenn Sie sich völlig normal verhalten. Und weder der Dame da vorne noch sonst irgendwem etwas mitteilen."
Der Uniformierte nickte erleichtert.
„Wie lange bleiben Sie im Zug?"
„Mein Dienst endet in München. Ich muss nämlich heute Abend …"
„Dann halten Sie am besten die Klappe. Mindestens bis München, okay?"
„Okay."
Später würde er eh keine Meldung mehr machen, weil er sich sonst unangenehmen Fragen aussetzen müsste.

51

Prof. Dr. Kallemer hatte hinter seinem pompösen Glasschreibtisch Platz genommen, Jens und Heintz davor, jeweils zwischen zwei der drei Metallbeine auf ihrer Seite. Helles Diodenlicht strahlte auf die beiden Umschläge zwischen den Computer-Bildschirmen.
„Nun ja", meinte Kallemer und zupfte seine Manschetten zurecht.
„Nun ja", äffte der Privatdetektiv, dessen Namen er nicht verstanden hatte.
Kallemer überhörte es. „Es handelt sich hier immerhin um die Découvrage einer der Geheimorganisationen, die national und international am intensivsten gesucht wird, vor allem national, um die Quellorganisation eines unendlich verzweigten Netzes von Sub-Organisationen, die hydraähnlich metastasieren – um deren Kopf."

„Es handelt sich um die Freigabe einer Identität gegen Geld. Beides liegt auf dem Tisch. Warum tauschen wir sie nicht einfach aus – Information gegen Geld?“ Jens.
Kallemer setzte sich aufrecht hin.
„Erstens, weil ich Sie hierzu um einige Formalitäten bitten muss. Und zweitens, weil ich mir nicht sicher bin, ob Sie sich der außerordentlichen Tragweite Ihrer Indiskretion bewusst sind, Herr …?“
„Machen Sie sich keine Sorgen um mich, Professor.“
In der Tat wusste Jens nicht, welchem Auftraggeber gegenüber er sich noch verpflichtet fühlen sollte.
„Ich freue mich doch über jeden Ihrer Sätze, die geeignet sind, den Kaufpreis zu erhöhen. Kommen wir zu den Formalitäten.“
Heintz schaukelte unruhig auf seinem ledernen Swinger hin und her.
„Woher weiß ich, ob Ihre Informationen zutreffend sind? Ich kenne ja nicht mal Ihren Namen.“
„Ihr Problem. Machen wir den Deal jetzt oder nicht?“
Jens warf einen Seitenblick auf Heintz.
Heintz zuckte mit den Schultern und schob den alten Wälzer von Schuster über die geheimen Gesellschaften vorsichtig auf die Glasplatte.
„Ich verbürge mich für ihn, Herr Professor. Und ich will bei Ihnen ja auch noch Examen machen.“
„Das ehrt Sie, Herr Kolleg’, vielen Dank.“
Kallemer beugte sich vor und ergriff Buch und Umschlag. Den Umschlag mit Jens’ Informationen hielt er mit der rechten Hand hoch. „Dann darf ich mal?“
Jens nahm den anderen Umschlag, warf einen Blick hinein und nickte. Seine Finger glitten prüfend durch 200-€-Noten.
Kallemer schob ihm ein DIN A4-Formular hin, das Jens unterschrieben an Heintz weiter reichte.
Kallemer ließ sich stöhnend in seinen Ledersessel zurückfallen. „Na, dann wollen wir mal.“ Er fingerte den Klebeverschluss auf. „Das vorweg genommene Ergebnis jahrelanger Forschungsarbeit.“ Nervös entfaltete er ein DIN A4-Blatt. Und erstarrte. Das Blatt

segelte zwischen den Metallbeinen des Glastisches zu Boden. Kallemer war kalkweiß, seine Schläfen pochten. Er atmete heftig.
Heintz sprang besorgt auf. „Herr Professor?“
Der Detektiv stand auch auf, wandte sich zum Gehen.
„Ist Ihnen nicht gut, Herr Professor?“ Heintz.
Kallemer schüttelte sich. „Geht schon wieder. Entschuldigen Sie, meine Herren.“ Er setzte sich wieder aufrecht hin. „Es ist nur …“
„Die Info?“ Der Detektiv stand lächelnd im Türrahmen.
„… der alte Baron von Steuffen ist mein Pate.“

52

Im Felsenkeller in Bad Iburg war vor zwei Stunden Alarm ausgelöst worden. Alarm wegen eines Angriffs der Staatsgewalt, mit dem die meisten Teilnehmer gerechnet hatten. Im Untergeschoß des Restaurants wurden die Tagungsräume der Digital Network Services DgNS durchsucht, zwei Hundertschaften der niedersächsischen Landespolizei und des LKA schleppten unter Leitung zweier Staatsanwälte Computer und Zubehörteile, Tablets und iPhones auf den Parkplatz hinter dem Restaurant und verstauten dort alles in großräumigen Lieferwagen. Vernehmungsbeamte der Staatsanwaltschaft Osnabrück stellten den wenigen Verantwortlichen immer wieder dieselben Fragen, erhielten immer wieder verständnisloses Kopfschütteln und immer dieselben Antworten. Kellner und Hotelpersonal zuckten Achseln - die Gäste seien mit Bussen angereist und derzeit wohl beim Wandern. Spürhunde schnüffelten an Türen und Fenstern, überprüften Gullys und verrottete Notausgänge.

Am späten Vormittag packten die Spurensucher ihr technisches Hilfsgerät wieder ein, obwohl die Leitende Oberstaatsanwältin immer noch nicht glauben konnte, dass sich außer unbenutzten hoteleigenen Korrespondenzbögen kein Stück Papier in den Tagungsräumen der DgNS finden ließ. Schließlich erklärte sie es sich mit der fortschreitenden Digitalisierung. Und nirgendwo ein Angehöriger der DGNS, die sie suchten, Dachverband der Nationalsozialisten, wie sie sie in ihren Fahndungsunterlagen nannten. Da musste wohl eine Verwechslung vorliegen, ein Behördenversehen, die kamen in letzter Zeit immer häufiger vor.

Nach Rücksprache mit dem Einsatzleiter der Polizei, einem erfahrenen Bundespolizisten, war der Spuk gegen Mittag beendet. Auf dem Hotelparkplatz wirbelten grün-blaue Fahrzeuge Staub auf und verließen nach und nach das Gelände. Im letzten Fahrzeug saß der Bundespolizist, ein gebürtiger Tschetschene. Sein Gesicht, ohnehin durch eine Hasenscharte entstellt, war zu einer ungläubigen Fratze verzogen. Durch das reflektierende Seitenfenster sah der Beamte aus wie sein Abziehbild, das zu lange in der Sonne gebleicht worden war.

General Branninger setzte das Fernglas ab und ging wieder nach unten. Im Tiefgeschoß, dem eigentlichen Felsenkeller, hatten die Mitglieder des DGNS derweil eine Tagungspause eingelegt. Einige waren an ihren Tischen eingenickt, andere sortierten Unterlagen oder standen in kleinen Gruppen beieinander.

Als Branninger in der Sicherheitstür erschien und nickte, schaltete Roland Freiherr von Steuffen das Mikrophon wieder ein.

„Meine Damen und Herren, ich erfahre soeben, dass die Staatsgewalt, die unsere Zukunft so gern verhindert hätte, unverrichteter Dinge wieder abgezogen ist. Unser Vorwarnsystem bleibt aktiv und wir können beruhigt da fortfahren, wo wir heute früh unterbrochen worden sind."

Freudiger Applaus. Es war der zweitletzte, den er in diesem Kreis zu hören bekam.

„Die beruflichen Gründe für meinen Rücktritt hatte ich Ihnen bereits erläutern dürfen."

„Der hat doch noch nicht mal richtig angefangen, der Baron“, knurrte einer seinem Nachbarn zu.
„Ist eben nicht der Alte“, murrte der zurück.
„Jetzt darf ich Ihnen meinen Nachfolger vorstellen: Bechtold Branninger, Brigadegeneral a.D., letzte aktive Verwendung Kommandeur Kommando Spezialkräfte KSK, Calw, bis er vor wenigen Jahren dort unehrenhaft entlassen wurde – unehrenhaft seitens unserer Verteidigungsministerin. Und der hält jetzt auch gleich seine Antrittsrede.“
Der drahtige Mann in dem hellgrauen Anzug sprang unter tosendem Applaus auf das Podium. Er entwand dem Baron lächelnd das Mikrophon.
„Diesen Applaus, meine Damen und Herren, betrachte ich als Zustimmung zu meiner Ernennung, einer so überwältigenden Zustimmung, dass ein demokratisches Abstimmungsverfahren wohl überflüssig ist. Die meisten von Ihnen kennen mich ohnehin.“
Kunstpause.
„Und der Rest von Ihnen wird mich schon noch kennen lernen.“
Einige im Saal schmunzelten wissend.
„Als Erstes rege ich an, was wir vorhin während des Alarms in kleiner Runde so beschlossen haben, nachdem eine weitere Umbenennung unserer Dachgesellschaft turnusmäßig ohnehin dran ist und zudem durch den Überfall eben auch aktuell veranlasst: Umbenennung der DGNS, und zwar in VgD – Vereinigung geheimes Deutschland, mit kleinem g – VgD, Victor, Golf, Delta. Begründung: Unsere etablierten Politiker, unsere Regierung, hat uns Bundeswehr-Angehörigen unserer Wurzeln beraubt durch diesen neuen Traditionserlass, der jegliche historische Verbindung der Bundeswehr zur Wehrmacht negiert, wahrheitswidrig und geschichtsvergessen. Mit einer Ausnahme: Die Offiziere des Widerstands dürfen weiterhin als Vorbilder leuchten, und ihnen, genau denen, meine Damen und Herren, schließen wir uns unter meiner Führung jetzt an.“
Brodelnder Applaus.

Geduldig wartete er ab, bis langsam wieder Ruhe eingetreten war. „Das uns verordnete Vorbild, Oberst Claus Schenk Graf von Stauffenberg, hat vor seiner Exekution durch ein Erschießungskommando im Hof des Bendlerblocks, der den Verschwörern damals als Zentrale diente, nicht gerufen ´Es lebe das heilige Deutschland!` sondern ´Es lebe das geheime Deutschland!` – eine Hommage an den von ihm verehrten Dichter Stefan George, der einem seiner Gedichte den Titel ´Geheimes Deutschland` gab."
Branningers Stimme schwoll zu einem Staccato an:
„Und deshalb fortan ´Vereinigung geheimes Deutschland` – im Sinne dieser uns ausdrücklich gestatteten Tradition, im Sinne Deutschlands, im Sinne unseres Vaterlandes."
Die Teilnehmer sprangen jubelnd auf, Hände klatschend, Tische trommelnd.
„Freue mich, dass Sie mit unserer neuen Namensgebung einverstanden sind."
Von Steuffen sah von seinen Notizen auf. Ja, das war der richtige Mann. Der hämmerte sich bereits durch den zweiten Teil seines Vortrags – über das neue Selbstverständnis der deutschen Konservativen. Von Steuffen ließ Stichworte an sich vorüber rauschen – Eurokrise, Klima- und Energiekrise, Immigrationskrise, Geburtenkrise, Bundeswehr-Krise als Dauerzustand. „Krisen all überall, die wegen des Diktats der politischen Korrektheit nicht einmal angesprochen werden dürfen, geschweige denn thematisiert oder gar diskutiert. Wer das gleichwohl wagt, gerät mindestens in die zunächst nur beobachtenden Fänge unseres Verfassungsschutzes. Die Konservativen haben irrig geglaubt, Politiker deutscher Parteien wären Vertreter ihrer Interessen – sind sie aber nicht mehr: Es gibt niemanden mehr, der für ihre Interessen eintritt. Wie alle anderen Parteien müssen aber auch die Konservativen lernen, dieses System für sich zu nutzen."
Atemlose Stille im Saal. Branninger griff nach einem Glas Felsenkeller-Quellwasser.
„Nur wie?" Seine Stimme war zu einem Flüstern heruntergefahren.

„Wie nutzen wir das System am besten? Ich werde es Ihnen sagen.“
Das klang wie das Zischen einer Granate im Anflug.
„Wenn der einzelne Bürger keine Möglichkeit mehr hat, diese unsere Bundesregierung vor dem Bundesverfassungsgericht oder einem anderen Gericht wegen ihrer Rechtsbrüche zu verklagen, nachdem dieses nur öffentlich-rechtlichen Körperschaften wie Ländern oder einer Bundestagspartei gestattet ist, also nur Institutionen, die mit dieser Regierung ohnehin in inzestuöser Dauerbeziehung stehen, wenn statt dessen die Staatssicherheit, wie wir das erleben durften, und das nicht zum ersten Mal, versucht, unsere Meinungsbildung gewaltsam zu unterbinden – wenn also den Rechtsweg zu beschreiten uns verschlossen ist – dann, meine sehr verehrten Damen und Herren, ist der Weg zum Recht auf Widerstand nach Artikel 20 unseres Grundgesetzes eröffnet. Fest stehend auf dem Boden dieses Grundgesetzes werden wir dieses Recht für uns in Anspruch nehmen und ausüben.“
Im Saal wurde es unruhig. Das war der richtige Moment, um zum Ende zu kommen.
Laut brüllte er den Teilnehmern zu: „Denn wenn das Recht dem Unrecht weicht, wird Widerstand zur Pflicht.“
So ähnlich hatte Bertold Brecht es gefordert, aber den wollte Branninger in diesem Kreis nicht zitieren. Der Saal tobte. Die Granate war explodiert.

53

Von der Alten Universität nahmen sie den Umweg am Mainufer entlang. Das frühsommerliche Wetter hatte die Studenten in die Straßencafés gelockt. An der Ludwigsbrücke bogen sie nach links in den Parkgürtel zwischen Sanderring und Sanderglacisstraße ab. Dort

hinter dem Parkstreifen lag das Appartementhaus, in dem Heintz wohnte.
„Was macht der jetzt wohl mit dieser Info von heute?“, wollte Jens wissen.
„Ich denke, das weiß er selbst noch nicht“, erwiderte Heintz.
„Hat ihn ja voll getroffen, dass er die ganze Zeit hinter seinem Paten her war.“
Heintz nickte. „Glaube ich auch. Denn was man so hört, pflegten die beiden eine außergewöhnlich freundschaftliche Vater-Sohn-Beziehung.“
„Dann wird er das Ergebnis entweder unter den Teppich kehren oder den Alten gleichwohl hinhängen. Vermutlich Letzteres.“
„Da drüben müssen wir hin.“
Heintz wies durch das Grün der Bäume auf ein gelbes Haus, das noch knapp 400 Meter entfernt war.

Aus diesem Haus trat soeben eine hoch gewachsene junge Frau. Sie wartete ein vorüber fahrendes Auto ab und überquerte die Sanderglacisstraße in ihre Richtung. Auf einer der Parkbänke gegenüber dem Haus nahm sie Platz.
„Moment mal!“
Jens packte Heintz an der Schulter, drehte ihn zur Seite, wechselte abrupt die Richtung.
„Verdammt, ich glaub’s nicht.“
Sie gingen jetzt zurück zum Sanderring, zurück Richtung Altstadt.
„Ej, was ist los, Alter?“, wollte Heintz wissen.
„Lass uns unauffällig weiter gehen.“
Jens drückte Heintz hinter einen größeren Laubbaum und zeigte auf ein Café auf der gegenüber liegenden Straßenseite.
„Getrennt marschieren, getrennt sitzen. Ich zuerst.“

Er überquerte zügig den Sanderring und setzte sich unter der Markise des italienischen Eiscafés an einen der Tische. Am Nebentisch zog er einen Stuhl vor, auf dem Heintz kurz danach Platz nahm.

Heintz wiederholte seine Frage, Blick auf den vor ihnen liegenden Parkgürtel gerichtet, hinter dem seine Wohnung lag.
„Da drüben sitzt Monika, kam soeben aus deiner Hütte. Was will die hier?"
„Die Monika?" Heintz betonte das erste Wort.
„Von der du mir so oft erzählt hast? Deine Schicksalsfrau?"
„Nenn' sie nicht so. Ich habe ein Schicksal aber keine Frau. Aber genau die ist es. Und ich habe ihr gegenüber in Berlin wohl deinen Namen erwähnt. Ihr seid Kollegen, Ex-Kollegen. Was will die hier, zum Donner?"
„Wo ist das Problem? Junge Liebe?"
„Dass ich immer noch Spuren hinterlasse, das ist das Problem."
Jens bestellte sich einen doppelten Grappa. Sein Blick richtete sich wieder auf die Parkbank und auf Monika, die mit dem Rücken zu ihnen saß. Heintz nahm einen Eiskaffee.
„Also, sie verfolgt dich. Das macht sie entweder in deinem Interesse, weil sie Informationen für dich hat – sie kann dich ja nicht einfach anrufen. Oder gegen dein Interesse, indem sie weitere Verfolger auf dich zieht."
Sehr scharfsinnig, dachte Jens. Seine Katzenaugen wanderten durch das Grün des Parks. Sie blieben an dem Mann mit dem beigen Trenchcoat hängen, der etwa in halber Entfernung zwischen ihnen und Monika zögernd, wie ein Hühnerdieb, von Parkbank zu Parkbank ging, den Blick immer wieder auf Monikas Rücken gerichtet. Jetzt nahm er auf einer der Bänke Platz und entfaltete umständlich eine abgegriffene Zeitung, die er dem Papierkorb entnommen hatte.
„Verdammt, deine zweite Vermutung dürfte zutreffen: Siehst du den Typen in dem Trenchcoat da drüben, Richtung zwölf Uhr, Entfernung 200?"
Heintz nickte. „Ziel erkannt. Monikas Schatten?"
„Sieht so aus. Monika will mich über dich finden. Dich findet sie, weil du gleich zu dir nach Hause gehst. Kein Wort über mich, seit Berlin hast du mich nicht mehr gesehen. Horch' sie aus und berichte

mir. Ich gehe wieder in die Leighton Barracks und rufe dich später an. Auf deinem Handy."
„Und was wird aus dem Trenchcoat?"
„Den übernehmt vorläufig ihr, ihr seid näher dran und euch will er wahrscheinlich nur meinetwegen. Wenn unsere Vermutungen richtig sind, wird der uns ja so lange erhalten bleiben, wie er oder Monika oder er und Monika mich suchen."

Jens trank seinen Grappa aus und verließ das Café an der Toilette vorbei durch Küche und Hintereingang.

54

Friedwart Freiherr von Steuffen blätterte durch das Geheimprotokoll der Iburger Jahreshauptversammlung, welches ein Bote heute früh auf Schloss Steuffenberg abgegeben hatte. Trotz der Schmach, die sein missratener Sohn ihm und der Gesellschaft – VgD hieß sie ja nun – angetan hatte, fand er das Ergebnis überraschend angenehm. Dieser General würde es schon richten, das Zeug dazu hatte der. Von Steuffen hatte ihn von früheren Treffen noch in guter wenn auch etwas verblasster Erinnerung. Vor allem sein Appell, jetzt Widerstand zu leisten, gefiel ihm. Wenn nicht jetzt – wann dann? Nachdem alle anderen Versuche fruchtlos geblieben waren. Auch die politischen. Er warf das Protokoll auf die lederne Schreibtischplatte und sah auf die Uhr vor ihm. Der angekündigte Besucher musste jeden Moment eintreffen.

Eine Viertelstunde später saß Dr. Norbert Schaefer, MdB, ihm gegenüber, ohne Begleitung. Einen Zeugen hätte auch keiner der beiden Herren gewünscht. Sie belauerten sich eine Weile. Der Baron

spürte, es würde eine Unterredung der unangenehmeren Art werden. Schaefer wusste das, er hatte um dieses Gespräch gebeten.
„Nun fangense schon an. Wo drückt der Schuh? Meine ausbleibenden Alimentationen?“
„Nein, darum geht es nicht.“
Schaefer erläuterte seine verantwortliche Position in der BrU, und dass er in dieser seiner Funktion auf die DGNS gestoßen sei, eine Geheimgesellschaft, die er ihm ja wohl nicht näher beschreiben müsse, denn er – der Baron – stehe in dem Verdacht, Präsident dieser rechtswidrig gegen das Grundgesetz gerichteten Organisation zu sein.
„Diese Erkenntnisse werden erhärtet durch wissenschaftliche Ermittlungen, die ein Lehrstuhl für Politische Wissenschaften in Würzburg im Auftrag der BrU durchführt, ein Prof. Kallemer.“
Der Baron schaute durch die Fensterfront auf die Gartenanlage des Schlosses, die vom abendlichen Sommerlicht in satte Farben getaucht unter ihm lag. Er drehte sich zurück.
„Und?“
Schaefer rückte seine Krawatte zurecht.
„Ich wollte Sie, Baron, inoffiziell hiervon in Kenntnis setzen, bevor …“
„Bevor was?“
„… bevor ich dieses unangenehmen Erkenntnisse pflichtgemäß an die Ermittlungsbehörden weitergebe und damit offiziell werden lasse. Wegen unserer guten Beziehungen, Sie verstehen schon.“
Der Baron wickelte sich aus seiner Wolldecke und erhob sich. Es dauerte eine Weile, bis er aufrecht hinter seinem Schreibtisch stand. Seine Stimme war jetzt ungewohnt leise.
„Mit anderen Worten, Schaefer, Sie wollen mich erpressen. Funktioniert aber nicht: Von dieser DGSS oder wie die heißt, dieser Geheimgesellschaft, habe ich mal gehört, aber meines Wissens gibt’s die gar nicht mehr.“
Er warf einen Blick auf das Iburger Protokoll, das auf dem Schreibtisch vor ihm lag.

„Zweitens bin ich in keinem irgendwie gearteten Verband Präsident oder sonst wie von Wichtigkeit, nicht mal im Jagdverband …“
„Aber …“
„Drittens: Ihre Recherche ist so schlecht wie alles, was Sie mit Ihrem Innenausschuss für uns und unser Vaterland geleistet haben.“
Schaefer protestierte zappelnd, sank aber bei den nächsten Worten in den Besuchersessel zurück.
„Geliefert hamse nicht, würde man heute sagen, und deshalb werden meine Zahlungen auch in Zukunft ausbleiben.“
„Baron, Sie verkennen die politische Lage. Nach den nächsten Wahlen im Herbst könnten wir eine Regierung haben, in der meine Partei mit der Muslim-Partei koalieren muss. Das würde bedeuten …“
„… dass Sie dann noch einflussloser sind als ohnehin.“
„Die derzeitigen zugegebenermaßen relativ frühen Wahlprognosen besagen …“
„… dass wir unser Vaterland auf scheinbar legalem Wege in andere Hände begeben, weil wir es jahrzehntelang verleugnet und es der Verantwortung von Politikern überlassen haben, die damit nicht umgehen konnten. Politikern wie Ihnen.“
„Dann haben Sie, verehrter Baron, also nichts dagegen, wenn ich die Untersuchungsergebnisse unserer BrU publik mache?“
„Tunse, wasse für richtig halten, Schaefer.“

Der Baron nahm wieder Platz. Bei dem, was er jetzt sagte, wollte er seinem Gegenüber in die Augen sehen.
„Sobaldse dieses Haus, meine Familie oder mich, zu Recht oder zu Unrecht, in irgendeiner Weise mit Ihrem politischen Schmutz bewerfen, erfährt die Öffentlichkeit von Ihrer peinlichen Liaison mit dieser Partei-Pussy, die Sie hier bei Ihrem letzten Besuch angeschleppt haben. Als erstes Ihre Ehefrau Ilona. Dokumentiert und gerichtsfest. Die Öffentlichkeit sollte alles über ihre Volksvertreter wissen, meinense nicht auch?“

Schaefer war blass geworden. Sehr blass. Inges Idee war wohl doch nicht so gut gewesen. Irgendwas musste sie übersehen haben. Sein nachdenklicher Blick fiel aus dem Fenster, auf die Bundes- und die Landesflagge, die schlaff in der Abenddämmerung abhingen.

Nach einer Weile fand Schaefers Blick zurück zum Baron.
„Sagen Sie, Baron, diesen Kallemer – kennen Sie den? Prof. Dr. Kallemer?“
Baron von Steuffen haute auf seine Klingelanlage.
„Ist mein Patensohn. Entlastet mich das?“
Karl, der Zerberus, riss die Tür auf.
„Karl, der Abgeordnete möchte gehen.“

55

Durch das unerwartete Auftauchen von Monika war es vorläufig das Beste, sich wieder im Aufnahmelager auf dem Gelände der ehemaligen Leighton Barracks zu verstecken. Zumindest bis Heintz herausgefunden hatte, was Monika in Würzburg wollte. Und bis sie wussten, welche Rolle der Mann im beigen Trenchcoat spielte. Gut, dass Jens immer noch seine Flüchtlingsfrisur trug.
Aber Leighton B., wie die Eingeborenen das Lager nach der alten amerikanischen Beschilderung noch immer nannten, war überbelegt. Nachdem Jens seinen Flüchtlingsausweis vorgezeigt hatte, bat man ihn höflich in ein nahe gelegenes Hotel, Zur Rebe, wo er in einem Doppelzimmer untergebracht wurde. Das war für seine Tarnung nur zweitklassig. Er würde nicht lange hier bleiben.
Noch unangenehmer war ihm sein schwarzhaariger Zimmergenosse. Zunächst hatte Jens das unheimliche Gefühl, den jungen Mann schon mal irgendwo gesehen zu haben. Im Laufe des ersten Abends verdichtete sich zudem sein Eindruck, dass der Typ, mit

dem er nur ein paar Brocken Französisch und Englisch gewechselt hatte, wie er selbst weder Flüchtling noch Ausländer war: die automatische Akkuratesse in seinen Bewegungen, die Jens an militärischen Drill erinnerte; die pedantisch sortierte Reisetasche, das Aufschlagen und Zusammenlegen der Decken, die Verwendung von O-DOL-Mundwasser, des BRAUN-Rasierapparates der 7er Serie, die sorgsam gefalteten Kleidungsstücke – das alles und das Fehlen jeglicher Anders- und Fremdartigkeit, die gewohnte Vertrautheit eines Mitmenschen aus dem eigenen Kulturkreis. Der Schwarzhaarige hatte sich ihm gleichwohl als Salman vorgestellt.
Jens behielt ihn im Auge. Auf dem Flur las Salman die Unterbringungsregeln in der deutschen Fassung, an den englischen, französischen, arabischen, türkischen und kurdischen Übersetzungen schlenderte er achtlos vorbei. Jens fiel die schlechte Haarfärbung auf, die im Nackenansatz helles Blond verriet. Jens würde eine schlaflose Nacht haben.
Vorher sandte er Heintz eine SMS: ´Komme hier derzeit nicht weg. Melde mich später. Ende.` Jens' Sicherungssysteme schalteten auf worst case. Er musste unbedingt wissen, wer da heute Nacht neben ihm im selben Zimmer in der Rebe schlafen sollte. Und ob das eine Zufallsbegegnung war.

Beim Abendessen im hoteleigenen Restaurant überlegte er sich verschiedene Fallen, die er Salman stellen konnte. Jens saß gebeugt über seinem Essen allein an einem Ecktisch. Ungefragt setzte sich jemand zu ihm.
Salman. „Ich kenne dich“, meinte er. Auf deutsch.
Jens sah nicht mal auf.
„Aus Berlin.“
Jens schaufelte Bratkartoffeln.
„Erstaufnahme Julius-Leber-Kaserne. Du bist doch der Held, der dieser Soldatin mit dem Besenstil die Gesundheit gerettet hat, mit dem sie wohl sonst von dieser Meute vergewaltigt worden wäre. Oder? Erinnerst du dich nicht?“

Jens zerkleinerte ein Hacksteak.
„Hat mir voll zugesagt, die Nummer. Echt geil."
Salman sortierte sein Besteck und begann, Gulaschsuppe zu löffeln.
„Als ich dich hier unten im Foyer sah, hab ich mich gleich angestellt und dem Boy gesagt, dass wir Freunde sind und zusammen auf ein Zimmer wollen."
Jens schob seinen Teller gegen Salmans Suppenschüssel. „Bist du schwul oder brauchst du 'en Kindermädchen?" Er stand auf.
„Eher 'nen Bodyguard. Ich bin auf der Suche nach Kämpfern. Wir brauchen jemanden wie dich. Kein Quatsch."
Jens setzte sich wieder hin.
„Jemanden, der das Handwerk so gut kann wie du. Offensichtlich. Und ich kann das beurteilen. Komme selbst gerade vom Militär."
Was wollte dieser Knilch von ihm? Was wusste der über ihn? Woher? „Erzähl!"
Jens' Kinnmuskeln spannten sich.
„Nun ja, ich komme soeben aus einem Ausbildungslager."
„Woher?"
Salman schaute wichtigtuerisch um sich, senkte die Stimme.
„Grenzgebiet Syrien. Ich hoffe, ich kann dir vertrauen. – Und du?"
Seine Suppe wurde kalt. Soviel Naivität machte neugierig.
„Wer schickt dich? Wer gibt dir Befehle? Auftrag?"
„Ausbildungscamp Half Moon, nördliches Raqqa. Wurde anschließend aufgelöst. Du weißt, wir ziehen uns da zurück. Aber nur vorübergehend."
„Wir?"
„Na, was glaubst du, für was ich hier bin? Weshalb ich hier als Asylsuchender wieder in das Land dieser Ungläubigen eingereist bin?"
Salmans glühender Blick drohte, die Plastik-Tischdecke zwischen ihnen zu versengen.

Jens taxierte den angeblichen Dschihadisten auf Anfang Zwanzig, wenngleich er seinem Geschwätz nach geistig noch im Kindesalter verblieben sein könnte. Jens schüttelte den Kopf.

„Du glaubst mir nicht? Ich kann es ja selbst kaum glauben. Aber es ist erst ein halbes Jahr her, dass sie mich in Köln los geschickt haben. Moschee in Ehrenfeld. Renommierter Stützpunkt. Den Imam nannten wir Mullah. Mustafa Yeneroglu. Angeworben hat mich Stefan Niehaus, ein deutscher Konvertit, der da oben für den IS-Nachwuchs die Strippen zieht. – Glaubst du mir jetzt?"
Jens war sich immer noch nicht sicher, ob dieser Idiot ihm nicht soeben eine besonders raffinierte Falle stellte.
„Und was willst du von mir, mein Schatz?"
Salman, der sicher ganz anders hieß, räusperte sich. Wieder der sichernde Rundum-Blick.
„Beim Grenzübertritt in die Türkei hatten wir Feindberührung. Auf der Straße nach Sanliurfa. Da waren wir noch zu fünft. Aber Bello hat's nicht überlebt und Frank hat ein Bein verloren. Mine. Scheiße. Ich brauche Ersatz. Ich kann dem Imam und diesem Niehaus nicht mit zwei Ausfällen unter die Augen treten. Bin auf Musterungssuche."
„Für was?"
Salman schob die Gulasch-Kaltschale beiseite und beugte sich verschwörerisch vor.
„Für die Mutter aller Anschläge", raunte er und grinste.

56

Ilona Schaefer drapierte die wertvollen Seidenvorhänge, die die Chinesen gestern in der Wohnküche angebracht hatten. Sie musterte den gedeckten Frühstückstisch, rückte die Kannen mit dem Kaffee, dem Fruchtsaft und dem Wasser zurecht und faltete zwei Damastservietten. Ihr Mann war eben auch für angenehme Überraschungen gut. Unangenehme hatte es in den letzten Jahren seines Politikerlebens genug gegeben. Gestern Abend jedenfalls war er – wenn auch

offenbar völlig erschöpft – aus Berlin und von einem Besuch bei einem seiner Wähler nach Hause gekommen und hatte sie mit der Nachricht überrascht, erst mal ein paar Tage Urlaub einzuschieben. Zuhause. Das würde auch ihrer Ehe mal wieder gut tun.
„Norby, frühstücken!"
Sie ging in den Flur hinaus, vorbei an dem Telefontisch, auf dem auch die Post lag, Korrespondenz mit dem örtlichen Wahlkreisbüro, Brandbriefe von den enttäuschten Kindern, unbezahlbare Rechnungen, mehrere Mahnungen. Leider würde es heute noch einiges zu besprechen geben. Aber das hatte jetzt erstmal Zeit.
„Norby!"
Sie stand auf der unteren Stufe der Treppe, die nach oben führte, in die Schlafzimmer im ersten Stock, in den Arbeitsbereich von Norbert im zweiten. Sicher schlief er noch, so ausgebrannt, wie er gestern angekommen war. Aber immerhin war es jetzt bereit halb elf.
„Norby!"
In seinem Schlafzimmer war er nicht, in ihrem auch nicht. Auch nicht in seinem Arbeitszimmer. Sie fand ihn oben auf dem Dachboden, aufgehängt an der dicken Kordel, die die chinesischen Dekorateure dort gestern mit den alten Küchenvorhängen abgelegt hatten.

57

Monika Metzler wusste schon nicht mehr, wie lange sie auf dieser Parkbank herumgesessen hatte. Sie wusste auch nicht, wie lange sie hier noch sitzen und auf diesen Heintz Draxler warten sollte, der da gegenüber in diesem Appartement-Hochhaus wohnte; den sie nicht einmal kannte, und der sie zu Jens führen sollte. Vielleicht war das doch keine so gute Idee gewesen, hier in Würzburg nach ihm zu suchen. Wer weiß, wo Jens inzwischen abgetaucht war?

Ein schlanker Typ um die Dreißig näherte sich ihr seitlich auf dem Parkweg. Musterte sie. Der würde sie ja jetzt hoffentlich nicht anmachen. Tat er nicht. Er ging zwar dicht an ihr vorbei, aber nur, um ihr eine Papierkugel zuzuschnipsen, so ganz beiläufig. Er schlenderte weiter, würdigte sie keines Blickes. Merkwürdig. Verdächtig. Ein Instinkt hielt sie davon ab, das Kügelchen hinter ihm her zu werfen oder ihm ´Arschloch` oder ´was soll das?` zuzurufen. Diese Art Kontaktaufnahme kannte Monika noch gar nicht und fand sie auch eher überraschend als witzig. Der Typ verschwand links aus ihrem Blickfeld.

Sie faltete den Paperklumpen auseinander.

„Wenn Sie MM sind, bin ich der, den Sie suchen. Gehen Sie nicht hinter mir her! Wir treffen uns um 20 Uhr 30 im Julius-Spital im Hofgarten. Vorher sollten Sie noch Ihren Schatten loswerden: derzeit 250 Meter auf Parkbank acht Uhr. Sonnenbrille, Sonnenkappe, Trenchcoat auf dem Schoß. H.D.“

Monika hatte weder Jens noch diesen Heintz gefunden, der oder beide aber sie. Dass Heintz Draxler sie erkannt hatte, war nur mit Jens' Hilfe möglich gewesen, also war der in der Nähe. Gut so. Nicht gut war ihr Schatten.

Sie machte sich eine Zigarette an, stopfte das Stück Papier zerknüllt in die Schachtel und drehte sich nach links, wie um das Feuerzeug vor aufkommendem Wind zu schützen. Dahinten saß tatsächlich ein Typ mit Sonnenbrille und –kappe, einen Trenchcoat neben sich auf der Bank. Hatte sie so einen Trenchcoat nicht im ICE hierher schon gesehen? Monika rauchte, versuchte, sich auf die neue Lage zu konzentrieren.

In den Wolken grummelte es, ein Gewitter zog auf. Die Parkanlage leerte sich. Gute Gelegenheit. Schwarze Wolken kamen schnell näher, erste warme Tropfen klatschten auf ihre Stirn. Sie stand auf. Der Trenchcoat-Typ saß immer noch da. Sie ging zu ihm hin, direkt auf ihn zu. Sein Gesicht versteckte er inzwischen in einem Prospekt der

Stadt Würzburg. Ideal für ihren Überraschungsangriff. Mit ihrer Rechten packte sie seinen Trenchcoat, warf sich links neben den Verdutzten, rief etwas wie „Scheiß-Gewitter“ und zog den Trenchcoat über sie beide. Zeitgleich rammte sie ihren linken Ellenbogen in seinen Solarplexus; ihre angewinkelte linke Faust hämmerte seine Nasenwurzel. Er zappelte noch einmal, aber nur kurz.

Das Sturzgewitter prasselte auf das unter dem Mantel versteckte Paar wie Dauerfeuer. Monika räumte die Taschen ihres neuen Bekannten aus, versteckte ein paar Dokumente und Geld in ihrer Tasche und wartete den heftigen Guss ab. Der dauerte nicht lange. Sie schob den Mann liebevoll in eine bequeme Sitzposition, zog den Trenchcoat von seinem Kopf, lehnte den vorsichtig gegen die Baumrinde. In dieser Position schlummerte er nun friedlich, beträufelt von den Regentropfen, die aus dem Laub herab rieselten. Monika stand auf – „tschüß, mein Lieber, mir ist das zu feucht hier“ – und ging Richtung Mainufer. Der Park war immer noch leer. Es war halb sieben.

58

Jens konnte nicht schlafen. ´Die Mutter aller Anschläge` ging ihm durch den Kopf wie ein Endlosband. Der Bub, der da neben ihm trunken vor sich hin schnarchte, hatte ihm im Laufe eines langen Weinabends, den sie mit einem billigen Chantré angereichert hatten, so manches berichtet von den Plänen der Dschihadisten, aber bei weitem nicht alles. Auch Salman schien in Details nicht eingeweiht zu sein, vor allem nicht in die aktuellen Enwicklungsfortschritte dieser Pläne. Zudem war sich Jens nicht sicher, was von Salmans Erzählungen auf Tatsachen beruhte, was auf jugendlicher Phantasie. Immerhin hatte Salman aber wohl aktuelle Weisungen und

Strategiepläne von seinen Ausbildern beim IS im Gepäck, die er seinen deutschen Anprechpartnern, diesem Stefan Niehaus und dem Imam in Köln-Ehrenfeld demnächst überbringen sollte. Wenn die beiden einverstanden waren, sollte Jens dabei sein, als neu angeworbener IS-Krieger, mit Kampferfahrung. Jens hatte zugesagt, so neugierig war er und so heiß waren die Pläne für die Mutter aller Anschläge. Er wusste nur noch nicht, ob Salman dann noch dabei sein würde. Dieser kleine Scheißer war einfach zu leutselig. Und zu geschwätzig. Ein Sicherheitsrisiko.
Was Jens auch noch nicht wusste: wie er vorgehen sollte. Er wusste nicht mal, ob er seinem Vaterland auf der Seite des IS einen empfindlichen Stoß versetzen oder ob er es vor eben diesem Stoß schützen sollte. Das würde unter anderem vom Inhalt der Unterlagen abhängen, die Salman irgendwo eingenäht in seinem Gepäck versteckt hatte. Die müsste Jens studieren, bevor diese Kölner Attentäter sie zu Gesicht bekamen, und danach sehen, ob man daraus nicht irgendwie Kapital schlagen konnte, und sei es, dass es Deutschland nützen würde.
Salman neben ihm röchelte und drehte sich im Schlaf auf die Seite. Eine leicht säuerlich stinkende Alkoholfahne wehte herüber. Jens wusste nicht mal, wie, wann und wo er diesen Stinker am besten neutralisieren könnte.

59

Restaurant Julius-Spital in Würzburg. Heintz süffelte im Hofgarten an einem Würzburger Stein, der oberhalb der Stadt angebaut wurde. 20 Uhr 30. Noch keine Monika in Sicht.

Wenig später setzte sich eine hoch gewachsene Frau in einem bodenlangen schwarzen Umhang zu ihm an den Tisch. Und nahm den Gesichtsschleier ab. Monika.
„N'Abend."
„Wo ist der Mann mit dem Trenchcoat?"
Heintz blickte vorsichtig nach rechts und links, wieder nach rechts, wieder nach links.
„Als ich ihn zuletzt sah, lag er unter selbigem noch auf der Parkbank. Vielleicht wohnt er da."
„Wo ist der jetzt?"
Heintz war nicht zum Schmunzeln aufgelegt.
„Vielleicht hier im Spital." Sie sah sich feixend um.
„Mein linker Arm tut mir immer noch weh."
„Konnten Sie ihn vorher vernehmen?"
Monika schüttelte den Kopf. „Aber ich habe seine sämtlichen Unterlagen. CIA-Agent aus Berlin."
Sie bestellte auch einen Wein und machte sich eine Zigarette an. Heintz runzelte die Stirn.
„Dann ist der Mann Ihnen von Berlin gefolgt, und Sie sind sich sicher, dass Sie jetzt nicht mehr beschattet werden?"
„Seit Stunden nicht mehr. Sicher nicht. Und außerdem habe ich mich mit dieser Abaya verkleidet. Wird im wahhabitischen Islam gerne getragen. Hübsch, nicht?"
Heintz Stirn kräuselte sich zu einem Waschbrett.
„Was wollen Sie hier, Monika?"
Er wischte eine hellblonde Haarsträhne zur Seite. „Außer, dass Sie uns CIA-Agenten auf den Hals hetzen?"
„Was essen. Was empfehlen Sie, Heintz? Sie studieren doch hier. Ich habe Hunger und bin froh, dass Sie mich nicht in die Mensa eingeladen haben."
Sie bestellten Winzerteller.
„Ich nehme mal an, Jens hat Ihnen von mir erzählt."
Heintz nickte.

„Mich haben sie vom Dienst suspendiert – wegen Jens – und ich dachte, ich könnte ihm an seiner Seite mehr helfen als alleine in diesem verfuckten Berlin. Sie waren meine einzige Möglichkeit, ihn zu finden. Und hier bin ich.“ Sie machte sich eine Zigarette an.
„Nehmen Sie’s nicht persönlich, aber Jens will sie nicht sehen. Auch nicht Ihre Hilfe. Und ich weiß nicht, wo er ist.“
„Wäre dem so, hätten Sie mich nicht identifizieren können in diesem Park da gegenüber von Ihrer Studentenbude. Da muss Jens ja wohl in Ihrer Nähe gewesen sein. Als Sie diese Papierkugel auf mich abgeschossen haben.“
Harter Brocken, dieses Weib.
„Was haben Sie über diesen CIA-Agenten herausbekommen? Der war doch wohl hinter Jens her und nicht hinter Ihnen, oder?“
„Hinter beiden. Aber seine Zielperson war Jens. Die Amerikaner wollen was von ihm. Die muss er irgendwie geärgert haben. Vielleicht einen Auftrag nicht ausgeführt. Oder er weiß was, was er nicht wissen sollte. Ich durchschau’ das nicht.“
Du durchschaust mehr als du denkst, dachte Heintz.
„Der CIA-Scheißer arbeitet jedenfalls in der US-Botschaft in Berlin, heißt Mike Evans und ist deutlich schlauer als meine Berliner Polizei. Die sucht ihn nämlich auch – wegen Mordes, glaube ich, oder eines anderen Tötungsdelikts – findet ihn aber nicht.“
„Es sei denn, mit Ihrer Hilfe, Monika.“
Seine wachen Augen musterten die umstehenden Tische und die wartenden Gäste.
„Sie waren doch selbst bei der Polizei, Heintz. Deshalb sollten Sie wissen, dass ich recht habe. Also – wo ist Jens? Was kann ich für ihn tun?“
Heintz schüttelte den Kopf, seine Haarsträhne fiel zurück auf die Stirn.
„Hat mir eine SMS geschickt, wollte sich später noch mal melden“.
Na also, dachte Monika.
„Den rufen wir jetzt an.“
„Geht nicht – unterdrückte Nummer.“

„Also, Herr Heintz, ich bin doch nicht durch die halbe Republik gereist, habe mich mit CIA-Agenten herumgeschlagen, nur um kurz vor dem Ziel in dieser Abaya jetzt wieder die Heimreise anzutreten. Richten Sie Jens das bitte aus. Ich wohne im Stöckle unter dem Namen Al Nouri. Er wird mir vertrauen. Und er kann mir vertrauen. Und er weiß das."
Ihre grünen Katzenaugen funkelten ihn an.
Heintz zuckte mit den Schultern.
„Und noch was, Herr Ex-Polizist: Sollte Mr. Evans oder sonst jemand unseren Kontakt beobachtet haben, würde ich an deren Stelle heute Nacht in Ihrer Wohnung auf Sie warten."
„Weil Sie diesen Typen nicht unschädlich gemacht haben. Jens hätte das gemacht."
„Um dann die ganze Agency auf der Spur zu haben? Von meiner Attacke werden die nie was erfahren. Das wird Mr. Evans zu peinlich sein. Wenn er seinen Vorgesetzten das melden würde. – Und wenn Sie kein Geld für'n Hotelzimmer haben sollten, kommen Sie einfach ins Stöckle. Ich habe da ein komfortables Doppelzimmer, von der CIA finanziert."
Und wenn sie Jens' Aufenthaltsort auf diese Weise herausfinden würde.
Monika Al Nouri stand auf, mit der ganzen Länge ihrer schwarzen Abaya.
„Und vielen Dank für die Einladung. Der Winzerteller war eine gute Empfehlung."
Heintz war nicht der Einzige, der ihr nachschaute, als sie zwischen den voll besetzten Tischreihen hindurch auf den Ausgang der Hofterrasse zu schwebte.

60

Endlich hatte er den richtigen Ansprechpartner in der Leitung, Deckname Davis.
„Evans hier." Er legte den durchnässten Trenchcoat zur Seite.
„Auftrag erledigt?"
„No, habe meine Zielperson verloren."
„Fuck it! Wo sind Sie jetzt?"
„Würzburg."
„Ist er noch da?"
„Vermutlich."
„Dann weiter suchen, dran bleiben, Auftrag ausführen."
Evans verneigte sich vor seinen Schmerzen in der Bauchgegend. Er vermutete angebrochene Rippen und stöhnte.
„Brauche Verstärkung."
Davis knurrte ungläubig. „Kriegen Sie, morgen."
„Sollen Papiere und Cash mitbringen."
„Ausgeraubt?"
„So in etwa."
„Mann, oh Mann."
Davis wurde hörbar ungehalten.
„Shit happens." Evans unterbrach die Verbindung.

61

Bei einem späten Frühstück in der Hotelhalle der Rebe sagte Jens Salman zu: Er wäre dabei, müsste aber heute noch was erledigen, außerhalb Würzburgs, so gegen Abend. Ob Salman ihm dabei wohl helfen würde? Na klar, dann könnte man gleich mal ihre künftige Zusammenarbeit ausprobieren. Und den Imam, schlug Jens vor, sollten sie überraschen, also keine Mitteilungen mehr an ihn, nicht vor der Abreise, wahrscheinlich morgen früh, es sei denn, Jens Treffen heute Abend sollte sich irgendwie verzögern. Salman fand das alles okay. Jens glaubte ihm. Hoffentlich kein Fehler.

Am Nachmittag machte Jens ein paar Besorgungen und mietete einen Fiat Panda. Mit dem fuhren sie gegen Abend auf der B 13 Richtung Süden. Hinter Sommerhausen entdeckte Jens einen Friedhof, der an einen Weinberg angelehnt war und auf der anderen Seite in einen Laubwald überging. Im nächsten Dorf setzte er Salman im einzigen Gasthof ab und versprach, in gut anderthalb Stunden wieder zurück zu sein. Salman sollte inzwischen vespern, ´aber kein Schweinefleisch`, scherzte er und zupfte an seinem Bart. Deine Henkersmahlzeit, dachte Jens.

Als er Salman nach knapp zwei Stunden abholte, dämmerte es. Es habe Komplikationen gegeben: Er müsste noch jemanden treffen, der nicht gesehen werden wollte. Ob Salman Jens wohl den Rücken freihalten könnte? Na, klar doch. Der Junge war begeistert. Ob er heute seine beim IS erworbenen militärischen Fähigkeiten gleich mal vor Ort ausprobieren könnte? Jens setzte ihn am Waldrand ab und verschwand im Dunkeln.

Zehn Minuten später kam er geräuschlos zurück. Inzwischen trug er eine dunkelblaue Kombi und schwarze Gummistiefel. Salman bemerkte ihn nicht. Der Handkantenschlag traf ihn hinterrücks und überraschend. Sicherheitshalber umfasste Jens noch Salmans Hals, presste seine Daumen in beide Halsschlagadern und drückte einen Moment kräftig zu. Damit dürfte die Blutzufuhr zu Salmans Spatzenhirn zusätzlich und endgültig unterbrochen sein.
Sorgfältig räumte er Salmans Taschen aus, wickelte den leblosen Körper in Plastikfolie und trug ihn runter zum Friedhof. Dort ließ er ihn in eine offene Grabstelle fallen, die laut Anschlag an der kleinen Kapelle morgen früh beschickt werden würde. Die notwendigen Erd- und Tarnarbeiten wurden von mildem Mondlicht beschienen.

Sie dauerten eine gute halbe Stunde. Der Friedhof war menschenleer. Irgendwo heulte eine Eule. Zaghafter Regen setzte ein. Umso besser.
Die Arbeitsklamotten und die Stiefel warf Jens in verschiedene Müllcontainer am Ortsrand von Klein-Ochsenfurt. Von dort fuhr er zurück nach Würzburg, aß noch einen Burger in der Hotellobby der Rebe und machte sich anschließend im Doppelzimmer auf die Suche nach den IS-Unterlagen in Salmans Gepäck. Er wurde fündig.

Heute Nacht würde er besser schlafen können als gestern. Endlich wieder alleine.

62

Es regnete immer noch. Prof. Dr. Kallemer zupfte den Ärmel seines schwarzen Armani-Anzugs über den Manschettenknopf der rechten Hand, mit der er den Schirm hielt. Er hätte doch den dunkelgrauen Baldessarini-Mantel mit dem schwarzen Samtkragen anlegen sollen, passend zu diesem Scheiß-Wetter und dieser Scheiß-Beerdigung dieses nichts sagenden Politikers, dem er als Inhaber des Lehrstuhls für Politische Wissenschaften im benachbarten Würzburg gleichwohl seine letzte Aufwartung machen musste.
Gerüchten zufolge war von Suizid die Rede. Aber weshalb? Die desolate politische Lage in Deutschland? Die schleichende DDRisierung der BRD? Die desolate Situation der ehemals konservativen Union, der dieser Schaefer angehört hatte? Die islamistische Allah-Dämmerung, die mit den nächsten Wahlen die Republik heimsuchen würde? Persönliche Probleme? Waren nicht bekannt. Gerüchte eben.

Jetzt stand Kallemer hier auf diesem regenweichen Friedhofsacker und musste sich seine lackierten Todt-Schuhe schmutzig machen. Widerlich. Die Sargträger hatten kurz gezögert, bevor sie den Sarg in die Gruft herabgelassen hatten. Oben am Waldrand war darauf ein schwarzer Fiat Panda weggefahren. Kallemer dachte wehmütig an seinen Ferrari, der seit zwei Wochen mit einem Getriebeschaden in einer Frankfurter Spezialwerkstatt stand.
Irgendeine aufgemotzte Tussi mit blonden Löckchen – dem Tuscheln der Umstehenden nach eine ehemalige Assistentin des Verblichenen, die der Baron auch mal erwähnte hatte – provozierte einen semi-dramatischen Auftritt, als sie der Baronesse von Steuffen eine Szene zu machen versuchte, aber andere Trauergäste beruhigten die jungen Damen dann schnell wieder. Der Baron war nicht anwesend. Was Kallemer ganz recht war.

Endlich war das nervige Trauerspiel vorbei. Die Trauergemeinde strebte so andächtig wie möglich und nötig dem Ausgang zu, der sie auf einen schmierigen Feldweg entließ. Kallemer konnte sich um das kümmern, was heute Vormittag sein eigentliches Anliegen war: diesen jungen Schnösel kennen lernen, der mit der Witwe und ihren drei erwachsenen Kindern gleich vorne am Grab gestanden hatte, umrahmt von zwei dunklen Kleiderschränken, die ihm abwechselnd des Regenschirm hielten, MdB und in mehreren Stellvertreter-Positionen des werten Dr. Schaefer tätig, unter anderem als Präsidiumsmitglied der BrU-Stiftung zur Bekämpfung rechtsnationaler Umtriebe – einer seiner Finanziers. Der Name war ihm entfallen.
„Herr Abgeordneter?“
Der Bub zwischen den Kleiderschränken, den Kallemer nach seinem Äußeren eher für einen seiner Erstsemestrigen gehalten hätte, knipste ein überaus freundliches Politikerlächeln an.
„Gestatten, Kallemer, Prof. Dr. Klaus Kallemer, Inhaber des Würzburger Lehrstuhls für Politische Wissenschaften. Ich denke, wir kennen uns über die BrU-Stiftung, für die ich …“

Einer der Kleiderschränke flüsterte dem Abgeordneten was ins Ohr. Der strahlte noch eine Spur heller.
„Ja, ja, diese Rechtsnationalen, denen Sie da auf der Spur sind, auf der wissenschaftlichen."
Er kicherte, trat beiseite, gab Kallemer die Hand.
„Angenehm, sehr angenehm, Sie persönlich kennen zu lernen – trotz des traurigen Anlasses. Lange nichts von Ihrem Institut gehört. Gibt es denn da irgendwas Erfreuliches? Forschungsergebnisse? Fahndungserfolge Ihres wissenschaftlichen Bemühens?"
Kallemer nickte. „Ja, genau darauf wollte ich Sie ansprechen, Herr Abgeordneter. Auch wenn diese Gelegenheit hier sicher nicht die richtige ist."
Er schüttelte Regentropfen von seinem Ärmel.
„Und auch nicht die richtige Umgebung. Wenn Sie Zeit hätten, sähe ich Sie gern auf einen Tee in meinem Institut …"
„Nein danke, wir müssen sofort wieder nach Berlin zurück. Eine Katastrophen-Sitzung jagt die andere. Sie wissen schon, die Wahlen, die Prognosen, die Islam-Partei …"
„Habe ich befürchtet. Aber Sie werden mir gestatten, Sie in der Folgewoche mit einer sensationellen Neuigkeit über meine – wie Sie sagen – wissenschaftliche Fahndung auf den neuesten Stand zu bringen. Zu Ihren Händen, wenn es recht ist."
Der Kleiderschrank, der gerade den Schirm hielt, flüsterte dem Abgeordneten wieder etwas zu.
„Das wäre höchst angenehm, Herr Professor, oh ja. Wissen Sie, es gibt Stimmen im Präsidium, die – nun, sagen wir mal – langsam ungeduldig werden, auch in meiner Partei und damit der des Verstorbenen. So ein Fahndungserfolg könnte Ihre Mission retten, denke ich."
Das klang ja gar nicht gut. Kallemer spürte seine Knie weich werden.
„Wunderbar. Dann machen wir das so, Herr Abgeordneter. Nächste Woche haben Sie meinen vorläufigen Bericht, und ich gehe davon aus, dass der Forschungsauftrag meines Instituts seinen Fortgang

nimmt. Hat mich sehr gefreut. Wünsche den Herren eine angenehme Heimreise. Und grüßen Sie Berlin von mir."
Kallemer lüftet seinen schwarzen Borsalino.

Der Abgeordnete und die Schirmträger bestiegen eine dunkle Limousine. Durch die geöffnete Fondtür erblickte Kallemer die blond gelockte Bundestags-Tussi, die auf dem Rücksitz schon wartete. Der schwere Wagen schlidderte den Feldweg hinunter auf Ochsenfurt zu. Kallemer schaute sich unter den Trauergästen nach einer Mitfahrgelegenheit Richtung Würzburg um. Er musste jetzt an seinen Schreibtisch. Den 25.000 €, die die Frankfurter Werkstatt für die Getriebereparatur des Ferrari veranschlagt hatte, hoffte er, nach diesem Gespräch näher gekommen zu sein.

63

Jens Timmermans blätterte durch die Papiere, die er im Gepäck seines ehemaligen Zimmergenossen gefunden hatte, zum Teil versteckt in heimlichen Taschen, zum Teil eingenäht: Personalausweis, lautend auf Rudolf Bracher, Reisepässe, einer lautend auf Rudolf Bracher, zwei andere schlechte Imitate; Empfehlungsschreiben, teilweise mit arabischen Schriftzeichen, zwei versiegelte Umschläge. Auf dem einen stand ´Möhnetalsperre`, auf dem anderen ´Hamburg Elbtunnel`. Diese Umschläge öffnete er vorsichtig über dem Wasserdampf des Kochers, der im Zimmer für Pulverkaffee und Teebeutel bereit stand.
Da hatte sich der IS ganz schön was vorgenommen: Eine Sprengung der 650 Meter langen und gut 40 Meter hohen Staumauer der Möhnetalsperre im Sauerland würde etwa 130 Millionen Kubikmeter Wasser das Ruhrgebiet überspülen lassen; kalt geübt hatten sie diese Operation am Euphrat-Staudamm nahe Tabka. Zweiter Umschlag:

Eine Detonation von zwei sich entgegen kommenden Lastern im Elbtunnel würde Teile Norddeutschlands unter Wasser und Hamburg eine Weile außer Betrieb setzen. Vor allem, wenn beides zeitgleich geschah. Die Mutter aller Anschläge. Die beigefügten Pläne waren noch in der Rohfassung, berücksichtigten aber schon die frühen Zeitpunkte des voraussichtlichen Kollabierens der jeweiligen Rettungssysteme inklusive Feuerwehren, Technischem Hilfswerk, Polizei, Bundeswehr und so weiter. Für diese Zeitpunkte verwiesen die Pläne auf einen ´Annex`, der nicht beigefügt war. Noch nicht. Dieser Imam in Köln dürfte mehr darüber wissen. Jens würde dorthin müssen.

Er griff sich Salmans Handy, schaute nach gestern gewählten Nummern und Anrufen. Salman hatte gestern zweimal Kölner Nummern angerufen.

Scheiße, das hätte nicht passieren dürfen. Jetzt wussten die Kölner, dass ihr Konvertit es bis Würzburg geschafft hatte; bei seiner Geschwätzigkeit sicher auch, dass er einen kampferprobten Gesinnungsgenossen mitbringen würde.

Er wählte die beiden Nummern von seinem Handy mit unterdrückter Nummer an. Einmal meldete sich eine arabisch sprechende Stimme, einmal „Yussuf“.

Das war dieser Niehaus.

Der Weg nach Köln war damit versperrt. Jetzt konnte er nur noch seinem Land helfen. Musste er seinem Land helfen. Er rief Heintz an.

64

Der Mann, der sich Evans nannte, empfing seine beiden Kollegen aus Berlin am Würzburger Hauptbahnhof. Die Einweisung erfolgte an einem Bratwurststand auf dem Bahnhofsvorplatz, unterhalb des Weinbergs, an dem der Würzburger Stein angebaut wird.

„Die Zielperson ist höchst wahrscheinlich in einer Flüchtlings-Unterkunft zu finden. Damit fange ich an, und zwar bei den Leighton Barracks, die uns noch aus unserer Besatzungszeit bekannt sind. Sie beide gehen die Hotellisten durch, was ich beim Tourismus-Büro heute Morgen vorbereitet habe. Sie suchen (a) ihn, (b) sie, (c) ein Pärchen, Ankunft und Anmeldung (b) und (c) gestern."
Evans nahm seine neuen Ausweise und Bargeld entgegen.
„Das Touristik-Büro ist gleich da vorn. Eine Frau Schuschnigg dort weiß Bescheid. Noch Fragen?"
Die beiden Männer reagierten nicht.
„Dann los. Ich will die heute Abend haben. Beide. Am dringlichsten ihn. Zumindest sie. Sie wird uns zu ihm führen. Let's go!"

65

Heintz' Handy summte. Vorsichtig befreite er sich aus Monikas Armen.
„Ja?"
Das Institut für Internationale Politik wünschte ihn zu sprechen. Ob er heute Vormittag noch vorbeikommen könne? Die Besprechung dulde keinen Aufschub.
„Ja, gerne, in einer Stunde?"
„Vielen Dank, Herr Draxler. Der Professor erwartet Sie dann."
Gleich darauf summte es noch mal. Jens.
Heintz sprang aus dem Bett, ins Bad, Tür zu.
„Wo bist Du? Wir warten schon! Ich warte schon auf deinen …"
„Ich weiß. Wo können wir uns treffen?"
„Heute Mittag." Heintz überlegte.
„Höchberg, im Krug. Liegt Ortsausgang Würzburg West. 12 Uhr 30?"
„Okay, werd' ich finden. Bis dann."

Heintz duschte heiß und fror bei der Frage, ob er mit seinem Freund über Monika reden sollte. Geräuschlos schlüpfte er in Jeans und T-Shirt. Monika schlief noch. Er hetzte aus dem Hotel.

Die beiden Männer, die ihm in der Lobby entgegen kamen, beachtete er nicht, obwohl der eine von ihnen entfernt an Charles Bronson erinnerte und der andere mit seinen Segelohren und seinem kleinen Näschen irgendwie putzig aussah.

66

Prof. Dr. Kallemer hatte seinen Studenten Heintz Draxler zu einem Privatissimum einbestellt. Sie saßen sich im Designer-Zimmer des Instituts gegenüber.

„Ihre Klausur, Herr Kolleg', so berichtet mir mein Assistent, steht auf der Kippe."

Kallemer ließ die handgeschriebenen Seiten von Heintz' Arbeit auf die Glasplatte fallen.

„Und damit Ihr ganzes Semester, wenn ich das richtig sehe. Insufficienter. Schade." Er räusperte sich.

„Schade, weil Sie mir doch andererseits sehr hilfreich waren. Mit diesem Detektiv und meinen projektgebundenen Forschungsarbeiten."

Stud. rer. pol. Heintz Draxler sah ihn fragend an. Am besten die Klappe halten.

„Dann ist mir eingefallen, dass Sie doch überaus erfolgreich an meinem Seminar über Internationale Beziehungen teilgenommen haben …"

Heintz wusste nicht, wovon Kallemer sprach.

„Sie wissen schon, EU, USA, Russland."

Jetzt war er wieder in seinem Dreiertakt. Heintz nickte vorsichtshalber.
„Ich habe mir deshalb gestattet, Ihnen einen Schein über Ihre erfolgreiche Teilnahme auszustellen, Herr Kolleg'. Damit sich das Semester für Sie dennoch gelohnt hat. In Ihrem vorgerückten Alter nicht von der Hand zu weisen."
Kallemer wedelte diabolisch lächelnd mit einem ausgefüllten, gestempelten und unterzeichneten Seminarschein.
„Cum laude, Herr Kolleg', cum laude. Immerhin. Gratuliere." Er schob den Schein über die Glasplatte.
Heintz schaute verdutzt auf das Blatt Papier vor ihm. Was sollte das? An diesem Seminar hatte er nie teilgenommen. Was wollte der Prof von ihm?
„Aber, Herr Kolleg', ein Schein ist eben nur das, was diese Bezeichnung auch besagt, nämlich ein Schein: Nomen est omen. Gleichwohl können sie ihn gern später mit Ihren Prüfungsunterlagen zur Examenszulassung in meinem Institut einreichen, von mir aus, wenn Sie Ihren Freund, diesen Detektiv, überreden könnten, mir weiter zu Diensten zu sein. Kleine Gefälligkeit."
Aha.
„Und was soll er tun? Als Detektiv."
„Ich brauche unmittelbare Erkenntnisse, gleich von der Quelle weg. Nachdem ich von ihm weiß, dass Freiherr von Steuffen der Ältere Kopf dieser Dachorganisation ist, dieser DGNS oder wie immer sie sich derzeit auch nennen mag, muss ich aus dieser Quelle mehr erfahren."
„Das könnten Sie doch als sein Patensohn leicht haben",
schlug Heintz vorsichtig vor.
Kallemer schüttelte den Kopf. „Eben nicht. Erstens wollte ich das gar nicht – quasi verwandtschaftliche Beziehungen beruflich einzusetzen, igitt. Und zweitens könnte ich auch gar nicht, weil ich dieser Tage erfahren habe, dass mein Pate von meinem Forschungsauftrag weiß und sich deshalb schmollend von mir abwendet."

Er dachte an das Gespräch mit der Baronesse, die ihn neulich nach der Beerdigung dieses Dr. Schaefer mit zurück nach Würzburg genommen hatte.
Heintz zuckte mit den Schultern.
„Ich kann ihn gerne fragen. Wer bezahlt ihn? Das wird er wissen wollen."
„Das Institut. Und – Sie werden lachen, Herr Kolleg' – der Baron selbst. Er sucht nämlich einen Gärtner, genauer gesagt, ein Gärtner-Pärchen, Gärtnerin und Gärtner. Der soll dann wohl auch für allgemeine Überwachungsaufgaben auf dem gesamten Schlossgelände zuständig sein. Sagte mir die Baronesse. Die hat er mit der Einstellung betraut. Als Gärtnerin müssen wir dann für Ihren Freund noch jemanden Passendes finden. Vielleicht können Sie ihm dabei behilflich sein."
„Ich glaube, da wüsste ich schon jemanden."

67

Die beiden Special Agents überraschten Monika unter der Dusche. Die Zimmertür hatten sie mit der Chipkarte der Etagenkellnerin geöffnet.
Sie schleuderten Monika nackt und nass wie sie war auf den Sessel neben dem Doppelbett. Einer warf ihr ein Badehandtuch über, dessen Zipfel er in ihren Mund stopfte. Er fesselte sie mit einem Klebeband, ihre Füße an die Außenseite der Stuhlbeine, ihre Arme hinter der Sessellehne. Der andere sicherte ihn mit einer High Standart HDM, einer schallgedämpften Kleinkaliberpistole, von der Monika meinte, dass die CIA sie seit längerem nicht mehr benutzte. An die CIA hatte sie sofort gedacht, schon bevor sie jetzt Botox-Bronson und diese Hyäne-Fresse wieder erkannte, die beiden von der

Geisterbahn, die damals in ihrer Berliner Wohnung auf sie gewartet hatten, Cahill und Lieberman. Sie zitterte, trotz der heißen Dusche.
„Wo ist er?"
Botox-Bronson riss ihr das Badetuch aus den Zähnen.
„Jens Timmermans."
Röchelnd öffnete Monika ihre Lippen, spuckte Stofffasern aus und hustete. Bronson schob ihr sofort das Tuch wieder rein und sicherte es mit einem Stück Klebeband von Wange zu Wange.
„Du kennst doch diesen alten Bilderwitz aus dem PLAYBOY, ich glaube von Graham Wilson?" fragte er Lieberman.
„Den mit der langbeinigen Blondine auf dem Streckbett?"
Die Hyäne ließ die HDM sinken und nickte. Den hatte er wohl schon mindestens zehn Mal gehört. Von Cahill.
„Aber sie vielleicht nicht."
„Also gut: Der Vorgesetzte schaut im Rahmen seiner Dienstaufsicht in die Folterkammer, in der eine Blondine gerade von zwei Knechten gepiesackt wird, und fragt, ob sie denn nicht schon gestanden hätte. ´Doch, Sir, gestanden hat sie schon vor drei Tagen.`"
Cahill-Bronson lachte. Er war der Einzige.
Langsam erwachte Monika aus ihrer Benommenheit. Sah, wie die Hyäne Lieberman irgendeinen metallenen Gegenstand aus der Hosentasche zog und aufklappte. Die Pistole hatte er beiseite gelegt. Seit er dieser Frau in ihrer Münchner Wohnung das erste Mal begegnet war, litt er immer noch unter gelegentlichen Kopfschmerzen, mal stärker, mal weniger stark.
„Vielleicht sollten wir es erst mal mit Waterboarding versuchen", schlug sein Kollege vor.
„Hinterlässt keine Spuren."

68

Die beiden alten Freunde saßen sich im Biergarten des Krugs in Höchberg gegenüber, zwischen ihnen ein grober Holztisch mit einer Karaffe Scheurebe. Sonnenstrahlen fielen durch den Laubbaum, der sie wie unter einem Dach von den übrigen Tischen abschirmte. Noch war der Garten fast leer. 12 Uhr 30.
„Wo ist Monika?"
„In Sicherheit."
„Und wo ist der Trenchcoat?"
„Den hat Monika neutralisiert. Bevor sie mich traf. Gestern Abend."
„Das scheint nicht gut gelaufen zu sein."
„Wieso nicht?"
„Musst du Monika fragen. Den Mann mit dem Trenchcoat habe ich heute Morgen vor dem Eingang der Leighton Barracks gesehen, als ich dort vorbei fuhr. Schwenkte Ausweise und machte sich wichtig. Würde mich wundern, wenn ich mich getäuscht hätte. Er hat mich nicht sehen können. Hatte in einer benachbarten Pension genächtigt. Auf Staatskosten. Neutralisiert? Erklär' mir das".
„Hat mir Monika so berichtet."
„Wo ist sie jetzt?"
„In ihrem Hotel in der Stadt, vermute ich."
Jetzt wäre der passende Moment, Jens von der gemeinsamen Nacht mit dessen Ex-Freundin zu berichten.
Aber der wollte wissen: „Du sagtest, sie sei ‚in Sicherheit' – wie kommst du darauf?"
„Und du bist sicher, dass du diesen Evans vor Leighton B. gesehen hast?"
„Sagte ich schon. Evans?"
„MM hat ihm seine Papiere abgenommen. Die lauteten auf Evans, CIA."

„Wenn der mich fast gefunden hätte, könnte er auch Monika finden."
„Weiß Monika, wo wir uns treffen?"
„Natürlich nicht."
„So natürlich ist das nicht, Heintz. Immerhin hast du in wenigen Minuten schon zwei Falschmeldungen gemacht: ´neutralisiert` und ´Sicherheit`."
Und woher kannte Heintz dieses alte Dienststellen-Kürzel MM für Monika Metzler? Na ja, die beiden würden gestern Abend geplaudert haben. Jens nahm einen Schluck von der kühlen Scheurebe. Heintz prostete ihm zu. Weshalb war der heute so aggressiv? Ahnte Jens, dass da was mit Monika lief?
„Weshalb hast du mich angerufen?"
„Weil ich deine Informationen brauche."
„Die hast du."
„Und deine weitere Hilfe."
„Ich höre."
„Nach der Berliner Polizei und der CIA ist jetzt möglicherweise auch noch der Islamische Staat auf meiner Spur."
„Der IS? Gibt's den noch?"
Jens berichtete von einem deutschen Konvertiten, der ihn im hiesigen Flüchtlings-Aufnahmelager wieder erkannt und in seine Aufträge zwischen Köln und Syrien eingeweiht hätte.
„Danach ist er verschwunden und ich sitze auf einem Stapel höchst delikater Unterlagen, mit denen der IS in Deutschland die Mütter aller Anschläge plant. Bevor er verschwand hat er fatalerweise noch zweimal mit seinen Auftraggebern in Köln telefoniert, sodass ich nicht weiß, was die von mir wissen. Ich gehe mal vom schlimmsten Fall aus."
„Und der wäre?"
„Sie wissen, dass ich ihre Pläne kenne."
„Wohin und wann ist dieser seltsame Konvertit verschwunden?"
„Keine Ahnung. Aber in Sicherheit."

Heintz dachte sich seinen Teil. Er kannte Jens. „Und was hast du jetzt vor?"
„Eine Weile in Abgeschiedenheit abtauchen. Nachdenken. Gedanken sortieren, auf Ideen warten, Pläne schmieden. Wohin mit dem IS-Material? Damit ließe sich was machen. Geldverdienen zum Beispiel."
„Und da hattest du an mich gedacht."
„Hoffentlich war das kein Fehler."
„War es nicht. Wahrscheinlich hab' ich da sogar eine schnelle Lösung: Ein Schlossherr in dieser Gegend sucht ein Gärtnerehepaar. Empfehlung Professor Kallemer. Wenn du den Job kriegst, bis du erstmal in Sicherheit."
„Sicherheit", murmelte Jens nachdenklich. „Und wo ist der Haken?"
„Zwei Haken: Erstens müsstest du für Kallemer arbeiten, undercover. Und zweitens: du musst als Paar auftreten. Baron von Steuffen will ein Pärchen einstellen, Gärtner- oder Haushälterehepaar oder so. Ich habe sofort an Monika gedacht."
„Dann sollten wir die mal fragen."

69

Auf ihrem Zimmer im Stöckle war Monika telefonisch nicht zu erreichen. Auch nicht auf ihrem Handy. Das machte sie stutzig. Wieder wählten sie das Hotelzimmer an, Zimmer 216. Jetzt hob jemand ab und legte gleich wieder auf. Auf dem Mobiltelefon war nur die Mailbox. Jetzt waren sie gewarnt. Wer war auf Zimmer 216 und wollte nicht gestört werden? Jedenfalls nicht Monika, die sicher auf Heintz' Anruf wartete. Er war der einzige, der wusste, wo sie war. Es sei denn, es hätte noch jemand gewusst. Und der hatte eben den Hörer wieder aufgelegt.

Jens beobachtete die Lobby des Stöckle, während Heintz schon mal mit dem Lift nach oben fuhr. Heintz wollte oben noch schnell eine Absprache mit Monika treffen, wegen der letzten Nacht – was sie Jens erzählen sollten und was besser nicht. Er wusste nicht, wie Jens reagieren würde. Aber das war wichtig für die Weiterverfolgung ihrer Pläne. Er hatte Jens um Vorlauf gebeten und Jens hatte sich gewundert, warum. Und woher Heintz die Zimmernummer wusste und sich in den Räumlichkeiten so gut auskannte, als sei er nicht das erste Mal hier. Aber das konnte viele Gründe haben.

Drei Minuten, und noch immer keine Entwarnung auf seinem Handy. Jens stieg die Treppenstufen zur zweiten Etage hinauf, geräuschlos. Die Tür zu 216 war angelehnt. Er hechtete ins Zimmer und nahm drei Silhouetten war.
Eine links vorne, die auf die Tür und auf ihn zukam. Dem Mann schoss er mit der gezückten Glock in die Brust, Herzgegend. Mit dem rechten Fuß stieß er zeitgleich die Tür zu.
In dem Moment, als die ins Schloss fiel, krachten die anderen zwei Figuren in heftigem Kampf zwischen dem zerwühlten Doppelbett und einem Sessel zu Boden, der mit blutigen Klebebändern verziert war: Heintz und ein Typ, der nach einer amerikanischen Kleinkaliberpistole auf der Bettkante griff. Den schoss er in den Rücken, Herzgegend.
Rundumblick, Rundumsicherung: Der Raum war feindfrei. Und in dem Doppelbett hatte nicht nur Monika geschlafen, sondern mindestens zwei, und das heftig. Jens half Heintz wieder auf die Beine und entfernte den Schalldämpfer von seiner Glock. Heintz blutete und lächelte sparsam.
Monika fanden sie unter der Dusche. Gefesselt.

70

´In dem rätselhaften Doppelmord im Hotel Stöckle – wir berichteten in unserer gestrigen Abendausgabe darüber – tritt die Würzburger Polizei offenbar immer noch auf der Stelle. Inzwischen hat sich nach unbestätigten Quellen das LKA eingeschaltet, nach anderen Quellen Berliner Ermittlungsbehörden. Wir berichteten, dass zwei Leibwächter eines weiblichen Gastes des Hauses Stöckle aus dem arabischen Raum durch zwei Schüsse eines vollbärtigen Eindringlings geradezu hingerichtet wurden, als die arabische Touristin gerade eine Dusche nahm und deshalb nicht zu Schaden kam. Von ihr und dem Täter fehlt immer noch jede Spur. Geschoßhülsen konnten sichergestellt werden. Die Ermittlungsbehörden halten derzeit noch eine Eifersuchtstat für möglich, zumal ein weiterer Gast in der Suite übernachtet haben soll, nach Aussagen des Zimmermädchens ein junger blonder Mann, nach dem ebenfalls gefahndet wird. Die Ermittlungen dauern an, aber einen islamistischen Hintergrund kann man schon jetzt ausschließen; andererseits mehren sich die Vermutungen eines rechtsradikalen Hintergrundes …`
Natürlich, die Eindringlinge waren es nicht, aber die Rechten, wie immer. Freiherr von Steuffen knüllte den Süddeutschen Express zusammen und warf ihn in das auflodernde Kaminfeuer. Rätselhafte Tötungsdelikte häuften sich in der letzten Zeit. Er lenkte den Rollstuhl zur Fensterfront seines Arbeitszimmers.

Unten vor dem Schloss hatte seine Enkelin eine Gruppe jüngerer Leute um sich versammelt, offenbar Bewerber, die an den frei werdenden Dienstposten interessiert waren. Er hatte Emilia gebeten, da eine gewisse Vorauswahl zu treffen, ohne dass sie mit einer Anzeige an die Öffentlichkeit treten mussten. Ihr würde er wohl auch die endgültige Entscheidung überlassen.
Auf der Auffahrt fuhr eine Limousine vor. Das musste sein Besucher sein.

Er fuhr seinen Rollstuhl wieder hinter den Schreibtisch zurück. Nach einer Weile klopfte es.
„Ja?“
„Herr Baron – der General.“
Mit kurzen schnellen Schritten stürmte ein untersetzter Grauhaariger, den von Steuffen so um die Sechzig schätzte, auf seinen Schreibtisch zu und nahm Haltung ein.
„Bechtold Branninger.“
„Herr General, willkommen auf Schloss Steuffenberg!“
Der Baron rollte auf den Kamin zu.
„Kommse, lassense uns da Platz nehmen.“
Karl servierte Sherry und zog sich geräuschlos zurück.
Von Steuffen musterte den Gast, der seine kleine Aktentasche auf einem Beistelltisch ablegte. Kurzer Bürstenhaarschnitt, drahtige Bewegungen, knackiges Auftreten, entschlossener Gesichtsausdruck. Gefiel ihm.
„Sie haben um diese Unterredung gebeten, Herr General.“
Er prostete seinem Gast zu. “Sie haben deshalb das Wort.“
Branninger schlug die kurzen Beine übereinander.
„Als frisch gewählter Präsident unserer VgD – Vereinigung geheimes Deutschland – die Sie, Baron, jahrzehntelang zuletzt als DGNS geleitet haben, halte ich es für meine Pflicht und einen angenehmen Brauch, mich bei Ihnen persönlich vorzustellen. Auch wenn wir uns immer mal wieder begegnet sind.“
„Ja, ich erinnere mich. Dunkel.“
„Ihr Sohn, mein unmittelbarer Vorgänger, Ihr unmittelbarer Nachfolger, hatte bedauerlicherweise kein Interesse an einem – wie soll ich sagen – Übergabegespräch.“
„Leider ist das so. Er verleugnet seine familiäre Vergangenheit, sein Vaterland, die ihm auferlegten Pflichten für die, äh, VgD, wie sie jetzt heißt, unsere heilige Tradition, unsere gemeinsame Zukunft. Schade.“

„Deshalb wollte ich, verehrter Baron, mit diesem Gespräch sicherstellen, dass ich unsere Gesellschaft in Ihrem bewährten Sinne und Interesse fortführe.“
„Sehr gut.“
Von Steuffen nickte. Das war der richtige Mann. Wenigstens diese Auswahl war seinem Filius gelungen.
„Zu diesem Zweck habe ich einige Unterlagen, Fragen und Anregungen mitgebracht.“
Branninger griff nach seiner Aktentasche. „Hätte aber zuvor noch eine Frage, wenn Sie gestatten.“
„Nur zu, kommse.“
„Da unten vor dem Eingang auf der Auffahrt stehen einige jüngere Leute herum. Sieht aus wie eine Schlossführung …“
„Meine Tochter sichtet Personalersatz. Unser Gärtner ist aus Altersgründen ausgeschieden, und mit ihm seine Ehefrau, die hier den Haushalt gemacht hat.“
„Da unten meine ich, einen etwa vierzig Jahre alten Mann wieder erkannt zu haben, groß gewachsen, kräftig, den ich von früher kenne, aus meiner Dienstzeit. Heißt erinnerlich Zimmermann oder so. Könnte ich den nachher noch mal sehen oder vielleicht sprechen? Nur, dass es nicht wegläuft.“
„Kein Problem, Herr General, gerne.“
Von Steuffen rief nach Karl.

71

Agent Evans legte seinen Trenchcoat über die Stuhllehne und setzte sich.
„Sie wollten mich über diese Patronenhülsen informieren, die in Zimmer 216 dieses Hotels aus den Wänden entfernt worden sind.“

Und über die Patronen, die von den Pathologen aus den Leichen meiner Kollegen heraus gepult werden mussten, dachte er und knirschte mit den Zähnen. Der Unterkiefer tat ihm immer noch weh. Er hatte die letzten Nächte wenig geschlafen. Seine angebrochenen Rippen schmerzten.
„Ja", sagte der Polizeibeamte und griff nach einer Faxkopie.
„Das LKA hat uns heute Morgen ein vorläufiges Ergebnis mitgeteilt: Eine Glock 17 war die Tatwaffe. Das steht schon mal fest."
„Wissen Ihre Berliner Kollegen das schon?"
„Noch nicht. Soweit ich weiß."
Gar nichts weißt Du, dachte Evans.
„Dann teilen Sie denen das mal mit. Sobald Sie ein endgültiges Ergebnis haben. Die werden die Waffe dort kennen."
„Ach ja?"
„Ach ja. Kann ich mal von Ihrem Dienstapparat telefonieren, mit meiner Dienststelle in Berlin?"
„Selbstverständlich, Herr Kollege."
Evans wählte eine Nummer der US-Botschaft und verlangte nach Mr. Ernest M. Davis. Nach einer Weile und einigem Weiterverbinden hatte er seinen Ansprechpartner dran.
„Er war's", sagte Evans, „höchst wahrscheinlich. Bestätigung und Details bekommt ihr von eurer dortigen Polizeidirektion. Ich bleibe hier und dran. Over." Evans legte auf und erhob sich.
„Kann ich sonst noch was für Sie tun, Mr. Evans?
Der Amerikaner griff sich seinen Trenchcoat.
„Sie könnten den Mörder meiner beiden Kollegen finden."

72

Jens Timmermans fuhr sich mit der Hand über das rasierte Kinn und die gestutzten Kopfhaare. Ungewohnt. Sie standen in einer Bewerbergruppe vor dem Gewächshaus, dessen Funktion die drahthaarige Baronesse soeben erläuterte. Langweilig. Aber Sicherheit hatte ihren Preis.

Da karrte ein bulliger Typ einen Rollstuhl mit einem in Decken gehüllten Alten den Schotterweg runter und verschwand mit ihm auf der anderen Seite des Gewächshauses. Das musste ja wohl der Baron sein. Den der US-amerikanische Auslandsgeheimdienst über die Deutsch-Türkische Handelsgesellschaft ihn in Berlin beauftragt hatte zu liquidieren, den Kopf einer deutsch-nationalen Dachgesellschaft, der ihre Pläne störte, und bei dem er, Jens, jetzt kurioserweise Unterschlupf suchte. Um ihn dabei im Auftrag einer anderen Organisation, dieser BrU, auszuspähen, einer Organisation, die sich die Bekämpfung der rechten Szene in Deutschland auf die Fahnen geschrieben hatte. Vermittelt von einem exotischen Professor, bei dem sein Freund Heintz Politik studierte. Absurd. Sah nach einer komplexen Situation aus. Und dabei hatte er noch jede Mange hochgiftiges IS-Material im Reisegepäck. Diese einzelnen Schichten musste er nun nacheinander abtragen, eine nach der anderen. Den Baron könnte man wahrscheinlich – um damit anzufangen – mit einem nassen Handtuch erschlagen; den Vorschuss hatte er schon. Aber wollte er das?
Jens gähnte und sah zu Monika hinüber, die mit gespieltem Interesse an den Lippen der Baronesse hing. Nachher würden sie sich wohl noch persönlich vorstellen müssen.

Eine Glastür quietschte, der bullige Typ erschien, jetzt ohne Rollstuhl, flüsterte der Baronesse was ins Ohr und kam stracks auf Jens zu.
„Herr Zimmermann?“

Monika neben ihm sah auf, verlor für einen kurzen Moment die Fassung, lauschte aber jetzt wieder der Baronesse. Jens schaute unbeteiligt um sich.
„Ich meine Sie“, beharrte der Bulle.
„Ein Gast des Barons möchte Sie sprechen. Da oben.“
Er wies Richtung Schloss.
„Mich?“
„Er hat Sie beschrieben. Er kennt Sie von früher.“
Jens lief neben ihm den Schotterweg rauf. Er rechnete mit einer Falle und sann auf Fluchtwege. Er hätte mit Monika einen Treffpunkt vereinbaren sollen. Damit, dass sie hier getrennt würden, hatten sie nicht gerechnet. Der Druck der Glock an seiner Hüfte beruhigte ihn. Mit einem Spurt könnte er in diese Limousine da oben auf der Auffahrt springen und abhauen. Hatte etwa Heintz ihm das eingebrockt, zusammen mit diesem ätzenden Professor?
„Wer ist dieser Gast?“
Noch 20 Meter bis zum Limousine. Die Antwort würde darüber entscheiden, ob der Bedienstete diese 20 Meter überlebte.
„Ein General.“
Jens fand das irgendwie beruhigend.
Sie gingen an der Limousine vorbei auf das Eingangsportal zu.

Unten im Park freute sich Emilia Baronesse von Steuffen, dass die attraktive Schönheit jetzt ohne männliche Begleitung war und für die weiteren Vorstellungsgespräche ihr allein zur Verfügung stand. Ihr gefiel diese sportliche Brünette, auch wenn sie einen Arm in der Schlinge trug und wenn ein Hämatom und ein Pflaster ihr apartes Gesicht verunzierten. Ob dieser Kerl sie verprügelt hatte? Diese Frau würde sie jedenfalls einstellen, das stand schon mal fest.

73

Agent Evans Mobile summte. Eine SMS: ´Vermutung bestätigt. Waffe identifiziert. Gehört Zp. Dranbleiben.`
Evans schlug die Bettdecke zurück, stand auf und schüttelte die Whiskeys vom Vorabend aus dem Kopf. Leider hatten diese Klugscheißer aus Berlin ihm weder mitgeteilt, wo, noch wie. Nur: dranbleiben.
Beim Duschen fiel ihm ein, dass der Zimmergenosse dieses Timmermans – Salman oder wie der sich nannte – seit der Nacht nicht wieder aufgetaucht war, nach der auch Timmermans verschwunden war. Beide mitsamt ihrem Gepäck. Ohne auszuchecken. Gut, diese Flüchtlinge hatten natürlich volle Bewegungsfreiheit, mussten sich weder an- noch abmelden, schon gar nicht, wohin – Evans verfluchte die Europäische Menschenrechtskonvention und die Verfassung der Vereinigten Staaten von Amerika. Vielleicht könnte dieser Salman ihm für seine weiteren Ermittlungen wertvolle Ansatzpunkte bieten.
Evans warf sich den Trenchcoat über, sprang in seinen Mietwagen und fuhr den zahlreichen Schildern nach, die an nahezu allen Ecken, Kreuzungen und Plätzen auf Institutionen hinwiesen, die in dieser Stadt mit Asyl zu tun hatten.

74

Karl führte Jens in die Bibliothek im Erdgeschoß. Der holzgetäfelte Raum lag im fahlen Dämmerlicht, das die dunklen Vorhänge auf die alten Bücherwände und –regale scheinen ließen. In den Ecken wachten Ritterrüstungen. Sonst schien niemand da zu sein.

Doch, da erhob sich eine kleine, untersetzte Gestalt aus einem der hohen Sessel. Jens' Hand zuckte zur Glock.
„Ah, da ist er ja."
Ein älterer Herr in einem schlecht sitzenden grauen Anzug eilte auf ihn zu und blieb erst unmittelbar vor ihm stehen. Hellgrauer Bürstenhaarschnitt.
„Herr Zimmermann", sagte Karl.
Jens schüttelte unmerklich den Kopf.
„Ja, ich erkenne ihn natürlich wieder. Aber Sie mich offenbar nicht."
Der Graukopf trat zwischen die Vorhänge an die Fenster in das spärliche Sonnenlicht.
Erst jetzt erkannte Jens ihn: General Branninger, sein letzter Kommandeur beim Kommando Spezialkräfte in Calw. Was machte der denn hier? Jens entspannte.
„Guten Abend, Herr General."
„Vielen Dank, Karl."
Da war sie wieder, die vertraute Knarzstimme des Alten.
„Brauchen die Herrschaften noch etwas?"
„Nein, vielen Dank. Oder Sie vielleicht, Zimmermann? Setzen Sie sich doch."
„Ein doppelter Gin wäre gut."
„Eine Flasche Dry Gin und Tonic wären gut."
Nachdem Karl die Tür zugezogen hatte, sagte Jens: „Ich heiße nicht Zimmermann."
„Ach, das tut mir leid. Aber wir kennen uns doch aus Calw?"
Jens nickte.
„Timmermans, mir zwei ‚m' und einem ‚n', Jens Timmermans oder kurz: Jeti. So nannten mich die Kameraden damals. Oberleutnant Timmermans. Lange her."
„Und wie heißen Sie jetzt? Wie darf ich Sie ansprechen? Und was machen Sie überhaupt hier? So ein Zufall."
„Das ist eine lange Geschichte, Herr General."
„Egal, wir haben Zeit. Ich zumindest. Und wenn Sie sich hier bewerben, wie ich höre, dann kann ich schon ein gutes Wort für Sie

beim Baron einlegen. Der hört auf mich. Ich habe nämlich gerade seine Nachfolge angetreten.“
Ein schwarzhaariges Dienstmädchen stellte Flaschen, Gläser und einen Eiskübel zwischen ihnen ab.
Was der General wohl mit Nachfolge meinte? Ob er dem heute noch vertrauen konnte, nach so vielen Jahren? Sie hatten immer ein gutes Verhältnis zueinander gehabt. Ein sehr gutes sogar.
Branninger schenkte großzügig ein und prostete ihm zu.
„Mann, Sie stehen ja unter Schockstarre. Nun entspannen Sie mal. Zum Wohle! Auf unser Wiedersehen!“
„Nachfolger als was bitte, Herr General?“
„Als Kopf einer politischen Org …“
Jens stutzte. Doch nicht etwa …?
„… mehr kann und darf ich Ihnen dazu nicht sagen, Timmermans. Alles sehr geheim.“ Der General grinste. „Wie früher.“
Also doch. DGNS oder wie die hieß. Deren Kopf er liquidieren sollte.
Branninger fuhr fort.
„Ich wurde ja vor Jahren schon aus dem aktiven Dienst entfernt, wie Sie vielleicht verfolgt haben. Vorzeitige Versetzung in den einstweiligen Ruhestand. Hatte mich für einen rechten Politiker eingesetzt, der bei uns im KSK als Major mob-beordert war. Auch das hat mich damals in die Hände dieser Organisation getrieben.“
„DGNS? Oder wie nennt die sich zurzeit?“
Die Augen des Generals funkelten überrascht.
„Sie sind doch nicht etwa hier, um uns auszuspähen, Mann?“
„Im Gegenteil, Herr General.“ Jens schmunzelte.
„Obgleich auch das irgendwie stimmt. Gestimmt hat. Aber das ist noch nicht alles.“
Branningers Gesicht nahm die Farbe von Anzug und Bürstenhaarschnitt an, seine Miene verfinsterte sich.
„Also was jetzt?“ Seine Hände umfassten die Löwenköpfe, die die Armlehnen des Sessels zierten.

„Entspannen Sie sich, Herr General. Ich muss das alles Schritt für Schritt erklären."
„Tun Sie das." Branninger nahm einen kräftigen Schluck Gin, pur. „Fangen Sie am besten mit Ihrem Ausscheiden aus dem Dienst an. Das geschah – ich meine, mich zu erinnern – doch auch vorzeitig. Sind sie nicht in Afghanistan schwer verwundet worden?"
Jens' Lippen wurden schmal.
„Ja, obwohl wir da ja nach Aussagen unserer Politiker nur Brunnen bohren und kleinen Mädchen auf dem Schulbesuch über die Straße helfen sollten. Ich war dann trotz meiner Verwundung noch einige Jahre bei der Polizei, zuletzt SEK. Dort wieder vorzeitig entlassen. Fürsorgepflicht des Staates. Seitdem bin ich vogelfrei."
„Und suchen gerade einen Job. Als Hausmeister. Oder als Gärtner?"
Jens nickte.
Branninger glaubte ihm nicht. Er kannte diesen Ex-Soldaten, erinnerte sich an immer mehr Einzelheiten. Der geborene Kommandosoldat.
„Und sonst?"
„Nebenjobs."
„Über die Sie nicht reden wollen."
„Besser nicht." Jens drehte unschlüssig sein Ginglas hin und hier.
„Söldner? Bodyguard? Sicherheitsdienste?"
„So was in der Art."
„Hat Sie das auch auf unsere Gesellschaft und in dieses Haus hier geführt? Sie haben da eben so Andeutungen gemacht, Timmermans."
Schweigen.
„Nun kommen Sie schon, Timmermans, zu Ihrem alten Kommandeur werden Sie ja wohl noch Vertrauen haben. Vielleicht haben wir ja sogar einen Job für Sie. Für irgendwas, was Sie können. Von einer ATN als Gärtner war mir bislang nichts bekannt."
Jens spürte den Druck der Glock in seiner Hüfte. Ob Branningers wache Augen die nicht schon entdeckt hatten? Der alte Baron war der Kopf dieser Gesellschaft gewesen, und Branninger hatte sich

bereits als sein Nachfolger geoutet. Leichtsinnig, aber mutig. Wie früher. Jens gab sich einen Ruck.
„Ich habe in der Tat den Auftrag erhalten, den Baron als Kopf dieser Gesellschaft auszuspähen. Von einem Professor, den ich nicht ausstehen kann. Übrigens Patensohn des Barons. Den Auftrag hätte ich nie ausgeführt."
Von den ursprünglichen Attentatsplänen sagte er besser nichts. Noch nicht.
„Und weshalb sind Sie dann hier?"
„Ich muss untertauchen. Für eine Weile."
Vielleicht konnte sein ehemaliger Kommandeur ihm und Monika sogar dabei helfen.
„Wer ist Ihnen auf den Fersen?"
„CIA, Polizei."
„Dachte ich mir. Was haben Sie angestellt, Mann? Jetzt tun Se mal Butter bei de Fische, wie wir bei uns in Köln zu sagen pflegen."
Jens dachte an die Kölner Moschee in Ehrenfeld.
„Und der IS."
Der General schluckte. „Kontakt zu Tschetschenen?"
Jens schüttelte den Kopf.
„Zum russischen militärischen Auslandsgeheimdienst GRU?"
„Njet."
„Zu beiden?"
„Njet. Warum fragen Sie, Herr General?"
„Ach, wir haben nicht belastbare Hinweise darauf, dass die uns auf der Spur sein könnten."
Jens fielen Bruchstücke seiner Vernehmung dieses Ender Kücük von der Deutsch-Türkischen Handelsgesellschaft am Brandenburger Tor ein, der auch Russland erwähnt hatte, der Inhalt dieses Sticks, den er dort hatte mitgehen lassen, die Organisation RUSA oder GRUSA, hinter der sich laut Professor Kallemer auch Russland verbergen sollte, Russlands geopolitische Interessen an Zentraleuropa – alles, was ihm Heinz so geschildert hatte.

Der General hörte aufmerksam zu, wurde aber langsam ungeduldig.
„Erzählen Sie weiter, Mann!"
„Ich bin dem IS in Deutschland meinerseits auf der Spur gekommen und in den Besitz heikler Attentatspläne gelangt. Höchst geheime Kommando-Unterlagen, die ich einem Kurier abgenommen habe."
„Sie sind also immer noch in Ihrem alten Beruf tätig, Mann. Gut zu wissen. Auf das Material kommen wir noch. Aber vorher legen Sie mal die Glock hier auf den Tisch zwischen uns. Dann können wir ungezwungener plaudern. Das ist doch eine Glock, die da Ihre Jeans so ausbeult, oder?"
Jens versuchte, sich die Überraschung nicht anmerken zu lassen. Vergeblich. Woher wusste Branninger, dass die Waffe, die das geschulte Auge in seinem Hosenbund vermuten konnte, eine Glock war?
„Wenn Sie mir schildern, Timmermans, dass Ihnen die Polizei und die CIA auf den Hacken sind und Sie heute untertauchen müssen, nachdem gestern bei einer Schießerei in einem Würzburger Hotel zwei CIA-Mitarbeiter mit einer Glock hingerichtet wurden, stelle ich da einen Zusammenhang her."
Jens nestelte die Waffe aus seinem Hosenbund und legte sie auf den Holztisch neben das Silbertablett mit dem Gin-Gedeck.
„Brav, Timmermans."
„In den Nachrichten war weder von der CIA noch von einer Glock als Tatwaffe die Rede."
„Die VgD hat auch so ihre Drähte."
Der General schmunzelte und zog die Glock zu sich rüber.
„Modell 17. Schönes Teil. Erinnern Sie sich noch an unseren Schießstand, Schießbahn 7?"
Jens erinnerte sich. Bei irgendeinem Schießtraining war Branninger auf ihn zugesprungen. Jens war eben erst zum KSK gekommen. ´Mensch, Timmermans, Sie blinzeln ja. Das stört Ihre Konzentration, so unmittelbar, bevor Die durchziehen und voll konzentriert sein sollten.` Und dann hatte ihm der General das vorgemacht, damals wohl noch Oberst. Ohne zu blinzeln; ihm die Atemtechnik

noch mal erklärt, all die Feinheiten, die er damals schon längst zu kennen geglaubt hatte. Oder war das während des Auswahltrainings gewesen?
„Ja, ich erinnere mich. Weiß aber nicht mehr, an welcher Waffe das damals war.“
„Eine Glock. Inzwischen werden Sie besser schießen als ich. Na ja, Sie scheinen ja davon zu leben.“
Jens zögerte.
„Herr General, Sie sprachen eben von Quellen oder Drähten, die eine VgD hätte. Wer oder was ist das, bitte?“
Auch Branninger zögerte.
„Nachfolge-Organisation der ehemaligen DGNS. Vereinigung geheimes Deutschland. Deren Präsident ich jetzt bin. Ich betone: g-e-h-e-i-m-e-s. Timmermans, ich erwarte und verlange Ihre unbedingte Diskretion. Und nun zu Ihrem IS-Material – Vertrauen gegen Vertrauen.“
Jens berichtete von einem übergelaufenen Kurier des IS, den er in einer Flüchtlingsunterkunft angezapft hatte. Kein Wort über seinen Verbleib. Aber über die Ehrenfelder Moschee und ihren Imam, über die Pläne mit Möhnetalsperre und Hamburger Elbtunnel. Und dass er ein Bündel Material dazu habe, wenn auch unvollständig. Und noch nicht wisse, was er damit machen solle.
„Und dieser Kurier hatte sicher keine Verbindungen zu tschetschenischen Islamisten oder zur GRU?“
„Salman? Sicher nicht; dazu war er zu dämlich.“
Zufrieden versank Branninger in seinem Ledersessel.
„Dann machen wir was daraus, Kamerad.“
Nachdenklich schüttelte er seinen Gin Tonic.

Die schwere Holztür öffnete sich. Das Dienstmädchen führte Monika herein. Die sah nur Jens, der kleine General war in seinem Sessel versunken.
„Ich hab’ den Job“, sagte sie.
Jens stand auf. „Ich auch.“

75

Stefan Niehaus stand vor der Rezeption des Hotels Zur Rebe und war unschlüssig. Der Mullah hatte ihn nach Würzburg geschickt, um ihren Mitstreiter Salman, ehemals Rudolf Bracher, aufzuspüren, der seit Tagen verschwunden war. Und das mit wichtigem Gepäck, wie Mustafa Yeneroglu immer wieder lautstark geklagt hatte. Gepäck, von dessen Inhalt nicht einmal Stefan was wusste. Dieser Inhalt schien dem Imam wichtiger gewesen zu sein als Salman und die anderen Dschihadisten, die Stefan für ihn angeworben hatte. Keiner war zurückgekehrt. Merkwürdig, aber Stefan musste ja nicht alles wissen.

Da erhob sich ein Mann, der auf einem der Sofas gesessen, auf irgendwen oder irgendwas gewartet und Zeitung gelesen hatte, New York Times. Offenbar Amerikaner. Seinen Trenchcoat ließ er über der Sofalehne hängen und winkte ihm freundlich zu.
„Könnte es sein, dass wir denselben Mann suchen?“
„Wer will das wissen?“
„Oh, Entschuldigung. Evans.“
Er hielt Stefan ein amtlich aussehendes Plastikdokument hin und entfaltete das Empfehlungsschreiben einer Berliner Polizeibehörde, das Stefan kurz überflog: ´… ersuchen wir alle deutschen Behörden und Dienststellen, dem Inhaber dieses Schreibens jegliche erdenkliche und mögliche dienstliche Hilfe entgegen zu bringen und ihn …`
„Guten Abend erstmal. Und nochmals: Entschuldigung.“
„Bitte, äh, danke. Wen suchen Sie denn?“ Stefan reichte Evans das Referenzschreiben zurück.
„Ich habe Sie heute Nachmittag schon drüben in unseren ehemaligen Leighton Barracks gesehen.“
Der Amerikaner sprach fast akzentfreies Deutsch.
„Auch Sie werden dort erfahren haben, dass Salman hier im Hotel untergekommen ist.“

Den Namen hatte man ihm im Aufnahmezentrum mitgeteilt. Auch, dass noch jemand nach diesem Salman gefragt hatte, jemand, dessen Beschreibung auf sein Gegenüber passte.
„Ja, genau so ist das.“ Endlich eine Spur.
„Aber aus der Rebe ist er vor fünf Tagen verschwunden.“
„Wollen wir uns nicht setzen?“
Evans ließ sich neben seinen Trenchcoat fallen.
„Möchten Sie was trinken? Bier? Wasser?“
Stefan entschied sich für Bier, weil er heute Abend seinem Imam nicht mehr unter die Augen treten würde. Außerdem war ein alkoholisches Getränk als Tarnung ganz gut.
„Es ist nämlich so, dass unser Freund Salman in Begleitung eines anderen Flüchtlings verschwunden ist, zumindest zeitgleich mit ihm. Wenn wir den finden, finden wir auch Salman.“
Zwei Biere wurden gebracht.
„Ich bin eben auf der Suche nach diesem anderen Mann, seinem Begleiter. Die beiden haben hier ein Doppelzimmer geteilt. Vielleicht haben die ja beschlossen, ihre Reise gemeinsam fortzusetzen. Oder zusammen irgendwas zu unternehmen.“
Ja, das könnte gut sein, dachte Stefan. Die letzten Nachrichten von Rudolf waren aus Würzburg gekommen und in einer SMS hatte er angekündigt, einen ‚Freund’ mitzubringen, der ihnen bei ihren Unternehmungen sicher helfen könnte, Ersatz für die zahlreichen im Dschihad Gefallenen. Er hatte sogar ein Foto von seinem neuen Freund mitgeschickt. Stefan holte sein iPad heraus.
„Kann sein. Salman wollte und sollte nach Köln weiterreisen.“
„Das haben die beiden offenbar nicht getan. Zuletzt wurden sie in einem kleinen schwarzen Fiat einer Mietwagenfirma gesehen, der am nächsten Vormittag wieder abgegeben wurde. Hier in Würzburg. Haben wir schon recherchiert.“
Dass der Gesuchte an dem Vormittag noch zwei seiner Kollegen erschossen hatte, musste dieser Dilettant nicht wissen.
„Meinen Sie den da?“

Das Bild auf dem iPad zeugte einen vollbärtigen Mann mit langen Haaren, der schlief. Das Bild war dunkel, der Mann von der Seite aufgenommen. Aber wenn man sich Bart und Haartracht wegdachte, dann konnte das der gesuchte Jens Timmermans sein.
Evans nickte.
„Möglich. Interessant ist: Zusammen wurden sie zuletzt am Nachmittag vor fünf Tagen gesehen. Vor vier Tagen checkte mein Bekannter hier aus, alleine, aber mit auffallend viel Gepäck. Mehr Gepäck als der Seesack, mit dem er eingecheckt hatte. Sagt Ihnen das was? Könnte er Interesse an dem Gepäcke Ihres Freundes gehabt haben?“
Ach, du heilige Scheiße, dachte Stefan Niehaus: Mullahs geheime Unterlagen.
„Die beklauen sich doch hier alle gegenseitig, diese Flüchtlinge“, sagte er.
„Kann ich das Foto haben?“
„Na, klar.“
Er musste den Imam informieren. So bald wie möglich.
„Kann es sein, dass mein Bekannter Salmans Gepäck irgendwo abgeben soll?“
„Schon möglich.“
Nämlich, wenn Rudolf seinen neuen Mitstreiter leichtsinnigerweise ins Vertrauen gezogen haben sollte. Unwahrscheinlich und regelwidrig, aber denkbar.
„Wo?“
„In Köln.“ Beim Imam. Wo sonst?
Evans’ Zielperson war Berufskiller. Evans konnte sich leicht vorstellen, was aus Salman geworden war. Auch wenn den jüngsten Polizeiberichten nichts Einschlägiges zu entnehmen gewesen war.
Evans prostete Stefan Niehaus mit dem letzten Schluck Bier zu.
„Dann sollten wir uns mal auf den Weg machen.“
„Vorher muss ich noch telefonieren. Mit Köln.“
„Dann tun Sie das.“

76

Der Vorstand der VgD tagte in einem Gestüt bei Warendorf. Knapp zwanzig rustikal gekleidete ältere Herren saßen in einer zu einem Tanzsaal umgebauten Scheune. Am Podium stand der Präsident, Brigadegeneral a.D. Bechthold Branninger.
„Meine Herren, Sie kennen die wesentlichen Inhalte der vertraulichen IS-Papiere, die ich Ihnen zugänglich machen konnte. Mit Ihrer geschätzten Hilfe haben wir folgende Handlungsoptionen ventiliert, die sich für uns aus diesem sensationellen Fund ergeben: Wir könnten dieses Material unserer Regierung zur Verfügung stellen. Tun wir aber nicht, weil wir diese Regierung in keiner Weise unterstützen wollen und werden. Und weil diese Regierung aufgrund unserer Informationen auch sicher die falschen Maßnahmen einleiten würde, wie staatliche Unterstützungsprogramme für verwirrte Einzeltäter auflegen, die wir nicht hinreichend integriert haben …"
Gelächter.
„Zudem kann diese Regierung nicht dicht halten: Würde etwas von diesem Material an die Öffentlichkeit gelangen, könnten unabsehbare Folgen eintreten."
Branninger nahm einen Schluck Wasser.
„Und deshalb haben wir Folgendes beschlossen: Das Material enthält ja auch Verzeichnisse der zwölf Leitstellen des IS in Deutschland, mit den jeweiligen Imamen und militärischen Führern. Die werden wir gezielt ausschalten. Unsere staatlichen Sicherheitsbehörden verfügen hierzu über keinerlei Institutionen, auch wenn der als Geheimagent verehrte James Bond der BRD in seinen Steuerstrafverfahren von ´westlichen Sicherheitsbehörden` gefaselt hat, die bereits vor 30 Jahren eingerichtet worden sein sollen, um unbürokratisch gegen Terror und Verbrechen vorgehen zu können – so etwas gibt es bei uns nicht. Aber bei den Franzosen: Die ´Operation Homo` bezeichnet gezielte Tötungsaktionen des französischen Staates gegen Untergrundgruppen, die beispielsweise von Präsident Hollande nach dessen eigener Bestätigung vier Mal gegen

Terroristen veranlasst worden sind, von seinen Amtsvorgängern sogar noch häufiger. Können Sie alles der Gebrauchsanweisung ´Un président ne devrait pas dire` von Davel und Lhomme entnehmen. Eine solche Organisation wird die VgD jetzt aufgrund des aufgegriffenen Geheimmaterials des IS umgehend aufstellen und dem Wolf BRD damit wieder die Zähne ins Maul setzen, die Generationen von Schmusepolitikern ihm in den letzten Jahrzehnten einen nach dem anderen gezogen haben."

Beifälliges Gemurmel.

„Meine Herren, ich danke Ihnen. Den Kommandoführer für diese Operation – Operation Wolf – habe ich schon: einen ehemaligen Elitesoldaten, den ich aus meinen alten Zeiten als Kommandeur gut kenne."

Applaus.

„Zuletzt noch Eines, meine Herren: Ab nächsten Monatsersten nennen wir uns nicht mehr VgD sondern ABSB – Aktionsbündnis zum Schutz der Bundesrepublik Deutschland. Näheres entnehmen Sie den Unterlagen auf Ihren Plätzen. Diese Unterlagen sind wie immer bis spätestens Mitternacht rückstandsfrei zu vernichten. – Ich wünsche Ihnen eine gute Heinreise."

Der Mann auf dem Dachboden schaltete sein Aufnahmegerät aus und rollte das Kabel mit dem Mikrofon zusammen. Er würde das Gestüt erst in ein paar Stunden verlassen, im Schutz der Dunkelheit. Erst dann würde er die vereinbarte SMS nach Moskau schicken. Er arbeitete gern im Dunkeln. Da konnte niemand seine Hasenscharte sehen.

77

„Mullah“ Mustafa Yeneroglu, der Imam, war immer schon wortkarg gewesen. Heute war er zudem mürrisch. Er hörte Stefan Niehaus zu, den sie hier seit seiner Konvertierung Yussuf nannten und den er mit der Nachwuchsbeschaffung betraut hatte.
„Dieser Typ war mithin die einzige Spur, die ich in Würzburg zu Salman auftun konnte.“
„Und du meinst, der sei Amerikaner.“
„Er las eine amerikanische Zeitung, als er mich ansprach.“
„Gefährlich. Höchst gefährlich.“
Das graue Barthaar quoll dem Imam über den Kragen seines khakifarbenen Hemdes.
„Und du bist sicher, dass du ihn abschütteln konntest?“
„Sicher.“
„Und wie seid ihr verblieben?“
„Er hat gemeint, seine – Zielperson – nannte er ihn, die, äh, der würde hier mit Salmans Gepäck oder seinen Unterlagen irgendwann auftauchen. Und dann soll ich ihn anrufen. Alarmieren, hat er das genannt.“
„Du hast also seine Telefonnummer?“
Yussuf nickte. „Er aber nicht meine.“
„Das ist alles beschissen gelaufen. Du hast versagt. Du hast die falschen Leute besorgt. Keiner von ihnen ist zurückgekehrt. Wertvolle Dokumente sind verloren gegangen. Dadurch entsteht unserer Bewegung schwerer Schaden.“
Du wärst die ideale Besetzung für den nächsten Selbstmordanschlag. Den auf den Kölner Dom, der dann zeitlich wohl eher dran wäre. Ideal für einen mit TATP-Sprengstoff, der Mutter des Satans, beladenen Lkw, der über die Domplatte durch das Westportal hineinfahren könnte – die Domplatte, die diese Kölner Narren aus ´antihierarchischen` und ´demokratischen` Gründen anstelle der früheren Freitreppe angehoben hatten. Der Anschlag sollte am besten bald verübt werden, zu irgendeiner großen christlichen Messe, denn

seine Quellen hatten ihm geflüstert, dass die Stadt Köln nach dem Attentat von Barcelona plane, auf diesem idealen Zufahrtsweg zu Domplatte und Roncalliplatz – hieß so nicht auch ein anderer Zirkus? – kurzfristig mobile Sperren zu errichten. Yussuf wäre der ideale Fahrer dieses LKW, der geländegängig und leicht gepanzert sein sollte.
Der Imam lächelte.
Yussuf sah das mit Erleichterung. „Du glaubst mir doch?"
„Ich glaube dir, weil ich gestern eine SMS von Salman erhalten habe. Aus dem türkisch-syrischen Grenzgebiet, wohin er noch mal zurückgekehrt ist. Ohne meine Anweisung."
Der Imam schüttelte den Kopf, sein Haarzotteln wedelten.
„Aber in der Tat hat er angekündigt, die Papiere würden uns von einem anderen Konvertiten in diesen Tagen überbracht werden; einem Yasin Ahram, den er in Würzburg aufgetan habe. Merkwürdig, aber bestätigt, was du und der Amerikaner sagen."
„Hast du Salman zurückgerufen?"
„Sein Handy ist abgeschaltet. Und unsere Freunde in Tal Afar wissen nichts von ihm."
„Tal A- was?"
„Tal Afar, Irak. Dort sind sie jetzt unter Dauerbeschuss und müssen ständig ihr Hauptquartier wechseln. Zusätzlich setzt ihnen auch noch die assyrisch-christliche MFS-Miliz zu. Irgendwann wird die Zentrale unseres Staates nach Europa verlegt werden müssen."
Der Imam seufzte, aber nicht verzweifelt; eher beglückt.

Die Tür vom Büro nebenan ging auf. Dem Imam wurde ein Telefon gereicht.
„Dieser Yasin Ahram ist wieder dran."
Er nahm das Telefon entgegen und winkte mit der anderen Hand Yussuf raus.

Der war froh, den großen Anschiss überlebt zu haben, und trat im Büro nebenan an eines der Fenster. Die beiden Männer, die gegenüber an der Ecke Venloer-Innere Kanalstraße mit ihren Mobiltelefonen spielten, hielt er für Touristen, die die Ehrenfelder Moschee besichtigen wollten.

78

Prof. Dr. Kallemer hatte die Hosenbeine übereinander geschlagen und wippte mit einem seiner Armani-Schuhe.
„Was soll das heißen, Ihr Freund macht das nicht?“
Seine feingliedrigen Finger spielten mit einem Bleistift.
„Das bedeutet, dass er Ihnen für Ihren Ausspähungsauftrag nicht zur Verfügung steht. Leider. Bedaure.“
„Herr Kolleg’, wissen Sie, was das für mich und unser Institut bedeutet?“
Stud. rer. pol. Heinz Draxler zuckte mir den Schultern.
„Wir stehen hier unter erheblichem Druck dieser BrU-Stiftung, wie Sie wissen. Die haben jetzt einen neuen Vorstand, nach dem bedauerlichen Tod von Dr. Schaefer, und dieser neue Vorstand will Ergebnisse sehen. Wie man hört, soll es bei der DGNS oder wie immer sie jetzt heißen mag, Personalrochaden gegeben haben. Die Stiftung will davon erfahren haben, und ich sitze hier auf dem Trockenen. Und die Stiftung fragt sich und mich, wofür sie eigentlich meine, äh, unsere Forschung subventioniert.“
„Tut mir leid, Herr Professor.“
„Könnten Sie denn mit diesem Detektiv nicht noch mal reden? Liegt es am Geld?“
Heinz Draxler schüttelte den Kopf.
„Ich erreiche ihn nicht mehr.“

Kallemer zerbrach den Bleistift. „Also, Herr Kolleg', das glaube ich Ihnen nun nicht: Ihr Freund hat doch, wie von mir vorgeschlagen, an diesen Bewerbungen da oben im Schloss teilgenommen, und wie ich höre, sogar erfolgreich."
Woher wusste er das? Etwa von der Baronesse? Aber er konnte unmöglich mehr wissen. Jens war nämlich nicht mehr auf Schloss Steuffenberg. Das wusste er von Monika, die sich inzwischen wohl mit der Baronesse etwas angefreundet hatte.
„Also, Herr Kolleg', überlegen Sie sich das."
Kallemer sprang auf.
„Ich würde bedauern, wenn Ihnen unser Institutssekretariat Ihren Semesterschein versehentlich und zu Unrecht ausgestellt hätte. Und Sie würden das bedauern, Herr Kolleg', weil das mit Ihrer Semesteranzahl und in Ihrem Alter Ihre Exmatrikulation zur Folge haben könnte. Vor allem, sollte sich herausstellen, dass der Schein durch Unterschleif erschlichen wurde."

79

General Branninger hatte Jens weitgehend freie Hand für die einzelnen Aktionen im Rahmen der Operation Wolf gelassen. Und ihm umfangreiche personelle und logistische Quellen aus dem Fundus des ABSB eröffnet. Erstaunlich, über wie viele mannigfaltigen Ressourcen dieses Bündnis aus der Mitte der Bevölkerung verfügte. Jens hatte sich über zahlreiche Kontakte großzügig bedient, gleichwohl immer darauf bedacht, den Kreis der Mitwisser möglichst klein zu halten und sie immer nur das Nötigste wissen zu lassen. Auch bei den umfangreichen und aufwendigen Vorbereitungen des heutigen Tages, der Heintz vor etliche Herausforderungen gestellt hatte, waren sie auf zahlreiche Helfer und Helfershelfer angewiesen, die – handverlesen durch den General – über erstaunliche Sachkunde und handwerkliches Geschick verfügten.

Jetzt saß Jens dem Imam gegenüber, der ihn kritisch musterte. An seiner Seite ein junger Deutscher, den der Imam als Yussuf vorgestellt hatte, offenbar seine rechte Hand. Dieser Unterredung waren etliche Telefonkontakte vorausgegangen. Unter anderem hatte Jens der Telefonnummer, die Salman zuletzt zwei Mal angerufen hatte, mehrere SMS zukommen lassen, mit denen Salman sein Verschwinden erklärte und das Auftauchen von Jens als Kurier angekündigt hatte. Diese Telefonnummer war nicht identisch mit der Nummer der DITIB-Zentralmoschee, 0211-50800, die er inzwischen auswendig kannte.
Phantasievoll schilderte Jens die Umstände seiner Beauftragung durch Salman, mit dem er in Würzburg ein Doppelzimmer geteilt habe, und der dann plötzlich wieder in das Einsatzgebiet im Norden Iraks zurückbeordert worden sei. Allerdings aus Sicherheitsgründen ohne die vertraulichen Unterlagen, weil die für „Mullah", den Imam, bestimmt seien, ´persönlich und vertraulich`. Jens klopfte auf einen in Zellstoff eingewickelten Packen, den er nicht mal bei seiner Leibesvisitation aus der Hand gegeben hatte.
„Kennen Sie den Inhalt?" fragte der Imam.
Jens verneinte.
„Wie sind Sie zum Islam konvertiert? Und wo?"
„Erstaufnahme-Einrichtung in Berlin, ehemalige Julius-Leber-Kaserne. Salman war damals dabei. Das ging überraschend schnell und einfach."
„Wie? Wie lief das ab? Schildern sie das!"
„´Ich bezeuge, dass es keinen Gott gibt außer Gott und der Prophet Mohammed sein Gesandter ist.` Das gelobte ich in einem Gebetsraum der Unterkunft in Gegenwart eines Berliner Imams. Name habe ich vergessen. Seither bin ich Moslem, muss Bart tragen, esse kein Schweinefleisch, höre keine Musik, rauche keine Zigaretten – haram. Ich trage Kaftan und vermeide Kontakt mit allen

Ungläubigen und gehe täglich in die Moschee; gleich will ich auch an Ihrem Gebet teilnehmen."
Der Mullah lächelte schmerzlich. „Und wo ist Ihr Bart?"
„Abrasiert. Aus Tarnungsgründen."
„Hatten sie nicht gerade betont, sich von Ungläubigen fernzuhalten? Wozu dann Tarnung?"
„Auf Empfehlung von Salman. Der mich zum Dschihad-Kämpfer machen lassen wollte. Ich bin nämlich ein ehemaliger Soldat. Mit Kampferfahrung. In Afghanistan."
„Und weshalb hat Salman Sie dann nicht gleich mitgenommen in den Irak?"
„Wir hatten das erwogen. Aber die Übergabe der Papiere hier war ihm wichtiger."
Jens klopfte wieder auf den Packen vor ihm.
Der Mullah dachte nach und schaute zu Yussuf hinüber, der unbeteiligt aus dem Fenster geguckt hatte. Da draußen an der Ecke Fuchsstraße liefen wieder diese beiden Touristen von neulich auf und ab. Heute schienen sie beide höchst aufgeregt in ihre Mobiltelefone zu brüllen. Merkwürdig. Das sollte er dem Mullah melden.
Der fragte Jens gerade: „Warum kommen Sie erst jetzt zu uns, wenn diese Papiere da so wichtig sein sollen?"
„Ich habe tagelang vergeblich versucht, Sie persönlich an den Apparat zu bekommen. Auch so eine Auflage von Salman. 0211-50800. Das dauerte. Aber hat ja dann doch geklappt."
Yussuf zeigte zappelnd nach draußen, aber der Mullah, der weder Notiz von ihm nahm noch aus seiner sitzenden Position aus den Fenstern mehr sehen konnte als den dunkelblauen Himmel über Köln-Ehrenfeld, sagte: „Dann wollen wir uns das mal ansehen. Her damit, ich muss gleich predigen."
Er winkte, ohne sich nach ihm umzudrehen, Yussuf herbei, der Jens wohl das Päckchen abnehmen sollte. Aber dazu kam es nicht mehr. Jens riss eine Beretta 92 FS mit YHM-Schalldämpfer aus dem Paket und setzte Yussuf einen Schuss zwischen die Augen. Zwei weitere Schüsse – plopp, plopp – zerrissen den Kaftan des Imams im linken

Brustbereich. Jens stopfte die Waffe zurück in das Zellstoffpäckchen, das jetzt wie ein Gebetskissen aussah, aktivierte einen Sender und verließ den Raum. Er lief lange Gänge hinunter, die zum großen Gebetsraum führten. Dort schlüpfte er durch einen hinteren Seiteneingang. Der Gebetsraum war voll.

In der letzten Reihe der Betenden hatte Heintz ein Plätzchen für ihn frei gehalten. Mit welchem Fuß voran musste man den Teppich noch mal betreten? Egal. Jens kniete sich auf sein Gebetskissen und nickte Heintz zu.
Unauffällig stopften sich beide Gehörschutz in die Ohren und versanken tief gebeugt in dem nach Fußschweiß stinkenden Gebetsteppich. Unter seinem Kaftan betätigte Heintz einen Auslöser. Beide rissen ihre Münder weit auf. Trotz des fußschweiß-getränkten Teppichbodens.

80

Die beiden CIA-Agenten steckten ihre Mobiltelefone wieder ein. Der eine hatte die örtliche Kölner Polizei alarmiert, der andere nach Berlin gemeldet, dass die Zielperson vor einer guten knappen Stunde den Gebäudekomplex auf dem Gelände der Ehrenfelder Moschee betreten hätte. Endlich: In der Ferne hörten sie Polizeisirenen. Da flammten Blitze auf. Eine gewaltige Detonation ließ sie straucheln und reflexartig in Deckung gehen. Teile der Moscheekuppel und des Nebengebäudes brachen krachend weg, das rechte Minarett schwankte. Türen und Portale, Fenster und Verschläge barsten, schienen von innen aufgerissen und wurden in höllischem Lärm nach außen weggeblasen.

Eine Flut kreischender und schreiender Besucher brach aus dem Gebetsraum heraus und schwappte über die Venloer Straße in alle Richtungen. Weißgrauer Stein- und Gipsstaub verhüllte die Szene in einen stickigen Nebel, der nach Sprengstoff schmeckte. Das Minarett rechts neben dem Kuppelbau fiel taumelnd zur Seite und stürzte krachend auf das Kuppeldach.

Jens und Heintz hatten den Gebetsraum als eine der ersten verlassen. In der Masse der anderen Flüchtenden rannten sie über die Innere Kanalstraße auf die Parkanlage des Inneren Grüngürtels zu. Polizeisirenen heulten aus nächster Nähe auf, erste Einsatzfahrzeuge schlidderten die Fuchsstraße hinunter. Donnerwetter, die sind aber schnell hier aufgeschlagen, dachte Jens im Laufen; die müssen ja vor der Explosion schon hier gewesen, zumindest alarmiert worden sein, wunderte er sich.
Die beiden CIA-Agenten rappelten sich auf und griffen wieder zu ihren Telefonen.

81

Der Mann, der sich Evans nannte, hatte kein Problem gehabt, für sich und seine beiden Kollegen einen Termin im Polizeipräsidium in Köln-Kalk zu bekommen.
Der Polizeidirektor, der ihnen gegenüber saß, hatte seine Hände über dem Pullover mit den drei goldenen Sternen auf den Schulterklappen andächtig gefaltet.
„Nun, meine Herren, was kann ich für Sie tun?“
Evans räusperte sich. Er spürte noch immer seine lädierten Rippen. „Uns interessieren Ihre aktuellen Erkenntnisse über den Anschlag auf die Moschee in Ehrenfeld. Die wollen wir nicht erst aus der Zeitung erfahren.“

„Meine Herren, wir wissen nicht einmal hundertprozentig, ob es überhaupt einen Anschlag gab. Ich helfe Ihnen gerne, aber: Weshalb interessiert Sie das?"
Evans warf seinen Mitarbeitern einen verständnislosen Blick zu. Da könnt ihr mal sehen, was das hier für Narren sind.
„Herr Direktor! Wir verfolgen eine Zielperson, die Ihre Polizei, Ihre Berliner Kollegen, längst nicht mehr auf dem Screen haben. Wir sehen diese Person diese Moschee betreten, und eine halbe Stunde später fliegen Teile davon in die Luft. Und Sie zweifeln an einem Anschlag?"
„Wir haben es derzeit mir zwei Absonderlichkeiten zu tun: Als erstes erhielten wir einen Alarmanruf auf unserer Polizeiwache in Ehrenfeld, also bei der Polizeiinspektion 3 West, und zwar merkwürdigerweise zeitlich etwa eine Viertelstunde bevor die Moschee in die Luft flog. Unsere ersten Einsatzfahrzeuge trafen also fast zeitgleich mit den Detonationen da ein. Das nenne ich Schnelligkeit."
Der Polizeidirektor lachte.
Evans tauschte wieder vielsagende Blicke mit seinen beiden Kollegen aus.
„Das waren unsere Agenten in der Fuchsstraße. Die die Moschee überwacht haben. Die haben Ihre Inspektion angerufen, als dort endlich unsere Zielperson aufgetaucht war. Auf die hatten sie nämlich gewartet."
Diese Deutschen waren mal wieder völlig ahnungslos.
„Und zweitens?"
„Es sind mehrere Sprengstoffe gewesen, die zur Detonation geführt haben. Darunter zu einem nicht unerheblichen Anteil Triacetontriperoxyd TATP, der immer wieder bei Anschlägen des IS Verwendung findet. Sie nennen ihn die Mutter des Satans."
„Und Sie folgern daraus, dass die Moslems ihre eigenen Gotteshäuser in die Luft sprengen?"
Die Lippen des Polizeidirektors wurden schmal.
„Und wieso bringen Sie Ihre Zielperson mit einem angeblichen Anschlag in Verbindung? Einschlägige kriminelle Vergangenheit?

Warum steht diese Person auf Ihren Listen? Und Sie deuteten an: auf unseren Listen auch?“
Evans konnte ihm jetzt schlecht offenbaren, dass dieser Timmermans von ihnen über eine Deutsch-Türkische Handelsgesellschaft mal angeheuert worden war, um einen Mord an einem prominenten Türken als Attentat der neuen deutschen Rechten aussehen zu lassen. Den Mord an diesem türkischen Gemüsehändler, dem Mord, mit dem vor Monaten alles angefangen hatte. Also sagte er:
„Ein Profi-Killer, den Ihre Berliner Kollegen mal gesucht haben. Oder noch suchen.“
Das könnten die beiden Opfer erklären, die zuvor noch durch Schüsse im Nebengebäude der Moschee hingerichtet worden waren, dachte der Polizeidirektor und erzählte seinen Besuchern, was er wusste. Die drei nickten sich bestätigend zu, einer machte Notizen.
„Dann könnte es also sein, dass Ihr Mann unter den hundert Opfern zu finden ist“, mutmaßte der Polizist.
„Oder unter den Hunderten, die rechtzeitig aus dem Gebetshaus fliehen konnten. Nachdem er die Sprengung ausgelöst hat.“
Der Polizeidirektor lächelte ungläubig.
„Das alles trauen Sie einem Mann zu?
Evans nickte. Er fragte sich, in wessen Auftrag dieser Timmermans unterwegs sein mochte. Nachdem er auf dem Server der Deutsch-Türkischen Handelsgesellschaft am Brandenburger Tor das RUSA-Programm gefunden hatte - womöglich im Auftrag der Russen? Wahrscheinlich. Denen würde er dann alles offenbaren, was er über die CIA als verdeckte frühere Auftraggeberin in Erfahrung hatte bringen können. Gefährlich. Und die Russen würden anschließend alles daran setzen, mit ihren so gewonnenen Erkenntnissen einen weiteren Keil in die Beziehungen zwischen den USA und die BRD zu treiben. Sehr gefährlich. Dieser Timmermans musste umgehend aufgefunden, verhört und neutralisiert oder umgedreht werden. Sofort.
„Wir trauen dem eine ganze Menge zu.“ Mit Sicherheit arbeitete auch die schlagfertige Monika Metzler für Jens Timmermans. Auch

die war wie vom Erdboden verschluckt, seit sie aus diesem Würzburger Hotelzimmer befreit worden war.
„Wir möchten Sie deshalb dringend ersuchen, uns über Ihre Ermittlungen auf dem Laufenden zu halten."
Er holte zwei Blätter mit Fotos aus seiner Tasche. Es waren Bilder und Daten von Timmermans und Metzler.
„Und diese beiden Personen hier zu finden."

82

Auf dem Kasernengelände Am Treptower Park in Berlin tagte die Arbeitsgruppe ‚Tägliche Lagebesprechung' des Gemeinsamen Terrorismusabwehrzentrums GTAZ.
Das Wort hatte der Vertreter des nordrhein-westfälischen LKA.
„Nach derzeitigem Ermittlungsstand, meine Damen und Herren, können wir zwei Möglichkeiten nicht ausschließen: Entweder der Sprengstoff TATP ist durch unsachgemäße Handhabung detoniert. Seine Zusammensetzung ist bekanntlich ebenso einfach wie gefährlich: Er wird aus Aceton und Wasserstoffsuperoxyd hergestellt, und hierbei reicht bereits ein wenig Reibung, ein kleiner Stoß, ein winziger Funke, und das höchstgefährliche Gemisch fliegt Ihnen um die Ohren. Die erforderliche Reibungswärme kann beispielsweise schon durch das Öffnen eines Schraubverschlusses hervorgerufen werden."
Ein Zwischenruf.
„Sprengstoff in der Moschee?"
„Na ja, Moslems eben", meinte ein anderer, bereute es aber sofort.
„Und Möglichkeit zwei?"
„Die Explosion kann natürlich auch durch vorsätzliches Handeln unbeteiligter Besucher des Gebäudekomplexes wie etwa Gäste

herbeigeführt worden sein. Dazu hat der BND eine interessante Spur gefunden." Er nickte seinem Nachbarn zu.
Der erhob sich.
„Meine Damen und Herren! Von einem befreundeten Dienst haben wir den Hinweis erhalten, dass etwa eine halbe Stunde vor dem vermuteten Anschlag eine Person im Besuchertrakt des Moscheegeländes verschwand, die bei uns öffentlich zur Fahndung ausgeschrieben ist. Ein Berufskiller deutscher Abstammung. Derselbe, der – wenn Sie sich erinnern wollen – vor einem halben Jahr hier in Berlin einen türkischen Gemüsehändler erschossen und wenig später den Generalsekretär einer Deutsch-Türkischen Handelsgesellschaft, ebenfalls hier in Berlin, hingerichtet haben soll. Der befreundete Dienst wirft ihm noch weitere Mordtaten vor."
„Für wen sollte der gearbeitet haben?"
„Vermutlich dürfte dieser Täter aus dem rechten Spektrum kommen."
„Geht das auch etwas präziser?"
Der BND-Mitarbeiter zuckte die Achseln.
„Wissen Sie nicht mehr oder dürfen Sie uns nicht mehr mitteilen?"
Nicht mal das wusste er. Er zuckte erneut die Achseln und nahm wieder Platz.
„Gehen wir von der zweiten Möglichkeit aus, wären wir wohl gar nicht zuständig", meinte der Vertreter des MAD und schielte auf die lange Tagesordnung.
„Für diese Möglichkeit spricht in der Tat, dass die verbrannten Leichen des Imams und einer anderen Person kurz zuvor noch erschossen worden sind", ergänzte der Vertreter des BKA.
„Zurück zu Möglichkeit eins."
Der Vertreter der Bundespolizei. „Haben wir Erkenntnisse darüber, welche Mengen von diesem TATP da in Ehrenfeld in die Luft gegangen sind und zu welchem Zweck das Zeug in der DITIB-Zentralmoschee Köln gelagert wurde?"
„Gute Frage."
Naive Frage, dachte der Vertreter der Bundesanwaltschaft.

„Etwa Vorbereitung von Anschlägen?"
Der LKA-Beamte aus Köln nickte. „Unsere Spurensicherung hat Rudimente von Aufzeichnungen gefunden, die genau darauf hindeuten. Und zwar auf einen groß angelegten Anschlag auf unseren Kölner Dom."
Verdutztes Schweigen. Andächtige Pause.
„Na, diese Gefahr wäre ja nun wohl auf's erste Mal gebannt", meinte einer.
„Auf's Erste", wiederholte sein Gegenüber. „Aber für wie lange?"
Dafür erntete er den vorwurfsvollen Blick der Vertreterin des Bundesamtes für Migration und Flüchtlinge, einer zugewanderten Bangladeshi, die den geplanten Anschlag auf den Dom ohnehin nicht für möglich hielt.
„Das liegt an uns und unserer Arbeit hier im GTAZ, meine Damen und Herren. Bevor wir uns dem nächsten Tagesordnungspunkt zuwenden, darf ich folgenden Vorschlag unterbreiten: Die hier ausgebreiteten Theorien sollten nicht an die Öffentlichkeit dringen, vor allem nicht die von uns abgewendete Gefahr für den Kölner Dom. Er bedeutet ja für uns nicht nur Gotteshaus, er war ja Nationaldenkmal, Einheits- Friedens- und Fortschrittssymbol, Monument für den politischen Machtanspruch unserer Katholische Kirche und ihrer Erzbischöfe."
Die Bangladshi staunte.
„Aber unser Minister sollte das schon wissen.", meinte der Vertreter des Bundesamtes für Verfassungsschutz. Die Männer vom BKA und der Bundespolizei, wie der Bundesverfassungsschutz dem Innenministerium unterstellt, nickten artig.
„Dann soll der sich auch aussuchen, welche der erörterten zwei Möglichkeiten unserer Regierung besser in die Wahllandschaft passen. Mit entsprechender Rücksicht auf die Öffentlichkeit, damit die sich nicht beunruhigt."
Zustimmendes Gemurmel.

„Und den Vorgang Ehrenfelder Moschee gebe ich dann mit Ihrem geschätzten Einverständnis an die Arbeitsgruppe ´Gefährdungsbewertung` weiter.“
Beifälliges Gemurmel.

83

´Nach dem entsetzlichen Anschlag auf die Ehrenfelder Moschee, bei dem vorgestern 89 Muslime ums Leben kamen, die sich dort friedfertig zum Gebet versammelt hatten, tobt eine Welle des Aufruhrs durch die Republik. Angestachelt wird der Zorn unserer muslimischen Mitbürger durch das Gerücht, dass Terroristen aus der rechten Szene die verheerenden Explosionen gezündet haben sollen. …
In der ganzen Republik ziehen Muslime marodierend durch die Straßen. Komplette Straßenzüge unserer großen Städte sind mittlerweile unter Kontrolle schwerkrimineller afrikanischer und asiatischer Banden. Polizei und Sicherheitskräfte sind nicht mehr Herr der Lage. Die letzte Gewaltorgie ereignete sich erst gestern. Auf einem Platz im Zentrum von Köln lieferten sich mehrere Hundert Migranten, Touristen und die einheimische Stadtbevölkerung einen blutigen Krieg mit der Polizei. … Dabei sind die polizeilichen Ermittlungen noch keineswegs abgeschlossen. Aus vertraulichen Quellen war zu erfahren, dass große Teile des riesigen Moscheegeländes durch einen Sprengstoff zerstört worden sein sollen, den der IS häufig verwendet: TATP. Dies wurde von der Nachrichtenagentur Amaq bestätigt, die damit die Frage verband: eine besonders perfide Idee der deutschen Ultrarechten, um von sich abzulenken? Anderen Gerüchten zufolge sollen in der Ehrenfelder Moschee Sprengstoffvorräte gelagert worden sein, um damit zeitnah den Kölner Dom zu sprengen, eine Verschwörungstheorie…`

Friedwart Freiherr von Steuffen ließ ermattet die MAINPOST sinken und legte sie auf dem Stapel der anderen Tageszeitungen ab.
„Nein, das ist doch auch keine Lösung, dass wir uns nun gegenseitig die Gotteshäuser wegsprengen“, nuschelte er.
Doch, warum eigentlich nicht, wenn die in manchen Kulturkreisen wie unserem zu eng zusammen stehen, fragte sich seine Enkelin und dachte an die zahlreichen in Frankreich angezündeten und abgefackelten Kirchen und Kathdralen, an Notre Dame in Paris - aber sie sagte nichts. Sie sah lieber Monika zu, die sich bückte, um das Kaminfeuer umzuschichten.
„Emilia, stell mir mal die Verbindung mit General Branninger her“, bat der Alte.

84

Steif pfiff eine feuchte Herbstbrise über die Hamburger Landungsbrücken. Heintz biss in ein Fischbrötchen.
„Was sagt der Alte?“
„Branninger hat befohlen, Operation Wolf weiter durchzuführen. Dem ganz Alten, dem Baron, waren wohl Bedenken gekommen. Aber der hat das Kommando ja abgegeben.“
Wird demnächst wohl auch den Löffel abgeben, dachte Jens und kaute weiter an seinem Mettbrötchen.
„Ausschlaggebend für die Entscheidung des Generals war wohl, dass wir mit der Ehrenfelder Operation die Kommandozentrale für das IS-Unternehmen Möhnetalsperre ausgeschaltet haben: Einsatzpläne und Logistik haben wir zumindest entscheidend gestört. Hoffentlich für immer. Und damit die Überschwemmung weiter Landstriche verhindert, zigtausenden von Menschen ihr Leben, Hab und Gut und ihren Wasserspeicher gerettet. Und nebenbei wohl auch noch den Kölner Dom, was man so liest und hört.“

Jens zerbiss ein Stück saurer Gurke.
„Und mit den Hamburger Moscheen verhindern wir die vom IS geplante Sprengung des Elbtunnels?"
Jens nickte kauend.
„Auch auf der Grundlage der von mir beschafften Unterlagen des IS konnten Branningers Leute allerdings nicht heraus finden, ob die Einsatzzentrale dafür in Barmbeck oder in Harburg-Wilstorf liegt. Also zerstören wir beide. Branninger meinte noch, in Deutschland sei nur eine brennende Moschee eine gute Moschee."
Er wischte sich die Lippen ab.
„Wie weit bist du mit deinem Trupp?"
„Einsatzbereit. Die Taqwa-Moschee sieht aus wie ein Gewerberaum. Und ist ebenso leicht zugänglich. Erst recht über das Nachbargrundstück, auf dem einer von diesen Invasoren…"
„Schutzbedürftigen."
„… einen Handel mit gehehltem Beutegut betreibt. Von da haben wir uns aus einem Lagerraum verdeckten Zugang zum Keller der Moschee verschafft."
„Sprengmittel gefunden?"
„Keine. Aber 200 Schuss neuwertige Munition, Kaliber 7,65, im Keller unter der Moschee. Und 50 halbautomatische Schnellfeuer-Pistolen Skorpion VZ 61, tschechische Produktion; wird im terroristischen Milieu gerne genommen."
„Nicht, dass uns wie in Köln mehr um die Ohren fliegt als wir wollen. Mein Trommelfell brummt immer noch."
„Das geht wieder weg. Und wie sieht's bei Euch aus?"
„Ich bin beim Imam der Assahaba Moschee mit höchst geheimen Kurierunterlagen angemeldet. Ich ziehe da wohl noch mal die Ehrenfelder Nummer ab."
„Warum erschießt du die Kerle, wenn sie anschließend ohnehin verbrennen?"
„Besser ist besser."
„Aber du hinterlässt Spuren. Parallelen zu Köln-Ehrenfeld."

„Umso besser. Meint auch der General. Jeder darf wissen, dass es eine Kraft ist, die dahinter steckt. Die vierte Gewalt, wenn alle anderen versagen.“
„Und wann seid ihr soweit?“
„Die Erkundung ist abgeschlossen, die Päckchen sind installiert. Dank deinen Männern für Eure Hilfe. Heute Nachmittag bin ich beim Imam in der Fuhlsbüttler Straße. Vor dem Abendgebet um fünf. Zündung etwa 17 Uhr 30, je nach Gesprächsverlauf.“
Heintz nickte und sah auf seine Omega Speedmaster.
„Das kriegen wir hin. Aber du solltest dann ab jetzt wohl kein Jever mehr trinken. Wenn der Imam das riecht, wirst du womöglich exkommuniziert.“
Jens leerte die dunkelgrüne Bierflasche, wischte sich mit dem Ärmel seines Parkas den Mund ab und grinste.
„Was macht eigentlich dein Studium? Wieder mal Semesterferien?“
„Dieser Kallemer, mein Professor, hat mir die Freude genommen. Und mein letztes Semester. Und damit mein Studium. Weil du dich geweigert hast, für ihn den Baron auszuspionieren.“
„Tut mir leid. Aber ich arbeite ja nun mal für die andere Seite. Und du auch.“
Er grinste nicht mehr.
„Kann man dein Studium denn nicht irgendwie retten? Ohne diesen Prof? An ihm vorbei oder wie auch immer?“
„Ist in Arbeit. Leider nicht einfach.“
„Dann mal Glück ab!“ Jens stand auf. „Ich muss langsam los.“

Heintz trank sein Alsterwasser aus und schob das blonde Nackenhaar in den Kragen seiner Windjacke. Kallemer, dieses Schwein, dachte er. Und er dachte an Monika; schon wieder eine Gelegenheit verpasst, seinem Freund Jens sein Verhältnis mit ihr zu beichten.

85

Prof. Dr. Kallemer beschleunigte seinen Testarossa. Das Wummern des 12-Zylinder-Mittelmotors hinter ihm ging in ein hysterisches Kreischen über. Kallemer schob den nächsten Gang rein. Die neue Kupplung funktionierte einwandfrei.
Zu der frühen Stunde war die A 7 nach Norden noch einigermaßen leer, vor allem die Überholspur. Die A 71 wäre der kürzere Weg nach Berlin gewesen, aber dann wäre ihm die kurvige Autobahn durch die herbstliche Rhön entgangen, die Hügel und Kuppen südlich von Kassel, in Kennerkreisen ´Porsche-Schanzen` genannt, weil so mancher Sportwagen da schon mal den Bodenkontakt verlor. Diese Porsches würde er da mühelos abhängen, am liebsten in den weiten Außenkurven.

Der Vorstand der BrU-Stiftung in Berlin hatte ihn um einen Besprechungstermin gebeten – man wollte endlich Fortschritte sehen bei seinen jahrelangen Erforschungen des Rechtsextremismus, konkrete Fortschritte. Das hatte sich ja auf der Beerdigung von Dr. Schaefer MdB bei dem Gespräch mit diesem Polit-Youngster bereits angedeutet. Und er hätte dieser Stiftung womöglich mit leeren Händen oder nichts sagenden Tabellen unter die neugierigen Augen treten müssen, wenn ihm nicht zuletzt noch die entscheidende Idee gekommen wäre: Mit dem Duo seines ehemaligen Studenten Draxler und diesem merkwürdigen Privatdetektiv – beide ehemalige Soldaten und Polizisten – stimmte etwas nicht. Der Detektiv war nicht bereit, für ihn den Baron auszuspionieren, den Kopf dieser rechtslastigen Organisation, arbeitete aber jetzt gleichwohl für ihn. Hatte er aus dem Schloss erfahren. Das konnte nur mit Wissen und auf Veranlassung von Draxler geschehen sein, der also sehr wohl noch Kontakt zu seinem ehemaligen Kameraden hatte. Guten Kontakt offensichtlich. Und wenn er dann die zahlreichen Berichte über diesen hochprofessionellen Überfall im Hotel Stöckle Revue passieren

ließ, war es nicht mehr schwer, diese beiden Männer mit den Tätern in Verbindung zu bringen.
Diese Verbindung würde er dem Stiftungspräsidium präsentieren und als Sitz der DGNS oder wie die gerade heißen mochte, Schloss Steuffenberg nennen. Dass sein Pate dabei über die Klinge springen würde, war als Kollateralschaden in Kauf zu nehmen. Dafür würden die Forschungsgelder weiter fließen. Von seinem Paten hatte Kallemer ohnehin nichts mehr zu erwarten.

Er trat auf das löcherig gestanzte Gaspedal. 570 PS trieben den aufgemotzten Ferrari F 512 M hinter der Ausfahrt Hammelburg durch die Rechtskurve eine lang gezogene Anhöhe hinauf, die er mit knapp 300 Stundenkilometern übersprang.
Hinter der Kuppe hatte der Selbstzünder die erforderliche Reaktionsanfangstemperatur erreicht, die durch den Fahrtwind bis dahin immer wieder heruntergekühlt worden war. Einen knappen Kilometer weiter riss der Sprengsatz dem roten Boliden explosionsartig die Hinterachse weg.

Stunden später stellte die Autobahn-Polizei überhöhte Geschwindigkeit als Ursache des tödlichen Unfalls fest.

86

Jens betrat den Eingang der Fuhlsbüttler Straße 230, der unter einem spitzen auf den Bürgersteig hinaus ragenden Vordach lag. Darüber ein Schild ´Assahaba Moschee` und eine Videokamera. Moscheeeigene Sicherheitsmaßnahme, dachte er und glotzte freundlich in die Linse.
Die Tür stand offen. Dahinter öffnete sich ein großzügiger Empfangsraum, der in der Mitte von einer kantigen Säule gestützt wurde.

An der gegenüber liegenden Wand ein paar unsortierte Möbelstücke, darunter ein Ehrfurcht gebietender thronartiger Hochsessel, links davon ein zierlicher Schreibtisch.
Erst jetzt nahm Jens die beiden Männer in seinem Rücken wahr. Sie schienen links und rechts neben der Eingangstür gewartet zu haben.
„Nicht umdrehen“, sagte der eine. Eine andere Stimme fauchte arabisch klingende Worte in ein Mikrophon.
Ein ungutes Gefühl sprang Jens an: Warum war das so leer hier? Wo waren die zahlreichen Muslime, die sich sonst zu dieser Stunde hier zum abendlichen Gebet versammelten? Weshalb begrüßten ihn die Männer nicht, wenn sie ihn doch erwartet hatten?
Es war exakt halb fünf. Er war unvorsichtig geworden: die nachlässige Tarnung, seine Bierfahne vom mittäglichen Imbiss mit Heintz, die Videokamera, die bisher keinem aufgefallen war. All das verunsicherte ihn. Und Unsicherheit war das Letzte, was er sich in der nächsten halben Stunde leisten konnte.

Ein rundlicher Mann in einem safranroten Kaftan trat aus einer hinten links liegenden Seitentür und winkte ihm hastig zu.
„Sie sind der Kurier?“
Jens folgte ihm in den Nebenraum, von dort in einen weiteren. Seine beiden Schatten blieben dicht hinter ihm. Das ungute Gefühl nahm zu, je weiter sie gingen, mit jedem Schritt. Jens prägte sich die Anordnung der Räumlichkeiten, der Türen und Fenster ein, die er bisher nur von Grundrisszeichnungen kannte.

In einem vierten Raum wartete ein schmächtiger Mann mit Brille und einem westlich geschnittenen Anzug hinter einem Schreibtischchen, das so zierlich war wie der im Empfangsraum.
„Dr. Hassan al Sary“, stellte er sich vor. Der Imam also: erfolgreicher Abkömmling einer Rauschgift-Familie aus dem nordmarokkanischen Rif-Gebirge, der vor Jahrzehnten über Ceuta auf das spanische Festland übergesiedelt war, von dort über Frankreich – sein Rauschgiftnetz immer hinter sich her ziehend – zunächst nach

Süddeutschland, wo er sich radikalisierte, später nach Norddeutschland, wo er zum Imam aufgestiegen war. Neben ihm baute sich der rote Kaftan auf und musterte Jens feindselig. Die beiden Wachhunde hinter ihm blieben an der Tür, die einer von ihnen zuzog.
Keine gute Atmosphäre für einen Empfang, dachte Jens und spielte unschlüssig mit seinem Gebetskissen. Er wusste immer noch nicht, wer hinter ihm stand. Die Situation schien auch ungeeignet, sich gerade jetzt nach den beiden umzudrehen.
„Sie sind also der Kurier."
Dr. al Sary bot Jens einen Stuhl an. Der Kaftan nickte, den finsteren Blick immer noch auf Jens gerichtet.
„Der geheimnisvolle Kurier. Den wir eigentlich aus Köln erwartet hatten."
„Ich komme aus Köln", erwiderte Jens. „Ich war da, als Teile der Moschee in die Luft flogen."
Vielleicht würde die Doppeldeutigkeit seiner Worte ihm helfen, Vertrauen zu gewinnen.
„Deshalb bin ich hier. Als einziger aus Köln."
„Und was haben Sie da für eine bedeutsame Botschaft für mich? Mit diesem ganzen Trara Ihrer vorherigen telefonischen Ankündigungen und so weiter? Wir kennen nicht mal Ihren Namen. Oder kann ich sagen: deinen Namen?"
„Nennen Sie mich Sullah. Mein Name ist nicht wichtig, Doktor. Wichtig ist die Botschaft, die ich für Sie habe. Sie kommt unmittelbar vom Hauptquartier unserer politischen Führung und wurde mir von einem Kurier übergeben, der sie dort im Euphrat-Tal an der syrisch-türkischen Grenze erhalten hat. Er hat leider nicht überlebt. So wenig wie ‚Mullah' Mustafa Yeneroglu, in dessen Auftrag ich nun hier bin. Und gleich wieder weg muss."
Er wurde nervös. Ein weiterer Fehler.
Die wachen Augen des Imams verfinsterten sich.
„Dann spucken sie mal aus, Sullah. Was haben Sie in Ihrem Handgepäck da drin, mit dem Sie immer herumspielen?"

„Unterlagen und Pläne für Sie, Doktor.“ Jens legte die Hände gefaltet auf sein Gebetsbündel.
„Ist das untersucht worden?“, herrschte der Imam die beiden Männer hinter ihm an.
Die stillschweigende Antwort schien ihn nicht zufrieden zu stellen, denn Dr. al Sary schüttelte ungläubig den Kopf. Wieder an Jens gewandt: „Also?“
„Diese Informationen sind ausschließlich für Sie persönlich bestimmt, den Imam der Assahaba Moschee Dr. Hassan al Sary. Tut mir leid für die Herren hier.“
Fast hätte er sich umgedreht. Statt dessen lauerte er auf eine Reaktion des Gastgebers. Die kam prompt.
„Kommt überhaupt nicht in Frage, Sullah. Ali ist mein persönlicher Sekretär, die beiden Krieger hinter Ihnen sind meine Leibwächter. Sicherheitsvorkehrung. Ist ja nach Köln-Ehrenfeld wohl verständlich, oder?“
Jens nickte. Er wollte aufstehen, hielt aber inne und griff nach einem Stück Papier. „Sie gestatten?“ Er schrieb ‚Elbtunnel’ drauf, faltete das Blatt umständlich und reichte es dem Imam.
Dr. al Sary warf einen Blick auf das Papier.
„In der Tat, Sullah: Darauf warten wir. Wir haben bislang nur zwei Vorbefehle. Und die verschlüsselte Zwischen-Info unserer Agentur Amaq. Und wir denken, es wird langsam Zeit. Also: her damit!“ Sein bohrender Blick wollte das Bündel zu durchleuchten.
Jens stand auf und nahm es unter seinen rechten Arm. „Das widerspräche den mir erteilten Befehlen wegen der Vertraulichkeit. Tut mir leid, Dr. al Sary. War schön, sie kennen gelernt zu haben.“
„Setzen Sie sich!“
Al Sary winkte die beiden Leibwächter raus. „Ihr wartet vor der Tür.“
Jens blieb stehen, wartete, bis die Tür sich schloss.
„Und wo soll Ali warten?“ Er wies auf den Kaftan, der gerade ein paar Rückstände im Zähnefletschen nachholte.

Jens trat einen Schritt vor, als wollte er ihn abführen, aber Ali kam ihm schon entgegen. Nur einen Schritt, aber der genügte. Jens schmetterte seine Handkante auf Alis Gurgel.
Ali sackte geräuschlos zu Boden. Der Imam sprang auf und stieß dabei seinen Stuhl um. Mit der Rechten ergriff Jens sein Bündel mit der Beretta, aber zu spät: Die Tür wurde aufgerissen.

87

Der Polizeibeamte war eingenickt. Um ihn herum flimmerten Monitore, die bewegte Bilder von Videokameras zeigten; diese Kameras waren über das Stadtgebiet verteilt, schwerpunktmäßig in Problemzonen und an Brennpunkten, also flächendeckend. Eine zeigte den öffentlichen Fußgängerbereich vor der Fuhlsbüttler Straße 230, der Ashahaba Moschee in Barmbeck, die im Verdacht stand, eine Filiale des IS zu sein. Auf anderen Monitoren liefen einzelne Gesichtsmasken durch, neben denen Alter, Geschlecht und Angaben zur Kleidung gesuchter Personen abzulesen waren.

Ein anspringendes Signal weckte den Beamten, ein Brummton, der in ein immer schriller werdendes Pfeifen überging. Der junge Mann drückte auf einen Knopf, das Geräusch verstummte. Einer der Monitore zeigte im Eingangsbereich der Moschee einen etwa 40 Jahre alten Mann, etwas zerlumpt und unrasiert, Europäer. Er trug ein kleines, militärfarbenes Täschchen unter dem Arm. Das Bild war wie jedes andere von dieser Kamera während der seit einem Monat laufenden Testphase über einen speziellen Server an das kriminaltechnische Gesichtserkennungszentrum in Berlin und binnen Sekunden zurück nach Hamburg in das Präsidium übermittelt worden, in dem die neue Software Face plus seither ausprobiert wurde. Treffer! Bingo!

Auf einem weiteren Monitor erschien links im Feld ein vergrößertes Bild des Moscheebesuchers und rechts seine persönlichen Daten: Timmermans, Jens, deutscher Staatsangehöriger holländischer Abstammung, letzter gemeldeter Wohnsitz Berlin, Schillerstraße. Dieser Kerl wurde bundesweit gesucht, auch von einem befreundeten Nachrichtendienst, unter anderem wegen Mordes an einem türkischen Mitbürger in Berlin und, und, und. Der Polizeibeamte war jetzt hellwach. Er drückte auf den ´Alert`-Knopf.

88

Die beiden Leibwächter quetschten sich durch den engen Türrahmen, gleichzeitig. Dadurch blieb Jens zwar nicht mehr die Zeit, an seine Waffe zu gelangen, aber genug Zeit, den Imam an den Schultern zu packen und als Schutzschild zu sich herüberzuziehen.
Die beiden Leibwächter griffen unter ihre hellgrauen Jacketts.
„Wenn Ihr eine Waffe zieht, breche ich ihm mindestens einen Arm“, rief Jens ihnen zu.
„Solltet Ihr versuchen zu schießen, das Genick.“
Hoffentlich verstanden sie ihn. Er wiederholte seine Drohung auf Englisch.
Wie in einem Schraubstock stand vor ihm der Imam, hielt zappelnd nach seiner Brille Ausschau und brabbelte vergeblich Versöhnliches.
Die Leibwächter kamen zögernd näher, ließen aber die Hände von ihren Anzügen. Einer nahm sogar die Arme hoch.
„Ali hat die Situation hier leider irgendwie missverstanden.“
Jens deutete auf den safranroten Kaftan, der leblos neben ihm auf den Holzdielen lag.

„Euer Chef darf jetzt langsam mein Kuriergepäck aufmachen, um an seine Unterlagen zu kommen. Also nicht gucken! Einverstanden?“
Das Blinde-Kuh-Spiel konnte beginnen. Jens zog das Bündel vor den Imam und ließ vorsichtig eine seiner Hände frei. Der Hals des Imam war immer noch fest von Jens’ Griff umschlossen, seine Kehle so weit zugedrückt, dass al Sary nur röchelnd konnte.
Er schien einverstanden. Die Leibwächter auch. Die gafften jetzt aus großen dunklen Augen und mit offenen Mündern zu, wie Jens ihrem Imam erklärte, an welcher Lasche er ziehen musste, um an die Unterlagen zu kommen, deren Inhalt sie nicht sehen durften.

Der Imam zog zitternd das Bündel auf. Ein Stoß Papier zerfiel langsam nach rechts und nach links über den kleinen Schreibtisch auf den Holzboden und bedeckte Dr. al Sarys Brille. Einer der Leibwächter bückte sich danach, und Jens griff nach seiner Baretta unter den Papieren. Er feuerte zwei Schüsse in die verdutzten Leibwächter, den zitternden Imam kippte er mit einem Fußfeger auf den Boden. Mit einem dritten Schuss riss er dem verkappten Rauschgifthändler die Halsschlagader auf.
Die zweite Lasche in Jens’ Handgepäck war der Auslöser für den Zeitzünder. Zu gern hätte Jens es gehabt, wenn der Imam den noch selbst gezogen hätte, aber heute hatte er einfach nicht die Nerven für weitere Spielchen. Er zog selbst und spurtete dem Ausgang zu, durch einen Raum nach dem anderen. Sie waren alle leer.

Vor dem Eingang der Moschee in der Fuhlsbüttler Straße wartete die Polizei auf ihn.

89

In dem Café in der Anzengruber Straße hockten überwiegend einheimisch Gewordene unter weißen Häkelkäppchen in ihren Quamis genannten Langhemden und schlürften gesüßten Pfefferminztee aus kleinen bauchigen Gläsern. Heinz Draxler ließ sich einen heißen Tee mit Kandis bringen und kippte aus dem mitgeführten Flachmann einen doppelten Rum in das dampfende Glas. Die Normaluhr über der Theke der Kaschemme zeigte 17 Uhr 30.
Heintz verglich die Zeit auf seiner Omega: 17:33. Der Türke hinter dem Tresen hatte demnach seine Normaluhr falsch gestellt. Noch sieben Minuten, nicht zehn Minuten.
Heintz nahm einen großen Schluck und genoss das Prickeln, das der Alkohol in seinem Bauch auslöste. Es wich einer beruhigenden Schwere. Jetzt konnte er entspannen. Seine Arbeit war getan. Bis auf einen Anruf. Den entscheidenden Anruf, das Signal. Die Anzengruber Straße vor ihm war in frühabendliches Licht getaucht. Früher sah man hier in Harburg um diese Tageszeit Miniröcke, jetzt fast nur noch Burkas. Die Stimmung auf der Straße war gedrückt. Er nahm noch einen tiefen Schluck Tee und klappte sein Smartphone auf. 17:36. Noch vier Minuten. Jens sollte die Barmbecker Moschee inzwischen verlassen haben. Jeden Moment musste seine Nachricht kommen.
Heintz klickte ein bisschen durchs Netz. ´Rauchwolken über Barmbeck`. Na also, alles im Takt. Aber Jens' Nachricht kam nicht. Sonderbar.
17 Uhr 40. Egal, Heintz musste im Zeitplan bleiben. Er wählte eine Nummer, drückte die Sprechtaste, steckte das Smartphone wieder ein und trank seinen Grog aus. Er stand auf und legte einen Fünf-Euro-Schein neben das leere Glas.

In dem Moment erschütterte eine Explosion den Raum. Die Schaufensterscheibe, hinter der Heintz gesessen hatte, zerbarst, Glassplitter prasselten in den bebenden Schankraum, die Eingangstür krachte

aus ihrer Halterung und fiel Heintz entgegen. Der Türke verschwand hinter seiner Schmuddel-Theke.
Heintz trat durch den zersplitterten Türrahmen auf die Anzengruber Straße hinaus. Menschenleer. Irgendwo schrie jemand, dann mehrere, jetzt viele. Scherben knirschten unter seinen Stiefeln. Womöglich hatten seine Jungs die Ladungen doch etwas überdosiert. Er schaltete sein Smartphone aus und ließ es in einer Aschentonne am Straßenrand verschwinden.

Warum rief Jens nicht an? Hatte doch offensichtlich alles geklappt, auch in Barmbeck.

90

Gesprächig wurde Jens erst in der dritten Runde seiner Vernehmungen. Erst als er den Eindruck hatte, von den richtigen Leuten vernommen zu werden. Die ersten Vernehmungen hatten Polizisten des Einsatzkommandos versucht, danach Beamte des LKA.

Inzwischen war es zwei Uhr morgens. Jens trug Handschellen, und das grelle Deckenlicht blendete ihn. Jetzt probierten es Männer des hamburgischen Verfassungsschutzes, des BKA, des LKA, des BND und des MAD, Männer in zerknitterten Straßenanzügen, die sich ihm in diesen Funktionen vorgestellt hatten, und die sämtlich aussahen, als ob sie seinetwegen aus dem Tiefschlaf geweckt worden waren. Der einzige Uniformierte hatte neben der Tür Aufstellung bezogen.
Der Grauhaarige vom BKA las murmelnd von seinem Laptop Stichworte vor, die offenbar aus den Protokollen der vorherigen Vernehmungen stammten. Hin und wieder schüttelte er verwundert den Kopf.

„Da sind Sie also aus der Moschee gestürmt und haben unseren Beamten als Erstes zugerufen, Sie sollten in Deckung gehen – stimmt das so? So haben die ausgesagt."
Jens nickte.
„Nicht ganz: Als Allererstes habe ich vorschriftsmäßig gerufen: ´bin im Einsatz`."
„Das war nicht vorschriftsmäßig. Dazu hätten Sie sichtbar Ihren Dienstausweis zeigen und Ihre Dienststelle nennen müssen."
„Ich hatte leider weder die Dienstvorschrift noch meinen Redenschreiber dabei. Nicht mal meinen Ausweis. Ich kam aus der Höhle des Löwen."
„Wussten Sie, dass die Moschee in den nächsten Sekunden in die Luft fliegen würde? Waren Sie deshalb dort?"
„Um das zu verhindern, ja."
„Wer hatte Sie beauftragt? Womit? In welcher Mission waren Sie da unterwegs, Herr … Herr Timmermans?"
Den Namen sprach er so aus, als würde er einen störenden Speiserest ausspucken.
„Der sind Sie doch, oder?"
„Ich sagte Ihren Kollegen schon, dass ich zur Person keine Angaben mache. Ihnen gegenüber aber gerne zur Sache. Haben Sie auch mehr von."
Der BKA-Mann fixierte ihn.
„Das ist andersherum üblich. Anwaltliche Unterstützung haben Sie auch abgelehnt."
„Außergewöhnlich ist auch meine Mission."
„Wir hören."
„Dazu sollte der Kollege da drüben vom Flur aus auf die Tür aufpassen."
Jens wies auf den Uniformierten.
„Vergessen Sie's."
„Dann, meine Herren, können Sie wieder schlafen gehen." Jens stand auf.

„Setzen Sie sich!“ Der BKA-Mann tuschelte mit seinem Nachbarn. Schließlich tuschelten alle sechs.
Einer bat den uniformierten Beamten vor die Tür. Nachdem die sich von außen geschlossen hatte, schauten zwölf Augen Jens an.
„Wir hören!“
„Ich leiste Dienste für die TFT.“
„TFT?“
„Task Force Terror. Sollte eigentlich Task Force Anti-Terror heißen, TFAT. Gibt’s aber noch nicht lange. Ist unmittelbar dem Bundesministerium des Inneren unterstellt sowie dem Kanzleramt.“
Die Herren sahen sich ratlos an; nicht das erste Mal, seit sie heute früh zusammen saßen.
„Nie gehört“, murmelte einer; „gibt’s nicht“, ein anderer.
Der Mann vom BKA ergriff das Wort.
„Und ausweisen können Sie sich nicht?“
„Sagte ich schon.“
„Welchen Auftrag hatten Sie? Angeblich.“
„Es ging zunächst um die Verifizierung von Planungen und Projektvorhaben des IS, später und letztlich um deren Verhinderung.“
„Welche Projekte?“
„Möhnetalsperre und Hamburger Elbtunnel. Beides will der IS in die Luft jagen, hieß es. Mein Auftrag: feststellen, ob die Gerüchte stimmen; falls ja: unterbinden.“
„Waren Sie als Einzeltäter unterwegs?“
„Als Einzelkämpfer. Undercover. Ich wurde eingeschleust. Vor wenigen Wochen war ich noch in Syrien. Dort habe ich die entsprechenden Hintergrund-Informationen erhalten. Und von dort bin ich in die Türkei eingereist. Zunächst nach Würzburg. Über Berlin. Mein Tarnname ist Salman.“
Die Legende hatte er sich im Laufe des Abends während seiner vergeblichen Vernehmungen ausgedacht. Zeit genug dazu hatten sie ihm gelassen.

Der BND-Mitarbeiter kritzelte Notizen auf ein Papier. „Bei welchen offiziellen Stellen können wir Ihre Angaben überprüfen?"
Jens alias Salman grinste.
„Beim IS, Headquarter."
„Wo ist das?" Die büroklammer-schmalen Lippen des BND-Mannes bewegten sich kaum.
„Als ich unten war, im Euphrat-Tal zwischen der zu Syrien gehörenden Stadt al-Mayadin, etwa 160, 170 Kilometer südostwärts Raqqa, der ehemaligen Haupstadt des Kalifats, und der irakischen Grenzstadt al-Qaim. Verlegt aber ständig."
Der BND-Mann machte sich wieder Notizen.
Der Grauhaarige vom BKA fragte: „Wie kam es zu der Explosion in der Assahaba Moschee?"
„Da ist irgendwas schief gelaufen. Ich hatte eine vertrauliche Unterredung mit dem Imam Dr. al Sary und seinem Sekretär Ali, in der ich beide auf die ´große Hochzeit im Elbtunnel` ansprach…"
„Große Hochzeit?"
„IS-Code für einen künftigen Terroranschlag", wusste der Mann vom MAD.
„Und dann?"
„Dann verlor der Sekretär komplett die Nerven, schrie auf Arabisch rum, zog eine Waffe, und ich habe gesehen, dass ich raus kam, so schnell wie möglich."
„Und woher wussten Sie von der Explosion?"
„Im Alarmfall musste Beweismaterial zerstört werden. Ich hatte den Eindruck, der Alarmfall war eingetreten. Mein Wissen um den Elbtunnel hat die beiden wohl ausrasten lassen."
Die sechs Herren sahen sich fragend an. Einer gähnte.
„Ist Ihnen bekannt, dass zeitgleich die Taqwa Moschee in Harburg-Wilstorf in die Luft geflogen ist?"
„Ach?"
Bei Heintz war die Nummer offenbar besser gelaufen.
„Und vor einer Woche Teile der Ehrenfelder Moschee in Köln?"
„Ja, habe ich natürlich von gehört."

„Sehen Sie da aus Ihrer Erfahrung als Undercover-Agent einen Zusammenhang etwa zu dem Attentats-Projekt Möhntetalsperre?“
Dem Fragenden – wer war das doch noch? – troff der Spott von den Lippen.
Jens zuckte die Schultern. „Könnte sein.“
„Wo waren Sie vor einer Woche, Salman?“
„Würzburg. Flüchtlings-Aufnahmestelle in den ehemaligen Leighton Barracks. Anschließend kurz in einem Hotel. Namen habe ich vergessen.“
„In Köln waren Sie nicht?“
Kopfschütteln.
„Auch nicht in den Anschlag auf die dortige Moschee involviert?“
Das wollte der Mann rechts außen wissen, der ihm nicht mal von seiner Funktion her vorgestellt worden war. Hatte der nicht einen leichten Akzent?
Jetzt bloß kein Zeichen von Unsicherheit erkennen lassen. Jens wiederholte sein Kopfschütteln.
Der Grauhaarige vom BKA schaute seine Kollegen an, einen nach dem anderen. In ernste, stille Gesichter.
Zur Tür gewandt brüllte er: „Wache!“
Der Uniformierte knallte herein.
„Abführen!“

91

Die nächtlichen Aktivitäten im Flüchtlings-Aufnahmelager im Münchner Norden waren von langer Hand vorbereitet. Wegen der entsetzlichen Anschläge auf ihre Moscheen in Köln und Hamburg hatten sie die Mobilisierung auf Befehl des Imams aus der Freisinger Landstraße zwar um eine Woche vorverlegen müssen; aber Anwar war trotzdem zufrieden, als er jetzt sah, wie seine Muslimbrüder

Lastwagen, Transporter, Lieferwagen, einer nach dem anderen, auf der langen Zufahrtsstraße zur Hauptwache der ehemaligen Bayern-Kaserne an der Heidemannstraße auffuhren. Diese Disziplin und Ordnung hatte er schon in seiner Zeit als Sprachmittler bei den deutschen Soldaten in Masar–el-Sharif immer bewundert.

Die Fahrzeuge hatten ihre Scheinwerfer abgeblendet, die Motoren waren abgestellt. Es war kurz nach zwei Uhr morgens. Aus dem Buschwerk, das das frühere Kasernengelände mehr und mehr überwucherte, huschten Schatten, die sich daran machten, die großen Munitionsbehälter neben der Zufahrtsstraße mit schwerem Gerät aufzubrechen. Im diffusen Licht der Bogenlampen schlugen und schoben die Lkw-Besatzungen Ladeklappen und Schiebetüren auf, deckten Planen ab. An jeder der Munitionskisten arbeiten zwei Männer, an jedem Fahrzeug mindestens einer. Sie halfen sich gegenseitig.

Von der gegenüber liegenden Straßenseite schleppten andere unverpackte Gewehre und Kisten mit Pistolen, Handgranaten und Handflammpatronen aus den Waffenkammern der ehemaligen Kompaniegebäude eines Jägerbataillons zu den wartenden Fahrzeugen, in denen die Besatzungen sie zügig verstauten. Die Wagen hatten sie in den letzten Wochen im Großraum München gestohlen und in den großen Hallen des Technischen Bereichs zwischen den Militärfahrzeugen versteckt, die mittlerweile allesamt ausgeschlachtet und irreparabel defekt waren. Das Wachpersonal vom zivilen Sicherheitsdienst hatte von all diesen Aktivitäten nichts bemerkt. ´Schnarchhähne´ hatten seine militärischen Vorgesetzten in Afghanistan sie genannt und das waren sie auch. Die eigentlichen Soldaten waren wohl alle inzwischen irgendwo in Asien und Afrika unterwegs. Anwar sah auf seine Armbanduhr: fast drei Uhr. Leichter Nieselregen setzte ein. Um halb vier sollte das Beladen abgeschlossen sein; dafür war er als Ablaufoffizier verantwortlich. Danach würden die eingeteilten Männer auf ihre Fahrzeuge aufsitzen und zu den geplanten

Verteilerstellen in München fahren, immer so drei, vier Mann pro Wagen, ja nach Größe und Beladung. Und was hier im Münchner Norden gerade ablief, das würde in diesen Stunden auch in anderen ehemaligen Garnisonsstädten abgehen: in der Nordgau-Kaserne in Cham, in der Grenzland-Kaserne beim Panzergrenadierbataillon in Oberviechtach, im südbadischen Immendingen in der Oberfeldwebel-Schreiber-Kaserne des ehemaligen Artilleriebataillons, im Fliegerhorst Erding, dem zweitgrößten Luftwaffenstützpunkt in Deutschland, und in und auf knapp fünfzig weiteren Kasernen und Truppenübungsplätzen – überall dort, wo die Flüchtlingspolitik ´Mitnutzung` als Unterbringungskonzept angeordnet hatte.

Die ersten Lieferwagen waren fertig beladen und signalisierten Anwar das durch kurzes Aufblinken ihrer Scheinwerfer. Halb vier.
Es war Zeit, die zwei, drei Schnarchhähne an der Wache vorne auszuschalten, die der Konvoi passieren musste, wenn er das Kasernengelände verließ. Die würden zwar alle schlafen, aber durch den Motorenlärm könnte der eine oder andere vielleicht doch aufgeweckt werden. Dieses Risiko auszuschalten war Anwars zweite Aufgabe heute Nacht. Er zückte sein Kampfmesser und machte sich auf den direkten Weg durch die dichten Büsche.

92

Sieben Stunden nach der Vernehmung von Jens Timmermans fanden sich die Vertreter der Sicherheitsbehörden zu einem Arbeitsfrühstück im Landesamt für Verfassungsschutz in Hamburg am Johanneswall 4 ein. Die Rolle des Gastgebers hatte der Amtsleiter seiner Stellvertreterin überlassen, die gleichzeitig Leiterin der Abteilung 2 – Staatsschutz – war.

Sie stellte sich der Runde als Frau Dr. Donner vor, eine quirlige Frau mittleren Alters, deren temperamentvolle Gestik ihre grau werdenden Locken anmutig umher wirbeln ließ.
„Nun, meine Herren, was machen wir mit unserem Findling, mit unserem Zufallstreffer?“
Sie warf einen Blick auf die Papiere vor ihr.
„Timmermans, Jens Timmermans, oder wie immer er heißen mag.“
Sie ließ einen auffordernden Blick in die Runde schweifen, die vor fertigen Schnittchen, Eieraufläufen und dampfenden Kaffeetassen saß. Der Konferenzraum lag in ungemütlich kaltem Neonlicht. Draußen dämmerte Schmuddelwetter.
„Ich glaube ihm kein Wort“, sagte einer.
„Auf der anderen Seite hat er erstaunliche Detailkenntnisse“, ein anderer.
„Wussten wir vorher von Terrorplänen wie Möhnetalsperre und Elbtunnel?“
„Wir wissen ja nicht mal, auf welcher Seite er steht.“
„Schließlich haben wir ihn aus der Moschee herauslaufen sehen.“
„Die dann in die Luft flog.“
„Auf unseren Fahndungslisten steht er zuletzt wegen eines Attentats auf einen türkischen Gemüsehändler und einem Anschlag auf den Sitz der Deutsch-Türkischen Handelsgesellschaft vor einigen Wochen in Berlin.“
„… Wo auch seine letzte gemeldete Bleibe in die Luft geflogen ist – Zufall?“

Zwischen Tablets und aufgeklappten Laptops wurden Aktenstücke hin und her geschoben, einige der Anwesenden mussten sich noch sachkundig machen. Großformatige Fotos zeigten die Ehrenfelder Moschee mit nur noch einem Minarett und zwei Trümmergrundstücke in Hamburg-Barmbeck und in Hamburg-Harburg.
„Meine Herren! Wir sollten das Thema wenigstens ein bisschen strukturieren“, meinte Frau Donner.

„Es handelt sich doch wohl um einen ehemaligen Bundeswehrsoldaten, der anschließend auch mal bei einer Sondereinheit der nordrhein-westfälischen Polizei tätig war."
„Könnte er nicht von da aus in dieses Anti-Terror-Kommando TFT oder TFAT übernommen worden sein?"
„Ohne dass wir davon wüssten? Herr Kollege, ich bitte Sie!"
„Ich will das nicht ausschließen. Überlegen Sie doch mal: Neben den in dieser Runde vertretenen Ämtern und den jeweils fünfzehn weiteren Landeskriminalämtern und Verfassungsschutzämtern haben wir nach 9/11 das Gemeinsame Extremismus- und Terrorismusabwehr-Zentrum GETZ oder GTAZ oder wie das jetzt heißt, das Gemeinsame Internet-Zentrum GIZ, das Gemeinsame Abwehrzentrum gegen Rechtsextremismus GAR und die Koordinierte Internetauswertung KIA, angesiedelt beim Bundesamt für Verfassungsschutz in Köln, dessen Vertreter eigentlich auch in diese Runde gehört."
„Was wollen Sie damit sagen?"
„Und dazu kommen noch das Gemeinsame Melde- und Lagezentrum GMLZ zur Verbesserung des Informationsaustausches zwischen Bund und Ländern in Katastrophenfällen – alles eingeführt zur Ermöglichung eines horizontalen Informationsaustausches zwischen all den Behörden …", ergänzte einer.
„Und alles inzwischen wenigstens zum Teil unterwandert von mafiösen und islamistischen Kräften – was ich damit sagen will, meine Herren: Ich halte so eine Plattform wie die TFT durchaus für vorstellbar. Auch, dass eine solche Einheit, direkt unserem Innenminister unterstellt, uns von ihm vorenthalten wird. Und sei es, vorübergehend."
„Auch vom Bundeskanzleramt?"
Schweigen. Die Platten mit den Frühstückshäppchen wurden herumgereicht, die Schalen mit den Eieraufläufen leerten sich, Kaffee wurde nachgegossen. Papierstapel raschelten, als sie von Hand zu Hand gingen. Drucker surrten.

Der Vertreter vom LKA unterbrach die Stille. „Wichtig könnte vielleicht noch sein, dass unser Mann bei seiner Verhaftung ein Mobiltelefon bei sich hatte, auf dem ein verschlüsseltes Chatprogramm installiert ist, über das die Krieger des IS üblicherweise mit ihren Auftraggebern kommunizieren."
„Das spricht doch dafür, dass dieser Timmermans IS-Kämpfer ist. Wir sollten ihn dem Generalbundesanwalt überstellen. Dann sind wir ihn los. Und die ganze Mühe, die wir sonst mit ihm haben."
„Dagegen spricht, dass Timmermans dieses Chatprogramm seit Wochen nicht genutzt hat", warf der LKA-Mann ein.
„Das haben unsere Techniker letzte Nacht herausgefunden."
„Das spräche wiederum dafür, dass er uns die Wahrheit geschildert hat, und dass er im Rahmen seines Undercover-Einsatzes irgendwie an dieses Handy gekommen ist. Dann sollten wir ihn gefälligst umgehend freilassen und ihn wieder in den Einsatz schicken. Draußen brennt die Luft, in unseren Städten brodelt es immer mehr."
„Alles bloß Vermutungen und Spekulationen. Sie sollten den Herrn Innenminister unmittelbar und unter vier Augen auf diese Task Force Terror TFT ansprechen und ihn fragen, ob unser Mann dazu gehört oder nicht."
Der Grauhaarige vom BKA schüttelte den Kopf.
„Geht im Moment nicht. Hätte ich sonst heute früh schon längst gemacht. Der Herr Minister ist auf einer mehrtägigen Dienstreise zu Islam-Konferenzen unterwegs, wo er immer sehr eingespannt ist und ungestört bleiben will. Gerade jetzt."
„Zudem bin ich mir nicht sicher, ob der noch weiß, was in seinem Hause und darunter alles so vor sich geht. Und was Ihr Amt anbelangt, verehrter Herr Kollege, so haben Sie doch bei der Operation Galaxy monatelang vergeblich gegen drei Flüchtlinge hier um die Ecke in Schleswig-Holstein ermittelt, Tausende von Observationsstunden verbraten, nur um den drei schließlich festgenommenen Syrern dann doch nichts nachweisen zu können…"

„Aber ich darf doch sehr bitten, meine Herren!“ Frau Dr. Donner. „Gehen wir doch einfach mal systematisch vor. Es gibt drei Arten von Risikogruppen und Gefährdern …“
Der Mann am Tischende räusperte sich.
Frau Donner beugte sich seitlich ihrem Nachbarn zu. „Wer ist dieser Herr da noch mal?“
„Mr. Davis, CIA“, flüsterte der BND-Vertreter, „ich glaube, der will zu Wort kommen.“
Mr. Davis räusperte sich erneut, jetzt etwas lauter.
„Welcome, Mr. Davis. Möchten Sie etwas sagen?“
Davis sprach mit kaum hörbarem Akzent.
„Vielen Dank, gern, Frau Donner.“
Gepflegte Erscheinung, dachte sie. Davis trug sein schwarzes Haar sorgfältig gescheitelt. Korrekt gebundene Krawatte.
„Ich denke, dass ich Ihnen möglicherweise weiterhelfen kann. Dieser Timmermans hat Sie belogen. Zum Beispiel war er bei der Explosion der DITIB-Zentralmoschee in Köln anwesend – Fotos unserer dortigen Agenten beweisen das. Hingegen kann ich die Attentatspläne des IS auf diese Talsperre und Ihren Elbtunnel aus Sicht unseres Dienstes nur bestätigen. Wir konnten bereits vor mehreren Monaten verdächtige Facebook Chats im Netz aufschnappen, die erkennen ließen, dass beim IS einschlägige Pläne existieren, die ständig aktualisiert wurden. Wir hatten Ihr BfV davon unterrichtet. Dort sollte eine Arbeitsgruppe ´Keto` das Thema systematisch bearbeiten. Uns befremdet, dass diese Informationen nicht bis zu Ihnen vorgedrungen sind. Und kein Vertreter des BfV anwesend ist, der das bestätigen könnte. Hoffentlich nur Zufall.“
Ja, hoffentlich, dachte Frau Donner. Peinliches Zwischenspiel, das der Amerikaner hier offen legte. Peinlich für die Deutschen, die sich beim Zuhören mehr und mehr in ihren Unterlagen vergraben hatten. Davis nahm einen Schluck von dem inzwischen lauwarmen Kaffee. „Inzwischen dürften diese Attentatspläne weiter aktualisiert worden sein, sich womöglich bereits in Vorbereitungsphasen befinden. Nach unserer Meldung an Ihr BfV haben wir die Sache nicht

weiterverfolgt. Und wenn dieser Timmermans oder Salman davon etwas weiß und daran arbeitet – egal, auf welcher Seite –, dann sollten Sie uns diesen Mann überlassen, damit wir unsere Fäden wieder aufnehmen können. Zu Ihrem Schutz."

Die deutschen Teilnehmer tuschelten miteinander. Frau Donner ordnete ihr Manuskript mit den drei Gefährdergruppen und Mr. Davis sah sich seinem Ziel nahe, endlich dieses Timmermans habhaft werden zu können; der war der CIA als Auftraggeberin verschiedener Attentate bedenklich dicht auf der Spur, die noch ihm – Timmermans – angelastet wurden – aber wie lange noch? Davis lauerte auf eine Entscheidung.
Die verkündete der Grauhaarige vom BKA mit einem vorsichtigen Seitenblick auf die Gastgeberin.
„Mr. Davis, wir danken Ihnen für Ihre Bereitschaft. Ihren freundlichen Vorschlag werden wir umgehend auf den Dienstweg bringen, da besteht hier Einigkeit …"
„Und ich hatte gehofft, Mr. Timmermans gleich mitnehmen zu können. Off the records sozusagen. Spart Ihnen allen Arbeit und uns allen Zeit. Und die drängt. Ich möchte keine Verantwortung dafür übernehmen, dass der Elbtunnel unter den Wassermassen der Elbe und der nach fließenden Nordsee in die Luft fliegt, während der Dienstweg lang ist. Und wir bringen Timmermans zum Reden; auch zu seiner Person."
„Aber er ist deutscher Staatsangehöriger." Frau Dr. Donner war Juristin.
„Er ist auch holländischer Staatsangehöriger. Ich nehme ihn einfach mit nach Berlin. End of the business. For you."
Die Runde schaute sich an. Laptops wurden zugeklappt, Papierberge verschwanden in Aktentaschen und -koffern.
„Dann hat die Besprechung hier also nie stattgefunden?"
„Nur als Arbeitsfrühstück."
„Und die Vernehmung letzte Nacht?"
„Welche Vernehmung?"

93

´Auch in Stuttgart kam es zu einer blutigen Auseinandersetzung zwischen angestammter Bevölkerung und illegal eingereisten Afrikanern. Eine Gruppe von schwäbischen Kaufleuten, die auf dem Markt ihre regulär gemeldeten Stände aufgestellt hatte, und mehrere Afrikaner, die auf dem Gehsteig illegal ihre Waren feilboten, bekamen sich dermaßen in die Haare, dass sie mit Stühlen, Eisenstangen, Tischen und anderen Gegenständen aufeinander einzuschlagen begannen. Auf dem Höhepunkt der wilden Prügelei startete ein algerischer Kaufmann seinen Kleinlastwagen der Marke Iveco Daily und überfuhr mit diesem im Vor- und Rückwärtsgang mehrere legale Stände der einheimischen Bevölkerung. Ein Anwohner filmte das ganze Szenario…

In München kommt es seit gestern ebenfalls zu blutigen Massenaufständen und Straßenschlachten zwischen Afrikanern, der Polizei und selbst organisierten Bürgerwehren. Grund: Die illegalen Migranten aus Afrika wollen keine Gebühren bezahlen, wenn sie mit dem Zahlungsdienstleister Money Gram Geld in ihre Herkunftsländer überweisen. Der bayerische Fernsehsender BR TV berichtet, dass Polizei und Bürgerwehren zunehmend Schwierigkeiten haben, die Lage unter Kontrolle zu bekommen, unter anderem, weil die Aufständischen über militärische Bewaffnung und Ausrüstung verfügen, deren Herkunft bislang unklar ist. Dass es sich um Waffen- und Munitionsbestände aus der ehemaligen Bayern-Kaserne handeln könnte, haben örtliche Behörden als absurde Gerüchte bezeichnet …

Ganze Straßenzüge sind mittlerweile unter Kontrolle afrikanischer Banden. Für Ordnung sorgt nun die organisierte Kriminalität, vor allem türkischer Herkunft. Anatolische Banden haben bereits 120 Afrikaner liquidiert. Täglich finden die Behörden neue, durch Kopfschüsse hingerichtete, afrikanische Migranten am Straßenrand, so allein gestern 20 an der Freisinger Landstraße im Münchner Norden. Die dort gelegene Freimann Moschee wird inzwischen durch paramilitärische Sicherungstrupps geschützt, deren Bewaffnung aus der ehemaligen Bayern-Kaserne stammen könnte. Da diese nur wenige Kilometer von der Freimann Moschee entfernt liegt, wollen lokale Beobachter nicht ausschließen, dass es dadurch zu handgreiflichen Konflikten zwischen afrikanisch-negroiden und arabisch-moslemischen Einwanderungsgruppen gekommen sein könnte. Nach behördlichen Einschätzungen sind allerdings allein ultrarechte Neonazis oder verwirrte Einzeltäter für die militanten Übergriffe verantwortlich, Ausgeburten der DGNS und ihrer Nachfolge-Organisationen, die auch für die Zerstörung der Kölner und der Hamburger Moscheen in den letzten Wochen …`

„Mein Gott, stellen Sie das ab, stellen sie das ab, sofort!“ rief die Kanzlerin. Im Moment wusste keiner der in ihrem Arbeitszimmer Anwesenden, wie sie das meinte – sollte Frau Rabenstett, ihre Persönliche Referentin, den Fernseher ausschalten oder sollte ihr Innenminister gegen die eben geschilderten Zustände in der Republik einschreiten? Rabenstett betätigte die Fernbedienung, Bilder und Stimme erloschen.

Aus dem Sessel neben der Kanzlerin wuchteten sich 150 Kilogramm Lebendgewicht, eine amorphe Masse Mensch, die sich zu fast zwei Metern auftürmte und die nur durch den Schlips um den feisten Nacken zusammen gehalten schien. Kanzleramtsminister Neubert schaute besorgt in die kleine Kabinettsrunde, allein die hellen Äuglein versprühten Tatendrang. Sie fixierten den Innenminister.

„Wie sieht’s denn mit der Polizei aus, Herr Kollege? Wie ist die Einsatzlage im Moment?“

Der Bundesminister des Innern wandte sich unmittelbar an die Kanzlerin.

„Schlecht. Aus den Ländern erfahre ich überwiegend, dass die Dienstkräfte Millionen von Überstunden abfeiern, die dich in letzter Zeit aufgrund der zahlreichen Sondereinsätze aufgestaut haben“, lispelte er.

„Und die Bundespolizei?“

„Sichert die Grenzen durch Grenzkontrollen, damit nicht noch mehr illegale Immigranten unkontrolliert einwandern.“
Er rückte seine Hornbrille zurecht. „Darüber hinaus haben wir bei sämtlichen Polizeieinheiten inzwischen ein Problem mit der systematischen Unterwanderung durch kriminelle Araber-Clans.“
Die Kanzlerin schüttelte sich.
„Dann muss eben doch die Bundeswehr her.“
„Das würde gegen die Verfassung verstoßen, Frau Bundeskanzlerin.“
„Außerdem sind unsere Streitkräfte derzeit durch ihre Auslandseinsätze in eben den Ländern gebunden, aus denen die meisten unserer Zuwanderer kommen: Afrika, insbesondere Mali und Somalia, dann Afghanistan, Syrien, Irak …“
Die dramatischen Kündigungs- und die zunehmenden Schwangerschaftsquoten ließ die Verteidigungsministerin lieber unerwähnt.
Die Runde versank in nachdenkliche Stille und zaghaftes Grübeln.
„Ja, und was machen wir jetzt?“
Die Kanzlerin schaute zu Kanzleramtsminister Neubert auf. Der schien auf diese Frage gewartet zu haben; wahrscheinlich hatte er sie auch schon öfter gehört.
„Frau Bundeskanzlerin, wenn Sie meine Empfehlung hören wollen – aber bitte erschrecken sie jetzt nicht gleich, verehrte Kolleginnen und Kollegen: Der Einzige, der diese Massen jetzt noch zügeln und zur Ordnung rufen kann, ist der Kalif. Über seine Imame reicht seine politische Macht bis hinunter in jede Moschee und jede auf unseren Straßen randalierende und vandalische Gruppe. Sie sollten mit dem Kalifen reden. Auf Augenhöhe. Für ihn wäre es eine Ehre, für Sie und uns wäre es nützlich.“
„Mit welchem Kalifen? Doch nicht etwa …?“
„Mit Kalif Ibrahim al-Awadi, dem Führer des IS.“
Neubert schien das verwunderte Kopfschütteln der Anwesenden zu genießen.
„Dazu kann Ihnen der Kollege Innenminister Interessanten mitteilen.“

Der Innenminister rückte seine Fliege zurecht. „Aus den vom IS nach seinem Rückzug aus Mossul, Hawija und Raqqa im Granzgebiet von Syrien und dem Irak zum Teil überstürzt geräumten und hinterlassenen Hauptquartieren und Verwaltungsstellen sind unseren Nachrichtendiensten riesige Datenmengen, Dokumente, elektronische Medien wie Festplatten, Speicherkarten von Mobiltelefonen, biometrische Daten und so weiter in die Hände gefallen, die alle darauf hindeuten, dass die Führungszentrale des IS aus dem Euphrat-Tal zwischen al-Mayadiu und al-Qaim kurzfristig verlegt werden soll – und zwar nach Deutschland. Das wurde uns zuletzt sogar noch bestätigt durch einen deutsch-holländischen Überläufer, den die Amerikaner in ihre Gewalt bringen konnten. Mit unserer Hilfe."
„Unglaublich. Wer sagt denn so was?"
„Unser BND. Und der muss es wissen. Der geht auch davon aus, dass diese neue moslemische Partei, diese ISPD, die sich erstmalig an den Wahlen zum Bundestag beteiligt, ein Ableger des IS ist – ist ja auch nahe liegend: Islamistische Partei Deutschlands, ISPD."
Die vier Buchstaben hingen drohend im Raum wie Betonzapfen.
„Und wie soll ich unseren europäischen Partnern erklären, dass ich mit diesem Kalifen verhandele?"
Gut, dass sie nicht nach einer Erklärung gegenüber den Bürger*innen und Wähler*innen gefragt hat, dachte der Innenminister.
Der Kanzleramtsminister übernahm geduldig die Antwort:
„Dass der Kalif als politisches und religiöses Oberhaupt hinter einer hier neu zugelassenen demokratischen Partei steht; dass wir hier in der BRD Religionsfreiheit genießen; dass die ISPD bei der demographischen Zusammensetzung unserer multiethnischen und multikulturellen Bevölkerungsstruktur von den Meinungsforschern bis zu 20 % der Wählerstimmen prognostiziert werden. Und dass es angesichts der bürgerkriegsähnlichen Zustände auf unseren Straßen – in den Medien ist schon von Staatsnotstand die Rede - außergewöhnlicher Maßnahmen bedarf."

Der Innenminister nickte, eine Angewohnheit, die er sich in seiner Zeit als Jugendfunktionär in der SED zugelegt hatte. Die Verteidigungsministerin nickte mit. Hatte sich bewährt.
„Mein Gott, bei 20 % kämen die ja sogar als Koalitionspartner in Betracht“, sinnierte die Kanzlerin.
„Rein rechnerisch, meine ich.“
„Ein Grund mehr, das von mir angeregte Gespräch mit dem Kalifen zu führen.“

94

Die letzten Tage hatte Jens viel Zeit gehabt, sich auf die Vernehmung vorzubereiten, zu der es irgendwann ja mal kommen musste. Die Zelle, in die ihn die Amerikaner mit verbundenen Augen geführt hatten, war fensterlos. Eine Pritsche, ein kleiner Tisch, ein kaputter Schemel, eine Toilette. Und an der unerreichbar hohen Decke eine Neonröhre, deren Licht willkürlich an- und ausgeschaltet wurde. Sie wollten ihn weich kochen vor der Vernehmung, das war ihm klar. Aber er konnte damit umgehen: Verhalten in feindlicher Gefangenschaft, Überlebensstrategien, das hatte er gelernt.
Aber wieso die Amerikaner? Weshalb hatten die Hamburger Behörden ihn an die Amis ausgeliefert? Hatte die deutsche Polizei ihn im US-Auftrag festgesetzt? Wie hatten die ihn überhaupt gefunden und identifiziert? Nur wenige wussten, dass er zu der Zeit in der As-sahaba Moschee war. Zufall? Verrat? Durch wen?
Jens wusste nicht einmal, wo er war. Geschätzte drei Limousinen-Stunden von Hamburg entfernt, offenbar auf US-amerikanischem Territorium. US-Botschaft Berlin? Auch wusste er nicht, wie lange er schon hier war. Die Mahlzeiten kamen unregelmäßig, Porridge, Toast, Cornedbeef, Kaffeeplörre, Wasser, Grill-Wurst-Extrakt,

Astronautenfraß aus Dosen und Tuben. Zwei oder drei Tage, schätzte er.
Viele offene Fragen, aber seine Taktik bei dem zu erwartende Verhör stand fest. Alle denkbaren Fragen und Antwortmöglichkeiten war er in Gedanken immer wieder wie in einem Schachspiel durchgegangen, egal, ob das kalte Neonlicht über ihm zuckte oder nicht. Sogar im Dunkeln hatte er regelmäßig seine Martial-Arts-Übungen durchgeführt. Dabei war der Schemel zu Bruch gegangen.

Er fühlte sich den Umständen entsprechend fit für das Gespräch, das die beiden Männer in den blassen Straßenanzügen jetzt mit ihm in dem dunkelgrau getünchten Vernehmungsraum führen wollten. Sie stellten sich als Agent Davis und Agent Evans vor. Den kleineren hatte Jens schon mal aus der Ferne gesehen, in Würzburg vor der Wohnung von Heintz bei der Observierung von Monika, die ihm dann seine Papiere abgenommen hatte, und später noch mal vor den Leighton Barracks. Evans, ja, Jens erinnerte sich. Dass sie ihm ihre Namen nannten, irritierte ihn; aber das würden ohnehin nur Decknamen sein. Auf dem langen Tisch zwischen ihnen stand vor Mr. Evans ein aufgeklappter Laptop, vor Mr. Davis ein ungeöffneter Aktenordner.
Jens drückten seine Fußfesseln.
„Wir haben lange gebraucht, um Sie zu finden, Mr. Timmermans“, begann Mr. Davis.
„Gratuliere trotzdem. Sagen Sie, geht das auch ohne diese Behinderung? Ich laufe nicht weg. Wohin sollte ich denn? Auf den Ku-Damm?“
Jens sah auf seine blutorange-farbene Guantanamo-Kleidung und klapperte mit den Fußketten. Aus den Augenwinkeln beobachtete er Evans, der bei ´Ku-Damm` kurz gezuckt hatte. Jens’ Vermutung, in der US-Botschaft am Brandenburger Tor untergebracht zu sein, könnte zutreffen.

Davis schüttelte den Kopf mit dem schönen Scheitel. „Den Dresscode bestimmen wir."
„Da haben Sie recht. Ist ja Ihre Botschaft."
Wieder blitzten Evans' Augen kurz auf.
„Mr. Timmermans, Ihre Situation ist nicht so lustig wie Sie anzunehmen scheinen. Sie sind uns auf die Spur gekommen und das mögen wir nicht. Ihr weiteres Schicksal hängt davon ab, was Sie alles wissen. Wir werden das rauskriegen, weil wir das Knowhow dazu haben. Sie haben die Wahl zu kooperieren oder nicht. Wollen Sie?"
Jens nickte brav.
„Ja, natürlich. Sie sind doch mein Auftraggeber. Sie bezahlen mich doch. Warum denn nicht?"
Davis und Evans tauschten Blicke aus. Davis griff sich den vor ihm stehenden Ordner.
„Unsere Akte beginnt mit einem Mord an einem Türken namens Kühlaci, Cem Kühlaci, Gemüsehändler, vor einem Dreivierteljahr. Was wissen Sie darüber?"
„War ein Auftragsmord für die Deutsch-Türkische Handelsgesellschaft in Berlin. Und das Opfer war nicht nur Gemüsehändler und Vorsitzender des Deutsch-Türkischen Dachverbandes DTDV sondern auch Vizechef des türkischen Rings, einer Schlepper- und Schleuserbande. Und zumindest die Deutsch-Türkische Handelsgesellschaft handelte ihrerseits im Auftrag eines Dritten: in Ihrem."
Evans schluckte, Davis nickte anerkennend.
„Woher wollen Sie das wissen?"
Jens klapperte mit seinen Fußketten.
„Ihr Subunternehmer hatte eine Mittelsperson eingeschaltet, eine Rita – ich kenne nur ihren Vornamen. Sie war meine einzige Kontaktperson. Und sie hatte offenbar ein Problem mit ihrem Auftraggeber. Oder ihren Auftraggebern. Und dann bekam sie noch eines mit mir."
„Erklären Sie das genauer."
„Mein Honorar als Hit Man war untersetzt. Statt mir die vereinbarte Summe voll zu bezahlen, gab sie mir – wieder im Auftrag – einen

neuen Auftrag und machte Druck. Dabei war sie selbst unter Druck. Später erfuhr ich von einem angeblichen Autounfall, den sie nicht überlebt haben soll. Ich denke, dahinter steckten ihre Auftraggeber, vielleicht diese Türken.“
Davis blätterte in dem Aktenordner, Evans zog den Laptop zurate.
„Deren Geschäftsstelle hier am Brandenburger Tor war wenig später Tatort eines nächtlichen Überfalls, bei dem zwei Menschen zu Tode kamen. Was wissen Sie darüber?“
Hier am Brandenburger Tor, hatte Evans gesagt; also waren Sie in der US-Botschaft.
„Gar nichts.“
„Und was vermuten Sie?“
„Bandenkrieg. Oder sie haben sich eines missbilligen Handlangers entledigt.“
Evans schüttelte den Kopf.
„Was haben Sie anschließend gemacht? Wovor waren sie auf der Flucht, Mr. Timmermans?“
„Ich war nicht auf der Flucht.“ Der deutsche Soldat flieht nicht.
„Obwohl ich zugegebenermaßen eine höllische Angst vor meinen Auftraggebern hatte, die ich nicht einmal kannte, und die diese Rita platt gemacht haben, denke ich. Also habe ich deren Auftrag vorsichtshalber angenommen. Die Unterlagen hatte Rita mir noch gegeben.“
„Haben Sie die noch?“
„Nur Teile des Vorschusses. Den Rest habe ich vernichtet. Ich bin Profi.“
„Worin bestand dieser Auftrag?“
„Liquidierung einer führenden Persönlichkeit aus der rechten Szene in Deutschland.“
„Genauer!“
Jens tat so, als ob er zögerte.
„Freiherr von Steuffen auf einem Schloss bei Würzburg. Er soll angeblich der Chef der Deutschen Gesellschaft für Nationale Sicherheit sein, DGNS oder so.“

Die beiden Agenten wechselten schnelle Seitenblicke.
„Und wem gegenüber haben Sie diesen Auftrag, wie Sie es nennen, angenommen? Sie sagten, Rita war tot und die Türken kannten Sie nicht.“ Davis.
„Indem ich anfing, ihn auszuführen. Das war gar nicht so einfach. Ich schlich mich in seine Kreise und sein Schloss ein. Inzwischen bin ich einer seiner Mitarbeiter, aber immer noch nicht zur Tatausführung gekommen. Und dann wurde ich festgenommen und jetzt sitze ich hier. Auftrag immer noch nicht ausgeführt. Dabei kam ich inzwischen immer näher an meine Zielperson heran.“
Evans hob seine Stimme an.
„Erzählen Sie uns doch keinen Bullshit, Mann. Das Opfer lebt im Raum Würzburg und aufgegriffen wurden Sie in Hamburg. Und Sie wollen uns weismachen, Sie wären im Rahmen Ihres obskuren Auftrags unterwegs?“
Dabei fiel ihm ein, dass diese Monika Metzler einst eine Fahrkarte von Berlin zunächst nach Hamburg gekauft hatte, bevor sie dann Richtung Würzburg unterwegs war.
„So ist das, genau so.“ Jens Katzenaugen blitzten.
„An den Kerl war ja wochenlang kein Rankommen. Nicht mal für einen Sniper. Der ist wohl fast hundert Jahre alt und lässt sich im Rollstuhl – also nur in Begleitung – hin und her fahren. Ich habe mich deshalb zunächst als Gärtner anheuern lassen und musste, um dran zu bleiben, später auch Erkundungs- und Ausspähungsaufträge ausführen. So auch in Hamburg. Dabei sollte ich längst wieder auf dem Schloss sein. Meine Herren, Sie gefährden soeben die Mission, die ich in Ihrem Auftrag ausführen sollte und wollte.“
Agent Evans schien noch nicht überzeugt.
„Kennen Sie einen Mr. Draxler? Eine Monika Metzler?“ Zuweilen glaubte er immer noch, den Ellbogen dieser Frau in seinem Solarplexus zu spüren.
Jens nickte. „Das sind alte Freunde von mir. Heintz Draxler bereits seit meiner Militärzeit als Kommandosoldat.“
„Welche Rolle spielen die hier?“

„Die haben mir das Entrée zum Schloss verschafft. Monika war da schon vor mir angestellt, als Gesellschaftsdame für die Baronesse oder so. Und Monika und Heintz sind ein Paar.“

Die beiden Agenten schauten nachdenklich durch ihre Unterlagen. Davis raschelte mit Papieren, Evans hackte auf die Tastatur seines Laptops. Einige der Unterlagen tauschten sie aus, blätterten, tippten, tauschten erneut aus.
Davis warf Evans einen kritischen Blick zu.
„Da scheint es einige Missverständnisse gegeben zu haben.“
Die zwei ihrer Kollegen in Würzburg mit dem Leben bezahlt hatten.
Evans schloss die Augen und Davis seinen Aktenordner.
Er rief einen uniformierten Wachmann herein.
„Nehmen sie dem Mann die Fußfesseln ab. Und geben Sie ihm seine Zivilkleidung zurück.“
Und an Jens gewandt: „Mr. Timmermans, wir müssen Sie leider noch ein wenig hier behalten. Zur Überprüfung Ihrer Angaben.“
Als die schallgedämpfte Tür sich hinter ihrem Gefangenen geschlossen hatte, fragte Evans: „Wieso lassen wir den laufen? Der hat doch wohl auch Lieberman und Cahill in Würzburg auf dem Gewissen ...“
„Evans, dieser Mann hat kein Gewissen. Und wollen Sie ernsthaft, dass uns das alles um die Ohren fliegt?“
„... mit diesem Drexel zusammen, oder wie der heißt.“
„Draxler. Heintz Draxler. Da können Sie mal sehen, Evans, was die Deutschen für tüchtige Männer haben. Und wir für Weicheier.“
„Zum Ausgleich dafür mustern die Deutschen ihre Besten Gott sei Dank regelmäßig aus.“
„Ja, so sind sie nun mal. Aber jetzt im Ernst, Evans: Diesen Timmermans lassen wir nicht so einfach laufen. Der bleibt natürlich auf unserem Bildschirm. Und was die höhere Führung bei seinem Wissensstand mit ihm vor hat, ist bedeutend wichtiger als die beiden Kollateralschäden in Würzburg oder wo auch immer.“

Evans nickte. Mr. Davis war sein Vorgesetzter, und der musste es schließlich wissen.

95

Das Hauptstadtstudio des staatlichen Regierungsrundfunks hatte die Kanzlerin am späten Sonntagnachmittag zu einem Exklusiv-Interview gebeten. Kalte Schneewehen peitschten über die Spree gegen die meterhohen Außenfenster. Das Interview sollte am Abend zur besten Sendezeit ausgestrahlt werden.
„Frau Bundeskanzlerin, vielen Dank, dass Sie gleich nach Ihrem ersten Gespräch mit dem Kalifen bei uns zu Gast sein können."
Die Kanzlerin lächelte dem Intendanten und der Interviewerin versonnen zu.
„Unsere erste Frage, Frau Bundeskanzlerin, mag Sie überraschen, aber wir stellen Sie trotzdem, auch zum besseren Verständnis für unsere Zuschauer, die wir zu diesem Gespräch hier bei uns im Hauptstadtstudio noch einmal recht herzlich begrüßen: Al-Awadi wurde jahrzehntelang als Kämpfer und Kopf des terroristischen IS international geächtet und verfolgt. Wie haben Sie es geschafft, ihn hier nach Berlin einladen zu können?"
Die Kanzlerin rückte ihr Kopftuch zurecht.
„Wir haben dem Kalifen diplomatischen Schutz gewährt. Und uns daran gehalten. Inzwischen ist er wieder abgereist. In einer unserer Luftwaffen-, äh, Regierungs-Maschinen."
Die Leiterin des Studios vergewisserte sich mit einem Seitenblick auf ihren Intendanten, dass sie die nächste Frage aus ihrem Manuskript verlesen durfte.
„Und was war das nun für ein Spitzengespräch, wie würden Sie das einordnen?"

„Nun ja, man hat sich kennen gelernt. Weltoffener sympathischer Mann, gar nicht so, wie man sich einen Ex-Terroristen vorstellt. War ja auch im Krieg, das waren wir ja auch schon mal. Da muss man viel Entgegenkommen aufbringen. Und auch Verständnis."
„Frau Bundeskanzlerin, wir haben berichtet, dass dieses historische Treffen vor dem Hintergrund von Zuwanderung, ja Völkerwanderung aus Nahmittelost nach Kerneuropa stattfindet, vor allem nach Deutschland, wo für die Partei des Kalifen, die ISPD, von führenden Meinungsforschungsinstituten bei den nächsten Bundestagswahlen ein Wahlergebnis um die 20 % vorhergesagt wird. Möchten Sie sich dazu äußern?"
„Der Hintergrund ist ganz einfach der, dass Europa und auch Deutschland in den nächsten Jahren immer moslemischer, also bunter, meine ich, werden wird. Letztes Jahr hatten wir in Deutschland eine Zuwanderungsquote von, glaube ich, ungefähr 6 %..."
„6,1 %", unterbrach der Intendant.
„... in Europa von 5 %."
„4,9."
„Diese Quoten sollten sich für Deutschland in den nächsten Jahrzehnten deutlich erhöhen."
Der Intendant griff nach einer zwischen ihnen liegenden Liste.
„Ja, auch eine Studie des Pew Research Center, Washington, DC, 'Europe's Growing Muslim Population' prognostiziert für 2050 bei Null-Zuwanderung eine Quote von 8,7, bei einer Zuwanderung wie in den letzten drei Jahren von 10,8 und bei höherer Zuwanderung eine Quote von 19,7 %."
„Sehen Sie, da sind wir ja praktisch bei 20 %."
Die Kanzlerin strahlte.
„Hinzu kommt eine gewisse Begeisterung der Menschen, die schon länger hier leben, für populäre politische Anliegen der ISPD. Ich nenne hier nur das Gebot für Frauen, Kopftücher zu tragen. Meine Großmutter hat das auch immer gemacht, als ich Kind war, bei der Feldarbeit und so. Und auch die Vielehe ist für weite Kreise unserer

männlichen Bevölkerung durchaus vorstellbar. Sogar die islamische Regel, dass der Mann über der Frau steht."

„Das müssten Sie als Feministin doch eigentlich ablehnen. Auch Polygamie für alle."

Die Kanzlerin warf der Studioleiterin einen missbilligenden Blick zu.

„Das haben Sie mich nicht gefragt. Aber eben diese Diskrepanzen machen ja Gespräche erforderlich. Die Politik lebt nun mal von Kompromissen."

Der Intendant räusperte sich.

„Mit welchem Ziel haben Sie dieses Gespräch mit Kalif al-Awadi nun heute geführt, Frau Bundeskanzlerin?"

„Es handelte sich um ein erstes Kennenlernen und um Möglichkeiten einer Zusammenarbeit zu erörtern, wenn die Bundestagswahlen die Prognosen der Meinungsforscher bestätigen sollten."

„Zusammenarbeit? Sondierungsgespräche? Schon jetzt, vor den Wahlen?"

„Vorgespräche zu vorläufigen Sondierungsgesprächen. Ja, so könnte man sie nennen."

„Was meinen Sie denn, wie Ihre bisherige Wählerschaft auf solche vorzeitigen Annäherungen reagieren wird? Schrecken Sie die nicht ab?"

Der Intendant ergriff eine weitere Liste.

„Von insgesamt 1119 durch die Generalbundesanwaltschaft im letzten Jahr eingeleiteten Ermittlungsverfahren entfielen 959 auf islamistischen Terror, davon 234 in Bezug auf den IS."

„Papperlapapp, wer sagt denn so was? Keine Angst, Deutschland wird Deutschland bleiben, das habe ich immer schon gesagt. Und Angst war noch nie ein guter Ratgeber."

„Wer so was sagt? Ihre Regierung in ihrer Antwort auf eine Parlamentsanfrage der Linke. Daher kommen die Zahlen."

Die Kanzlerin überprüfte den Sitz ihrer Knopfleiste. „Dann liegt das daran, dass wir diese armen und irregeleiteten Menschen und Mitbürger eben noch nicht hinreichend integriert haben. Aber eben das

haben wir immer gefordert. Und die geplante politische Zusammenarbeit mit der ISPD ist ja nun wirklich ein großer Schritt in diese richtige Richtung. Indem wir die Muslime zu den unsrigen machen wird der Terror schon aufhören. Zumindest abnehmen. In unseren Sicherheitskräften, der Polizei und der Bundeswehr, sind sie ja mit Hilfe meines Innenministers und der Frau Verteidigungsministerin bereits hinreichend verankert. Und die armen Menschen müssen doch irgendwo in der Welt eine Bleibe finden, oder meinen Sie nicht?“
„Frau Bundeskanzlerin, wir danken Ihnen für das Gespräch. Dieses Gespräch haben wir…“

Friedwart Freiherr von Steuffen fuhr mit zitternder Hand die Lautstärke des Fernsehgerätes hinunter. Sturmböen aus dem Steigerwald klatschten Schneefetzen gegen die morschen Fenster des Schlosses. Der Graf drehte den Rollstuhl zurück und sah immer noch der Kanzlerin nach, die soeben aus dem Hauptstadtstudio herausgeführt wurde. Zornesrot packte er die vor ihm stehende Cognacflasche VSOP und schepperte sie in die Mitte der Mattscheibe. Der Fernseher lief stumm weiter. Der Alte erstarrte.

96

Jens’ Taktik war aufgegangen, das Schachspiel war gewonnen, die CIA hatte ihn laufen lassen. Mit dem alten Auftrag und der neuen Auflage, es in jedem Fall als Tod ohne Fremdverschulden aussehen zu lassen. Und der zusätzlichen Frage: Wer würde Nachfolger des alten Barons werden, nachdem Jens ihn neutralisiert hatte? Die Antwort auf diese Frage hatte er sich schon längst zurecht gelegt, eigentlich schon seit seinen Gesprächen mit General Branninger auf Schloss Steuffenberg: der homosexuelle Dr. Roland Freiherr von

Steuffen, CFO der Blackbridge, Inc., Germany, mit dem Sitz in Frankfurt, Sohn des Barons, Vater der homosexuellen Emilia Baronesse von Steuffen, die Monika ein bisschen was erzählt hatte.

Unter diesem Vorwand hatte Jens in Berlin den ICE nach Frankfurt genommen, tatsächlich aber, weil er in Frankfurt seine Spuren besser verwischen konnte. Das Ekel Roland konnte er bedenkenlos der CIA ausliefern, was immer die mit ihm auch später vorhaben mochten. Und gleichzeitig den Nach-Nachfolger des Alten, Brigadegeneral Branninger, schützen. Und warnen.

Jetzt saß er im Zug und überprüfte ein weiteres Mal sein Gepäck auf eventuelle Ortungsgeräte. Er hielt es für ausgeschlossen, dass die Amerikaner ihn ohne Kontrolle auf seine Mission geschickt hatten. Observanten im Zug konnte er nicht entdecken, aber das musste nichts heißen. Dass er keinen Ortungssender fand, auch nicht. Er versuchte zu entspannen, während er in der hinteren Ecke des Großraumwagens vor sich hin döste und seinen Gedanken nachhing. Keine Obrigkeit, kein Vorgesetzter regulierte seine Kompassnadel, das tat er selbst. Dass er dabei alles nutzte, was ihm sein früherer Dienstherr beigebracht und vermittelt hatte, fand er zwar irgendwie ironisch, aber voll in Ordnung. Was beherrschte er so gut wie diesen seinen Job? Wovon sollte er sonst leben? Über seine Auftraggeber entschied er allein. Auch wenn sich deren Aufträge gegen seinen ehemaligen Dienstherrn richteten. Vor allem, wenn dieser Staat sich inzwischen selbst verleugnete. Oder verhielt es sich umgekehrt? Und wie weit würde er gehen? Jetzt war er offiziell im Auftrag der amerikanischen CIA unterwegs, die zwar offiziell mit den Diensten der BRD zusammen arbeitete, tatsächlich aber deren nationalen Interessen schaden wollte, um eigene geopolitische Vorstellungen der USA durchzusetzen. Er war jetzt unterwegs, um diese nationalen Interessen seines Vaterlandes gegen die offizielle Politik und die egoistischen Bestrebungen der USA wieder auf den Schild zu heben. Im Auftrag einer Organisation, die ein ehemaliger militärischer

Vorgesetzter von ihm leitete, der seinen derzeitigen Tätigkeiten Rahmen, Inhalt und Legitimation verlieh. Soldatenehre: Treue um Treue.

„Frankfurt Airport“, wurde als nächste Station aufgerufen, „in fünf Minuten.“
Jens rieb sich die Augen, schaute sichernd um sich, nahm sein Gepäck auf. So langsam könnten seine CIA-Schatten jetzt wach werden, weil sie doch befürchten mussten, er wollte sich über den Flughafen absetzen, wenn er hier ausstieg statt weiter ins Zentrum zu fahren. Aber eine solche verdeckte Verfolgung hätte wohl wirksam nur über sein Smartphone laufen können, das sie während seiner Inhaftierung sicher auf alle früheren Verbindungen überprüft und zusätzlich entsprechend manipuliert haben dürften. Deshalb hatte er das am Postamt im Berliner Bahnhof Zoo an Heintz' Würzburger Adresse in den Kasten geworfen.

Auch seine sonstigen Ausrüstungsgegenstände hatten sie ihm wieder mitgegeben, abgesehen von der Baretta. Für alle Fälle hatten sie ihm eine Makarov PB 56-A-125, Baujahr 1979, mit Schalldämpfer mitgegeben, eine Pistole, bei der niemand an die CIA und die USA denken würde, aber jeder an Russland, ob man die Waffe bei ihm fand oder deren Patronenhülsen 9x18 Millimeter am Tatort.

Jens verließ den ICE, kaufte sich in einer Mall ein paar Klamotten zum Anziehen und Täuschen und legte sich ein neues Handy zu, prepaid. Immer noch keine Reaktion seiner Auftraggeber, immer noch kein Schatten. Im Terminal erkundigte er sich auffällig nach einigen exotischen Abflügen in den nächsten Tagen.

Er fuhr zum Hauptbahnhof, erstand dort bei einem Türken einen gebrauchten US-Parka, einen breitkrempigen Hut und ein weiteres Handy mit Prepaid-Karte. Anschließend streunte er durch das Bankenviertel am Mainufer entlang, fand das Verwaltungsgebäude von

Blackbridge, Inc., machte sich Notizen und ging zum Hauptbahnhof zurück. Von dort nahm er einen Regionalzug nach Würzburg.

Immer noch keine Verfolger. Aber ab hier sollten sie ihn jetzt eigentlich finden können. Aus einer Telefonzelle auf dem Bahnhofsvorplatz rief er Heintz an. Sie verabredeten sich für denselben Abend im Bürgerspital. Auf dem Weg dorthin deckte er sich bei einem freundlichen Militärausstatter noch mit ein paar nützlichen Ausrüstungsgegenständen ein. War schön, wieder in Würzburg zu sein.

97

Die SMS kam am späten Nachmittag von einer unterdrückten Nummer: ´sghg warte heute 1930 an den dominikanern baustelle sw domplatz bagger vorher nicht erreichbar kommen allein kein handy jeti.`
General Branninger setzte die Tasse mit dem kandis-gesüßten Earl Grey Tee ab und runzelte die Knitterfalten auf seiner Stirn. ´Sghg` konnte, wenn man tippfaul war oder die Großschreibung nicht beherrschte, ´Sehr geehrter Herr General` bedeuten. Wer schrieb ihn schon so an? Ein ehemaliger Untergebener? Jeti? Ja natürlich, Jens Timmermans, seit dem Hamburger Einsatz der verlorene Sohn. Der wollte also heute Abend an einer Baustelle in Domnähe auf ihn warten. ´Sw`? Tippfehler oder das militärische Kürzel für südwestlich? Südwestlich. ´Kommen allein`? Kam er allein, war das ´n` überflüssig. Oder hatte der Absender das ´Sie` vergessen – ´Kommen Sie allein`? Das würde er ohnehin tun.

Was war da passiert? War Timmermans auf der Flucht? Fürchtete er, observiert zu werden? Jedenfalls musste es wichtig sein. Und er würde vorsichtig sein müssen. Sicherheitshalber würde er eine

Pistole mitnehmen. Die Glock, die er seinem ehemaligen Soldaten auf Schloss Steuffenberg abgenommen hatte. Die würde er vielleicht sogar brauchen.
Um halb sieben machte er sich auf den Weg.

98

Heintz und Jens hatten sich in einem der Gasträume des Bürgerspitals in einer ruhigen Ecke an einen der Holztische gesetzt. Sie süffelten trockene Scheurebe. Jens häufte frisch angerichtetes Tartar auf sein Vollkornbrot, Heintz kaute an einem Ripperl.
„Und dann haben sie dich also an die CIA überstellt?" Heintz schüttelte den Kopf.
„Unglaublich. Und wie bist du da wieder raus gekommen?"
„Ich habe einen Auftrag angenommen."
„Von denen etwa? Welchen? Spinnst du? Und weshalb bist du hier? Wirst du gesucht?"
„Derzeit mal nicht. Stehe wohl unter dem Schutz unserer Schutzmacht USA. Sag mir erstmal: Was gibt's Neues auf dem Schloss? Hast du Kontakt zum General? Den wollte ich heute Abend anrufen, erreiche ihn aber nicht. Wie geht's Monika?"
Heintz schob eine Schaufel Weinkraut nach.
„Die Flaggen hängen auf halbmast. Schloss Steuffenberg ist mit der Vorbereitung der Beerdigung des alten Barons beschäftigt. Vor allem die Baronesse. Monika unterstützt sie."
Jens hatte sich verschluckt. „Wann ist der verstorben?"

„In der Nacht von Sonntag auf Montag vor dem Fernseher, nach einem Kanzler-Interview."
Jens dachte nach. Das passte. Nicht nur zeitlich.
„Dann wird morgen folgendes passieren: Du wirst morgen mit der Post ein Handy zugeschickt bekommen."
„Du kannst bei mir übernachten, dann hast du es gleich. Oder ist das für einen von uns gefährlich?"
Jens schüttelte den Kopf.
„Von diesem Handy rufe ich morgen früh meine Auftraggeber an."
Denen würde er Vollzug im Schloss Steuffenberg melden, ohne einen Finger gerührt zu haben.
„Danach sehe ich weiter. Zunächst wohl Rückmeldung bei und Rücksprache mit General Branninger."
„Du hast nach Monika gefragt. Die kann ab nächste Woche ihren Dienst bei der Polizei wieder aufnehmen. In Dresden, nach Versetzung. Nicht wieder in Berlin. Sie überlegt noch."
Donnerwetter, da hatten Mr. Davis und die Personalstellen der Polizei aber schnell reagiert, dachte Jens. Und Wort gehalten mit Monikas Rehabilitierung.
„Sie wird das wohl akzeptieren, denke ich. Ich bewerbe mich dann dort um einen Studienplatz für meine letzten Semester – nach dem bedauerlichen Ableben unseres geschätzten Profs." Er feixte.
„Abhebens und Ablebens." Jens grinste sardonisch.
„Also beide Dresden."
Heintz schluckte. „Wir wollen zusammen bleiben."
Endlich war es raus.
Jens sah das zerknautschte Doppelbett im Hotel Stöckle vor sich und beschloss, nicht überrascht zu wirken.
„Hab' ich mir schon gedacht. Wie schön für euch. Und alles bleibt in der Familie. Gratuliere!" Er hob seinen Römerkelch.
Sie stießen an.
„Habt Ihr schon einen Trauzeugen?"
„Wir haben an General Brannimger gedacht."

„Dann ruf' den doch mal an, Heintz. Du kannst das ja gefahrlos machen. Wie sieht denn die jüngste Auftragslage aus?“
„Die Verhandlungen unserer Regierung mit diesem Kalifen lassen Branningers Pläne alt aussehen. Die Politik überholt uns, womöglich uneinholbar. Letzter Kontakt war vergangenen Freitag. Er wollte eine neue Strategie für unser Aktionsbündnis zum Schutz der BRD – ABSB, wie das jetzt heißt – entwerfen, es dem Vorstand vorlegen und anschließend eine Hauptversammlung einberufen. Aber er befürchtet Lausch- und Hackerangriffe aus bislang unbekannter Richtung, wahrscheinlich aus dem Osten, vielleicht aus Russland oder von einem Bruderstaat aus der damaligen Sowjetunion. Unsere Experten sitzen Tag und Nacht dran, aber er ist zunehmend verunsichert, weil sie nicht so richtig weiterkommen. Er hat also derzeit eine Menge Müll am Hals. Sobald er mich oder uns braucht, meldet er sich. Um dich macht er sich sorgen, um deinen Verbleib.“
„Dann ruf ihn jetzt an und sag ihm, ich melde mich morgen. Alles sei okay, aber ich müsse ihn sprechen.“
Heintz wählte Branningers Nummer.
´Temporarily not available.`

99

Die Kölner Innenstadt war vorweihnachtlich überlaufen. In dem weitläufigen Fußgängerbereich vor dem Dom, den die Kölner liebevoll Domplatte nannten, quirlte ein bunter Wintermarkt, den sie vor nicht allzu langer Zeit noch als Weihnachtsmarkt bezeichnet hatten. Aus den Seiten- und Nebenstraßen schoben sich immer mehr Menschen in seine Richtung und in die ausgelassene Menge hinein, darunter schon seit dem Nachmittag zahlreiche Frauen und Kinder, viele von ihnen behängt mit den von der Oberbürgermeisterin verordneten Armstreifen, die den Aufdruck ´Respekt` trugen. Es roch nach Bratwurst, Zuckerwerk, Mandeln, Bratäpfeln und Glühwein. Ringsum strahlten Lampen, flackerte Glitzerwerk, leuchteten künstliche Sterne, elektrische Kerzen.

Nur die Gasse An den Dominikanern lag überwiegend im Dunkeln. Ursache war die Baustelle an der Ecke, über der die Straßenbeleuchtung ausgeschaltet war. Der gelbe Schaufelbagger, der hier verlassen vor einem Sandhaufen stand, war offenbar mit dem Einsetzen eines letzten Metallpollers nicht rechtzeitig fertig geworden, der potentiellen Attentätern die Amokfahrt mit einem Lkw auf die Domplatte unmöglich machen sollte. Wie man sie in Berlin erlebt hatte. Und zuvor in Nizza. Schrecklich.

Der General erkundete das Gelände. Andere Poller waren ringsum in den Boden eingelassen, versehen mit der zweizeiligen Aufschrift: ´Fürchtet Euch nicht`. Offen gebliebene Zufahrten wurden durch wuchtige Wägen der lokalen Müllabfuhr versperrt. Dazwischen patrouillierten Polizisten in Zweierstreifen in seitlichen Gassen und auf dem Gelände vor der und um die Domplatte, auf der weitere Uniformierte die Menschenmasse im Auge behielten. Alle trugen ihre weißen Schirmmützen, ihre gelbgrünen Plastikparkas mit der Aufschrift ´POLIZEI` über den dunklen Rundum-Brust- und Bauchstreifen und die obligatorischen ´Respekt`-Armbinden. Präsenz zeigen, lautete offenbar ihr Tagesbefehl. Die Handfeuerwaffen offen zu tragen, wäre womöglich überzeugender gewesen, dachte der General.

Es war 7 Uhr 25. Branninger hatte den Bagger immer wieder aus unterschiedlichen Blickwinkeln beobachtet, aus der Gasse, vom Domplatz aus, von gegenüber. Jetzt pirschte er sich vorsichtig näher heran, ließ sich von den Massen schieben, die dem Markt zustrebten. Inzwischen nahmen die Polizisten stichprobenartig Personen- und Gepäckkontrollen vor, was die Staus vergrößerte. 7 Uhr 35. Immer

noch kein Timmermans. Damit der ihn in diesem Gedränge finden konnte, musste er wohl einfach näher an diesen Bagger herangehen. Wurde da nicht aus dem Führerhaus soeben eine glimmende Zigarette geworfen? Timmermans war Raucher. Ein Zeichen für ihn? Gutes Versteck, das Führerhaus. Branninger trat schnell in den Schatten neben die Baggerschaufel, Sand knirschte unter seinen Schuhen. Dort hatten die beiden Männer in dunklen Mänteln ihn erwartet. Einer von ihnen rammte Branninger ein Stilett in den Rücken, zwischen die vierte und fünfte Rippe, der andere warf im selben Augenblick eine Drahtschlinge um seinen Hals und zog sie mit einem kräftigen Ruck zu. Es ging sehr schnell. Branninger bekam schon nicht mehr mit, wie sie ihn in die Baggerschaufel neben den Metallpoller warfen.
Der Diesel des Baggers dröhnte auf. Die Schaufel hob sich und der Bagger ruckte an. Die beiden Männer sprangen zur Seite, auf das Excelsior-Hotel Ernst zu. Der Bagger erklomm zügig den Sandhaufen vor ihm und knallte mit Vollgas über ein Polizei-Einsatzfahrzeug hinweg auf die Domplatte, riss dort ein Absperrgitter ein, überrollte zwei Polizisten und krachte in einen weihnachtlich dekorierten Verkaufsstand, an dem es eben noch Bratwürste, Glühwein und Kölsch gegeben hatte. Die Zähne der herunter gefahrenen Metallschaufel fraßen sich in die stehende Warteschlange und drückte die Menschen unter die Stollenreifen. Nebenan spielte ein Leierkasten ´O Tannenbaum`, jetzt von schrillen Angstschreien und Alarmrufen übertönt.
Der Bagger setzte seine Todesfahrt durch die auseinander rennenden Massen Richtung Domportal fort, hinter sich eine blutige Spur toter, verletzter, zappelnder und schreiender Menschen, andere in apathischer Schockstarre zurück lassend. Vor der sechsstufigen Treppe zum Haupteingang kippte er die Schaufel nach vorn, den Torso Branningers neben den Poller mit der Aufschrift ´Fürchtet Euch nicht.` Polizeisirenen und Ambulanzgeheul setzten ein. Chaos brach aus.

Die beiden Männer in den dunklen Mänteln waren inzwischen durch die Hotellobby des Excelsior gehastet. Sie sahen aus wie Opfer von der Domplatte auf der Flucht, vor allem der mit Branningers Blut auf dem Mantel. Sie waren in ihr Zimmer im ersten Stock gestürmt, hatten die Mäntel auf die Betten geworfen und die Fenster zur Domplatte aufgerissen. Jetzt saßen sie in vorbereiteten Stellungen hinter den beiden Maschinengewehren, deren Läufe von den üppigen Vorhängen verdeckt wurden.
Nur der erste Schuss Einzelfeuer war gezielt. Er traf den Fahrer des Baggers, der soeben dabei war, aus dem Führerhäuschen auszusteigen. Der Schuss erwischte ihn auf der kurzen Leiter. Er fiel seitlich auf das Pflaster zwischen seine Opfer. Die nächsten Schüsse verteilten die beiden Schützen als Dauerfeuer in die vor ihnen brodelnde Menschenmenge, in die Pulks der herbei strömenden Rettungssanitäter, in die Gruppen der panisch durcheinander laufenden Polizei- und Sicherheitskräfte.

Von links, aus der Richtung des Hauptbahnhofs, drangen in den kurzen Feuerpausen aus einer Musikbox immer wieder Liederfetzen über die apokalyptisch tosende Domplatte: ´Ihr Kinderlein, kommet`.

100

Jens saß auf dem Hometrainer in Heintz' Appartement und strampelte sich ab. Konditionstraining. Sein Blick schweifte über ungeordnete Ikea-Regale, die durch ausstaffierte Obstkisten ergänzt worden waren. In ihnen standen und lagen Bücher und Zeitschriften, zumeist wissenschaftliche Publikationen.

General Branninger hatte er immer noch nicht erreichen können. Heintz war irgendwo an der Uni wegen seiner Exmatrikulation unterwegs. Das Radio lief und berichtete erneut von der Katastrophe, die ein womöglich psychisch gestörter Einzeltäter gestern in Köln ausgelöst hatte, der mit einem Schaufelbagger in den Wintermarkt gefahren war.

Es klingelte. Die Post, sein Handy. Jens packte es aus und sandte Mr. Davis mit dem vereinbarten Code eine SMS: ´Auftrag Raum LEIGHTON B. ausgeführt. Erkunde morgen Zp FRA.` Er fügte den verschlüsselten IBAN eines seiner Konten an und schaltete den Fernseher ein.

Die Amokfahrt auf der Domplatte hatte 63 Todesopfer gefordert und über 150 Verletzte; die hohe Zahl der Opfer sei vor allem darauf zurückzuführen, dass der Wintermarkt gleich nach der Amokfahrt des Baggers und dem Eintreffen der Rettungskräfte von mindestens zwei Attentätern unter MG-Feuer genommen worden sei, einer davon flüchtig, der andere durch den finalen Schuss eines Scharfschützen des SEK neutralisiert. Der Fahrer des Baggers, ebenfalls verletzt, habe mit einem Beckenbruch und einer Schussverletzung überlebt, man warte darauf, ihn vernehmen zu können. Der Bundespräsident mahnte aus Schloss Bellevue zur Besonnenheit, eine Politikerin der Linken fragte, ob der Todesschuss des Polizisten wirklich erforderlich und verhältnismäßig gewesen sei und verlangte eine unabhängige Untersuchung durch Experten ihrer Partei.

Gegen Mittag kam Heintz. Er brachte chinesische Fertiggerichte mit und weitere Nachrichten, die er in seinem Institut erfahren hatte. Bei dem verletzten Baggerfahrer handelte es sich um einen ehemaligen Speznas-Angehörigen tschetschenischer Herkunft, der mit den beiden MG-Schützen zusammen gewirkt haben könnte – wenn man nicht auch in seiner Schulter ein 7,65er Projektil aus einem dieser MGs gefunden hätte. Jedenfalls stammten die beiden MG-Schützen nach seinen wirren Angaben aus derselben Spezialeinheit, der 16. Speznas-Brigade aus Ryasan.

„Das hat der Baggerfahrer den Vernehmungsbeamten offenbart, nachdem die ihm deutlich gemacht haben, dass einer seiner Kameraden es war, der ihn angeschossen hatte. Da hörte die Kameradschaft dann wohl auf."
Jens löffelte nachdenklich seine Wantan-Suppe.
„Wo hast du das her?"
„Internet. Wir haben da im Institut so unsere besonderen Kanäle."
„Dann erklär' mir mal, was drei Speznas-Soldaten auf die Kölner Domplatte führt. Waren das alles Tschetschenen? Die Speznas unterstehen doch dem GRU, diesem russischen Militär-Auslandsgeheimdienst."
Heintz klemmte eine Frühlingszwiebel zwischen zwei Stäbchen.
„Das alles hat mir ausführlich mal Professor Kallemer erklärt – Gott hab' ihn selig." Er bekreuzigte sich kurz.
„Als du mich nach RUSA und GRUSA und diesen ganzen Kürzeln gefragt hattest, die du in Berlin in diesem türkischen Rechner gefunden hattest. Erinnerst du dich?"
Jens erinnerte sich. Das war jetzt ein knappes Jahr her. Seither hatte er sich immer mal wieder damit beschäftigt, auch weil er mit diesem Verband ja mal in Ryasan gesprungen war: In den späten Neunzigern hatte er zusammen mit einigen internationalen Kommandosoldaten – darunter auch den US Navy Seals – bei der 16. Speznas-Brigade in Ryasan Freundschaftssprünge absolviert. Yeti hatten sie ihn dort genannt, nachdem er bei einem etwas verwehten Sprung in einem riesigen Schneehaufen gelandet war – natürlich auch in Anspielung auf die Anfangsbuchstaben seines Vor- und Zunamens, JeTi.
„Die GRU – Glawnoje Raswedywatelnoje Uprawlenije, die Hauptverwaltung für Aufklärung beim Generalstab der Streitkräfte der Russischen Förderation – betreibt unter anderem Wirtschaftsspionage und Destabilisierungsaktionen, wie zum Beispiel in der Ukraine. Seine Erste Abteilung ist hier für Europa zuständig. Neben den Legalresidenturen in Berlin – Botschaft – und Bonn –

Generalkonsulat – unterhält die auch zwei Tarnrisidenturen und zwar in Bonn und – in Köln!"
„Ja, da schau her!"
Jens zerdrückte mit seinen Stäbchen eine chinesische Maultasche.
„Und wie du weißt, sind die Speznas eine operative Kommandoeinheit für unkonventionelle Kriegsführung und Terrorismusbekämpfung, geschult, verdeckt hinter den feindlichen Linien zu operieren."
Jens nickte.
„Offenbar nicht nur für Terrorismusbekämpfung, sondern auch für Terrorismus. Hinter den feindlichen Linien."
Er zog die Mundwinkel verächtlich nach unten.
„Aber wieso ein Tschetschene? Das Verhältnis Russland-Tschetschenien war oder ist doch wohl eher gespannt, oder?"
„Über die personelle Zusammensetzung der GRU weiß man hier naturgemäß wenig. Weshalb sollten die nicht auch Tschetschenen beschäftigen? Tschetschenien ist inzwischen eine autonome russische Teilrepublik unter Führung ihre Oberhauptes Ramsan Kadyrow, der sich unter dem persönlichen Schutz von Wladimir Putin derzeit seiner Sache sehr sicher sein kann. Auch wenn es immer wieder mal zu Kompetenzgerangel der Sicherheitsorgane zwischen Moskau und Grosny kommt. Kadyrow hält die Tschetschenen, die überwiegend Anhänger des sunnitischen Islam sind, mit seinen ´Kadyrowskys` genannten Milizen im Wesentlichen jedenfalls unter Kontrolle. Und in Russland selbst leben etwa anderthalb Millionen Tschetschenen; 70.000 übrigens in der Türkei."
Das könnte den Kreis zu der Deutsch-Türkischen Gesellschaft am Brandenburger Tor - schräg gegenüber der russischen Botschaft – schließen, dachte Jens. Und hatte hoffentlich nichts mit Branningers gelegentlichen Rückfragen nach russischen und tschetschenischen Infiltrationsversuchen zu tun, die er jüngst immer mal wieder befürchtet hatte.

101

Agent Davis von der CIA zupfte die Bügelfalten eines dunkelgrauen Zweireihers gerade.
„Das ist deutsche Wertarbeit: Vor nicht mal einer Woche erteilen wir ihm einen Auftrag – spurenlose Neutralisierung dieses greisen Nazi-Häuptlings – und heute lesen wir dessen Todesanzeige. Made in Germany – das ist zu Unrecht ein Schimpfwort geworden."
Er klopfte auf eine andere Zeitung.
„Und hier steht was von eine Herzattacke und einer natürlichen Todesursache. Das passt doch, Evans, oder haben Sie immer noch Bedenken gegen Timmermans' Rekrutierung? Ich jedenfalls habe schon mal die Anweisung seines Honorars veranlasst."
Agent Evans auf der anderen Seite des Schreibtisches schwieg.
„An so eine Präzision bei unseren eigenen Hitmen kann ich mich nicht erinnern. Sie etwa? Wieso schafft das ausgerechnet ein Deutscher?"
Mit niederländischen Wurzeln, dachte Evans, eher ein Europäer.
„Womöglich wegen seiner Reinrassigkeit. Die sind durch Zuwanderung und Vermischung noch nicht so aufgeweicht wie wir Amerikaner. Da können sich Tugenden langfristiger und stabiler entwickeln, Erziehungs- und Ausbildungsziele werden stringenter angestrebt und erreicht, der Auswahlprozess…"
„Noch mag das ja so zutreffen, aber auch die Deutschen werden sich unseren und damit den weltweiten Entwicklungen auf Dauer ja nicht entziehen können. Gerade die Deutschen nicht."
Davis ließ von seinen Bügelfalten ab und lächelte.
„Was haben Sie denn nun für Neuigkeiten für mich, die ich unbedingt noch wissen muss, bevor wir gleich beim Botschafter antreten müssen?"
„Es handelt sich um den festgesetzten Attentäter von Köln, diesen Schubkarren-Fahrer."
Davis nickte. „Inzwischen fast 70 Tote, beinahe 160 Verletzte. Entsetzlich."

„Der Mann ist Tschetschene, Ojub Estimirov, 29 Jahre alt und dient als Speznas für unsere russischen Kollegen bei der GRU, Dienstsitz Köln, wo deren Erste Abteilung eine Tarnresidentur unterhält."
Davis nickte.
„So what?"
„Aus der Schaufel seines Baggers fiel die Leiche eines Mannes, der als ehemaliger General der Bundeswehr für den rechten Widerstand gearbeitet haben soll. Zufall? Bei sich trug er eine Glock. Und zwar die Glock, aus der die tödlichen Schüsse auf unsere beiden Kollegen in Würzburg – Sie erinnern sich: Hotel Stöckle – abgefeuert wurden. Zufall? Und diese Waffe bringt die deutsche Polizei mit Ihrem Timmermans in Verbindung, den Sie frei gelassen und als unseren Hitman engagiert haben. Und gerade eben noch gelobt haben."
Nachdenklich betrachtete Davis die vor ihm ausgebreiteten Zeitungsartikel und –anzeigen.
„Was wollen Sie damit andeuten, Evans?"
„Dass wir möglicherweise den falschen Mann haben liquidieren lassen. Und dass die Russen uns vielleicht zuvorgekommen sind. Zumindest in die Quere."
Davis spielte in Gedanken ein paar Möglichkeiten durch. Dachte an Timmermans. Dachte an den ihm erteilten Zusatzauftrag: ausspähen, wen diese Organisation als Nachfolger des alten Barons vorgesehen hatte. Sollte der da etwa mit Timmermans Pistole auf dieser Baggerschaufel gelegen haben? Hingerichtet von einem tschetschenischen GRU-Angehörigen?
Sein Blick fiel auf die Schreibtisch-Uhr: kurz vor fünf.
„Wir müssen. Der Botschafter wartet auf uns."

102

Sie saßen im gemütlichen Schankraum des Hotels Ritter in Sommerhausen und warteten auf Monika, die aus Schloss Steuffenberg zu ihnen stoßen sollte, das nur wenige Kilometer entfernt hinter den Weinbergen lag. Draußen vor den Butzenscheiben wehte Schneeregen durch die leeren Gassen und ließ das grobe Kopfsteinpflaster feucht schimmern.

„Sie wollte unbedingt noch ein paar aktuelle Informationen aus ihrer alten Dienststelle in Berlin mitbringen“, sagte Heintz und prostete Jens mit einem Marillenschnaps zu.

„Aus der alten Dienststelle in Berlin. Wie macht sie das denn?“

„Sie hat da natürlich noch ihre Spezeln. Die waren gar nicht damit einverstanden, wie man sie vom Dienst suspendiert hat und erst recht nicht mit ihrer Versetzung nach Dresden. Beliebt ist sie, unsere MM. Und einer ihrer Sportskameraden vom Taekwondo will ihr da jetzt was stecken.“

„Hoffentlich interessiert es uns. Kontakt zu Branninger?“

„Immer noch nicht, den ganzen Tag lang. Ist wie vom Erdboden verschluckt.“

„Aber irgendwer von unserer Organisation müsste doch wissen, wo er ist. Ich kann ihn nicht anrufen, jedenfalls nicht von meinem Handy.“

Jens legte es zwischen die Schnapsgläser auf den Bartresen.

„Du weißt doch, wie geheim und verschlungen wir organisiert sind. Ich habe im Laufe des Tages zwei Kontakte versucht – beide abgetaucht. Wir versuchen es nachher noch mal. Und was hast du für Pläne?“

„Kontakt zu Branninger. Rückmeldung. Und die CIA weiter an der Nase herumführen. Und eigentlich würde ich mich gern verabschieden. Jedenfalls vorübergehend.“

Die Tür von der Eingangsdiele sprang auf.

„Schau, da ist sie ja endlich.“

Monika. Ihr langes dunkles Haar hing ihr in nassen Strähnen ins Gesicht. Sie sah gehetzt und verwirrt aus.

103

„Meine Herren, ich habe nicht auf Sie gewartet; ich habe Sie erwartet, auch, dass Sie pünktlich sind. Für Ihre Verspätung brauchen Sie sich nicht zu entschuldigen; entschuldigen sollten Sie sich vielmehr zunächst für die Pannen Ihres Dienstes, die mir da zu Ohren gekommen sind. Zumindest sollten Sie die zu erklären versuchen."
Der Botschafter haute mit der flachen Hand auf die Schreibtischplatte, bevor er sich in den Ledersessel vor der US-Flagge fallen ließ.
„Setzen Sie sich."
Davis und Evans nahmen Platz.
„Sie auch!"
Der Militärattaché löste sich aus seiner Halbacht-Stellung und setzte sich neben die beiden Agenten. Mit etwas Abstand.
Davis hob zu einer Erklärung an, aber der Botschafter wischte den Versuch mit einer Handbewegung beiseite, die bei dem Militärattaché innehielt.
„Ich bin noch nicht fertig. Mein General meldet mir vor Monaten hier an diesem Schreibtisch den ganz großen Bullshit mit diesen aufgeflogenen Zwischenagenten, dieser türkischen Handelsgesellschaft, und von der Gefahr, dass unsere Regierung als Drahtzieherin verschiedener unappetitlicher Operationen wie dem Attentat auf diesen Gemüsehändler enttarnt werden könnte. Sie wissen schon noch, was ich damals angeordnet habe?"
„Neutralisierung", murmelte der General kleinlaut.

„Und dann haben Sie diesen abenteuerlichen Headhunter endlich mit Hilfe der deutschen Polizei am Haken. Und was machen Sie damit?“
Er hob seine Stimme an.
„Sie lassen ihn laufen.“ Wieder klatschte er seine flache Pranke auf den Schreibtisch.
Evans atmete tief durch.
„Und wir lassen ihn für uns arbeiten“, warf Davis ein.
„Seinen ersten Auftrag hat er bereits erfüllt. Schnell und präzise.“
„Schnell und präzise? Das Gesicht des Botschafters nahm Farbe an.
„Nach Monaten gelingt es ihm endlich, einen Greis zu liquidieren. Und dann auch noch den falschen. Wie arbeiten Sie eigentlich?“
Davis rückte seine stahlgraue Krawatte zurecht.
„Jedenfalls nicht für Sie, Herr Botschafter. Wir sind allein unserer Behörde verantwortlich und nehmen Weisungen außer von unseren unmittelbaren Vorgesetzten allenfalls noch aus Wiesbaden, Langley oder unmittelbar vom DNI entgegen. Das gleiche gilt übrigens auch für Kritik an unserer Arbeit.“
Er warf Evans einen Blick zu.
„Auch für Anschisse.“
Die Temperatur im Raum war deutlich nach unten gegangen. Aber der Botschafter lehnte sich bequem in seinem Sessel zurück. Er sprach jetzt langsamer.
„Meine Herren: Wir arbeiten hier alle unter einem Dach. Für unsere Vereinigten Staaten von Amerika. Für dieselbe Sache. Und außergewöhnliche Operationen erfordern eben manchmal außergewöhnliche Dienstwege. Von den von Ihnen soeben herunter geleierten Dienststellen erfahre ich, dass die Russen es waren, die bei ihrer Operation Weihnachtsmarkt Köln so nebenbei den aktuellen Führer dieser deutsch-nationalen Organisation…“
Sein Blick fixierte lauernd den Militärattaché.
„Früher DGNS, danach VgD, jetzt wohl ABSB – Aktionsbündnis zum Schutz der BRD“, kam wie aus der Pistole geschossen.

„... liquidiert haben. Mit dessen verdeckter Neutralisierung haben die Russen gleichzeitig noch den Islamisten einen brutalen Terrorangriff auf die ohnehin völlig verunsicherte deutsche Bevölkerung in die Schuhe geschoben. So stelle ich mir geheimdienstliche Tätigkeit vor, mein Herren."

Er zog sich wieder zurück an die Schreibtischkante und ließ seinen Blick von einem zum andern wandern, ganz langsam. Alle drei Köpfe blieben gesenkt.

„Ja, unsere russischen Kollegen von der GRU sind Ihnen, meine Herren, deutlich voraus und überlegen. Operation RUSA: ein amerikanisch-russisches Gemeinschaftsunternehmen, ein Joint Venture zur Destabilisierung dieser verfuckten Republik, bei dem die Russen die erste Geige gespielt haben. Dabei wollten wir diese Republik als unser Einflussgebiet uns einverleiben und nicht den Russen auf dem Präsentierteller offerieren. Die jetzt sicher auch mit dieser islamischen Partei..."

„... der ISPD Islamische Partei Deutschlands", schnappte der Attaché.

„... mit dieser ISPD bei der Regierungsbildung mitmischt."

Iiiihhh, SPD, dachte Evans. Er hatte lange Jahre in Deutschland gelebt.

Davis wandte ein: „Das war nicht vorhersehbar."

„Genauso wenig, wie für die GRU vorhersehbar war, dass einer ihrer beim Anschlag beteiligten Speznas-Soldaten, der das Gefecht wohl nicht hatte überleben sollen, der Polizei gegenüber noch die Aussagen machen konnte, denen wir diese unsere Erkenntnisse unmittelbar zu verdanken haben."

Evans dachte an den verletzten Baggerfahrer.

Der Botschafter wischte auch diese Einwürfe mit einer zornigen Handbewegung weg.

„Bullshit. Jedenfalls haben wir jetzt die Kacke am Dampfen, weil da draußen ein käuflicher Killer rumläuft, der in unsere verdeckten - ich wiederhole: v-e-r-d-e-c-k-t-e-n - Operationen RUSA, GRUSA und so weiter eingeweiht ist. Fuck it!"

„Wir haben ihn an der Leine, Sir. Wir wissen, wo er sich aufhält. Er wartet dort auf weitere Aufträge von uns. Und auf sein Honorar."
Beides würde er nicht mehr erhalten.
Der Botschafter sprang auf. Sein zurück rollender Sessel ließ die Stars und Stripes hinter seinem Schreibtisch erzittern.
„Dann fangen Sie ihn wieder ein! Und führen Sie endlich meinen Auftrag aus! Oder wollen sie den von Ihrem Amtschef persönlich übergeben bekommen? Zusammen mit Ihren Entlassungspapieren?"

104

„Branninger ist tot. Euer General."
Monika griff nach Jens' Schnapsglas und stürzte die Marille herunter. Die drei nahmen an einem ruhigen Tisch in der Ecke Platz.
„Er hat in der Schaufel des Todesbaggers auf der Kölner Domplatte gelegen. Mit einer Drahtschlinge um den Hals und einem Stilett im Rücken. Und ein paar Meter neben ihm die Glock, die er von dir hatte."
Sie atmete tief durch und strich sich die nassen Strähnen von der Stirn.
„Und das weißt du alles woher?" Jens.
„Ein Kollege aus meiner alten Dienststelle, den ich vom Taekwondo ganz gut kenne. Er hat das aus offiziellen Meldungen, die bei uns so ein- und auslaufen. Mit und ohne Veröffentlichungsvermerke."
Jens nickte.
„Ja, Heintz erzählte von deinen Quellen. Diese Infos Operation Domplatte, Branninger – mit oder ohne Veröffentlichungsvermerk?"
„Ohne, vorläufig ohne."

„Weil die Politik damit vorerst noch nichts anzufangen weiß", vermutete Heintz.
„Wenn all das die Landespolizei weiß, weiß es die CIA auch." Jens. Wenn die es nicht schon vorher gewusst hatte. Das würde bedeuten, dass sie ihn enttarnt hatten oder in Kürze enttarnen würden.
„Branninger werden sie doch mit uns nicht in Verbindung bringen?" Heintz.
„Wenn nicht Branninger, dann meine Glock. Denkt an unsere Befreiungsaktion im Stöckle. Da habe ich Patronenhülsen hinterlassen."

Eine dralle Fränkin im Dirndl erkundigte sich nach ihren Essenswünschen. Monika bestellte noch eine Marille, Heintz auch. Jens einen doppelten Espresso und zwei Speisekarten.
„Wie läuft die Organisation weiter, wenn Branninger gefallen ist?" Jens sah Heintz an.
„Und was hatte der wohl auf dem Kölner Weihnachtsmarkt zu suchen? Mit meiner Glock?"
Heintz zuckte mit den Schultern.
„Keine Ahnung. Soviel ich über unsere ABSB mitbekommen habe, hat Branninger nie die Zeit gehabt, sich um seine Nachfolge zu kümmern."
„Die Nachfolgefrage stellte sich wohl aus seiner Sicht noch nicht."

Die Getränke wurden serviert. Heintz' Blick versank im Dekolleté des Dirndl.
„Weshalb nur zwei Speisekarten? Weshalb Espresso? Du sagtest doch, das sollte heute so eine Art Abschiedsabend sein, Jens."
„Wird es auch. Mit vorzeitigem Aufbruch."
Heintz und Monika sahen ihn fragend an.
„Wenn die CIA mich über die Glock mit Branninger in Verbindung bringen kann, dann auch mit unserer ABSB, weil die wohl nicht nur die Amerikaner, sondern auch die Russen störte. Bei ihrer gemeinsamen Operation RUSA."

„RUSA?“ Monikas dunkle Augenbrauen fuhren hoch.
„Mit der sie das sich ohnehin selbst verleugnende Deutschland sozusagen im Zangenangriff noch wehrloser machen wollen. Ich kann dir das später noch genauer erklären“, meinte Heintz.
„Er hat es mir auch erklärt, unser Politfachmann.“
Jens nippte an seinem Espresso.
„Für mich heißt das zweierlei: Wenn die Russen die ABSB mit der Hinrichtung des Generals enthauptet haben, wissen die Amis inzwischen, was sie falsch gemacht haben – den falschen Mann auf den falschen Mann angesetzt. Ich hatte nämlich von ihnen den Auftrag, den Baron auszuschalten. Hatte sich erledigt. Und ich weiß zu viel. Deshalb muss ich hier weg. Und zwar jetzt und sofort.“
Jens trank seinen Espresso aus.
„Wissen die Herrschaften schon, was es sein soll? Unsere Schlachtplatte …“
Heintz hatte die Speisekarte nicht mal angerührt, Monika sie gleich wieder weggelegt.
„Einen Moment bitte noch.“ Sie bestellte noch eine Marille.
Das Dirndl entfernte sich.
„Und wo willst du hin?“
„Nach Süden. Derzeit können sie mich allenfalls über dieses Handy orten. Durch easy catching oder eine stille SMS. Das Handy bringt Ihr baldmöglichst, spätestens morgen früh, irgendwie nach Frankfurt ins Bankenviertel. Ihr könnt es auch per Post an den jungen Baron schicken, Firma Blackbridge, Inc., mit einem kleinen Sprengsatz dran. Dort vermutet mich mein Auftraggeber nämlich. Unter dieser Adresse.“ Er schob einen Zettel über den Tisch, zwischen den Speisekarten hindurch. Sein Mobiltelefon legte Jens obendrauf. “Noch Fragen?“
Wieder näherte sich das Dirndl.
Jens stand auf.

„Die beiden können nicht entscheiden, was sie essen wollen. Aber sie übernehmen mein Doppelzimmer für heute Nacht. Nach dem Essen. Bezahlt ist alles schon."
Er drückte der Bedienung zwei Scheine in die Hand. Die deutete einen Knicks an und verschwand Richtung Rezeption.
„Wer von Euch beiden leiht mir sein Auto für zwei Tage?"
Heintz zupfte einen Schlüssel aus seiner Wolljacke und warf ihn Jens zu.
„Ich rufe dich an, wo du ihn abholen kannst. Danke – hätte ich beinahe gesagt." Jens zwinkerte ihm zu.
Monika schmollte.
„Rufst du mich auch mal an?"
„Ich werde Euch beide anrufen. In Dresden. Wenn ich in Sicherheit bin."

105

Die CIA wartete in Zürich auf ihn. Bahnhofstraße, gegenüber der Crédit Suisse. Dorthin hatten sie ihm wunschgemäß sein Honorar angewiesen. Für den Fall, dass sich das Handy Tracking als Falle erweisen sollte oder seine Häscher ihn aus anderen Gründen im Raum Frankfurt nicht würden aufspüren können, hatte Mr. Davis seine Schweizer Agenten beauftragt, Jens Timmermans in Zürich zu stellen. Das könnte zwar dauern, wäre aber sicherer als Nichtstun.

Agent McCalley saß im Café gegenüber der Bankfiliale und hielt regelmäßig Ausschau nach einem hoch gewachsenen Mann Anfang Vierzig, sportlich, drahtig, schlaksig, mit dunklen Katzenaugen. Hin und wieder betrachtete er das Foto. Seine signifikanten Erkennungsmerkmale würde er auch durch geschickte Verkleidung nicht ablegen können. Der CIA-Agent trank seinen dreizehnten Café au Lait und blätterte das viertzehnte Mal durch das Gala-Magazin mit seinen vielen bunten Bildern aus der Welt der Schönen und Reichen. Jens hatte ihn heute Mittag entdeckt, diesen kargen Mann mit den verhärmten Gesichtszügen und seinem grau-blonden Bürstenhaarschnitt. Dass diese Kerle sich aber auch alle so gleichförmig auffällig-unauffällig kleiden mussten, mit ihren grauen Anzügen von der Stange, ihren ausdruckslosen Einheits-Krawatten und ihren Standart-Hüten über ihren militärischen Haarschnitten. Schon gestern Abend hatte er ihn vor dem Café au Bord gesehen, und heute war ihm aufgefallen, dass dieser Mann seinen Fensterplatz erst verlassen hatte, als die Bank über Mittag ihre Pforten schloss. Kurz vor drei war er dann wieder da gesessen, immer das gleiche Getränk vor sich, immer gelangweilt in Zeitungen blätternd und vor allem immer wieder das Portal der Crédit Suisse im Auge, manchmal sogar mit Opernglas. Ausbildungsmangel. Das musste er sein. Davon würde Jens jedenfalls ausgehen, wenn der Typ heute so um sechs seinen Beobachtungsposten verließ und Feierabend machte. In gut einer Stunde.

Jens setzte das Fernglas ab und zündete sich eine NIL an. Vorgestern hatte er sich in der ersten Etage des Hotel du Lac ein Zimmer zur Straße gemietet, mit ungehindertem Blick auf die gegenüber liegende Häuserseite, vor allem auf das kleine Café mit seinem Glasdach-Vorbau. Genau da hätte er sich hingesetzt, wenn er nicht gewusst hätte, wann seine Zielperson die Bank betreten oder verlassen würde. Wenn er Anfänger gewesen wäre. Eine Ablösung oder einen zweiten Beobachter hatte Jens noch nicht bemerkt.

In Basel, wo er den Wagen von Hans in einer Tiefgarage geparkt hatte, war ihm in der Filiale der Crédit Suisse bedauernd mitgeteilt worden, dass er wegen der beabsichtigten Transaktion ins außereuropäische Ausland bei diesem Betrag doch persönlich in Zürich erscheinen müsste. Leider. Nun gut, wenn das nicht anders ging. Nach Zürich war er mit der Kantonalbahn weiter gereist, durch das wenig glaubhafte Verhalten der Bank gewarnt, schon in seiner Verkleidung. Die legte er jetzt wieder an. Es war Viertel nach fünf. Noch eine gute halbe Stunde.

106

Agent McCalley verließ das Café um kurz nach sechs. Er bummelte die Bahnhofstraße hinunter, zuerst Richtung See, wo er in einem Bistro ein Bier trank, dann Richtung Hauptbahnhof. Vom Zürich See blies ein kälter werdender Wind durch die Straßen. Zeit, irgendwo was essen zu gehen. In einem Imbiss warf er sich einen Doppel Whopper rein, den er mit zwei weiteren Bieren herunter spülte.

Wieder draußen, auf irgendeiner Straße nahe dem belebten Bahnhofsvorplatz, entdeckte er ein Kino. Kurz vor acht. Das passte. Er löste ein Ticket für ´The Darkest Hour` mit Gary Oldman als Winston Churchill. Für Politik hatte sich McCalley schon immer interessiert, auch für jüngere Geschichte, vor allem, wenn es gegen die Deutschen ging.

Wenig später schlurfte ein nach vorn gekrümmter älterer Mann mit breitkrempigem Hut und Spazierstock in den Eingangsbereich des Capitol-Kinos. Ein junges Pärchen hielt ihm hilfsbereit die Flügeltür auf. McCalley hatte ihn nicht bemerkt. Auch nicht, dass der Mann sich im verdunkelten Kinosaal zwei Reihen hinter ihn setzte.

Die letzten Kinobesucher fanden MCalley nach dem Ende der Vorstellung in einer von innen verschlossenen Kabine der Herrentoilette, wohin ihn entweder reichlicher Biergenuss geführt haben mochte oder ein schlechter Doppel Whopper. Auf seinem Schoß lag eine Makarov-Pistole als letzter Gruß an die Firma. Aber als Todesursache wurde später ein rätselhafter Genickbruch diagnostiziert.

Epilog

Der versprochene Anruf kam aus Namibia.
„Metzler."
In der Leitung rauschte und knisterte es.
„Was ist denn da bei euch in Dresden los?"
„Wer will das wissen?"
Erst jetzt erkannte Monika die Stimme.
„Jens! Wo warst du die ganze Zeit? Du klingst irgendwie weit weg. Wie geht's dir? Wo bist du?"
„Ja, weit weg. Im Süden. Hier ist alles okay. Aber was ist bei euch da los? Ich habe gerade Nachrichten gehört."
„Hier in Dresden?"
„Ja, und überhaupt in eurem Land. Wie heißt das jetzt? Bundesrepublik Deurusa?"
Monika kicherte. Hörte sich immer noch komisch an.
„Das war nur kurz und vorübergehend. Aktuell: Bundesrepublik Eurusa – damit das europäische Moment betont wird. Heintz zitiert in diesem Zusammenhang immer den früheren Bundeskanzler, der zur Zeit der Wiedervereinigung gefordert hatte, es dürfe ´kein Zurück zum Nationalstaat` geben. Stattdessen nun Deutschland als Teil der Vereinigten Staaten von Europa – Eurusa."
„Betont werden in diesem Akronym wohl auch die befreundeten Mächte, die Euch da in die Zange genommen haben – Russland und die USA."
Jens dachte an die Erfahrungen, die sie gemeinsam mit der CIA gemacht hatten, und an Putins Zugriff auf Georgien 2008 und auf die Ukraine samt Krim 2014.
„Heintz sieht das anders. Er hat inzwischen eine Stelle am hiesigen Politischen Institut, die er hoffentlich behalten kann."
„Und wie sieht unser Politprofi das?"
„Er weiß aus seinen dortigen Quellen, dass sowohl russische als auch US-amerikanische Kreise gebeten worden sind, hier die Regierungen zu übernehmen …"

„Regierung e n ?“ Jens betonte die letzte Silbe. In der Leitung knackte es.
„… die Russen den Osten von Eurusa, die Amerikaner den Westen. Und das unter der Schirmherrschaft und Koordination der Europäischen Union.“
Jens schluckte.
„Und wer hat sich dieses Konstrukt einfallen lassen?“
„Das hat sich so ergeben. Das alte Deutschland verleugnete sich und seine Identität mehr und mehr, drohte, sich unter anderem an den IS zu verlieren. Und um das alles zu verhindern haben unsere Freunde und Befreier wieder mal ausgeholfen und eingegriffen.“
Ob man so denken musste, wenn man seine Stelle am Politischen Institut behalten wollte?
„Unseren ´Freunden und Befreiern` wäre es schon immer lieber gewesen, unser Land nicht als Einheit sondern zerlegt in Einzelstaaten zu sehen. Und das nun auch noch als Teil Europas. Es lebe der Untergang!“
Es war Zeit, das Thema zu wechseln. Was Jens jetzt schluckte, schmeckte nach Galle. Ob Monika abgehört wurde?
Sie fragte: „Und was machst du so? Du scheinst ja nicht viel mitbekommen zu haben in letzter Zeit. Ich meine politisch.“
Ihre Stimme klang neugierig und mitleidig zugleich.
„Ich denke, ich bin in Sicherheit. Bin hier in Namibia im Rahmen dieses Restrukturierungsprogramms, dieser Wiedergutmachung für von uns Deutschen begangenen Völkermord in ehemals Deutsch-Südwest, zwangsverpflichtet worden. Du weißt doch: Niederschlagung der Herero-Aufstände 1904, fortfolgende. Wir bauen das jetzt hier alles wieder auf – was die Schwarzen inzwischen haben kaputt gehen lassen.“
„WPNam: Wiedergutmachungsprogramm Namibia. Als Ergänzung der 800 Millionen Euro, die unser Land dort schon seit 1990 im Sand der namibischen Wüste versenkt hat.“
Heintz hatte ihr neulich davon berichtet.

„Ja, genau. Ich bin hier in einem Arbeitslager auf einer Farm nordostwärts von Windhuk, einer von Deutschen vor drei Generationen gegründeten Farm, die jetzt von Einheimischen bewirtschaftet wird, und denen helfe ich bei der Landwirtschaft."
Weil die das ohne uns Weißen nicht hinkriegen.
„Für wie lange?"
„Seit meiner Ankunft. Bereits bei meiner Einreise wurde ich festgenommen. Werde aber nicht mehr lange hier sein. Melde mich vom nächsten Standort dann wieder."
„Willst du zurück nach Deutsch…, äh, Eurusa? Nach Europa?"
„Sicher nicht."
„Sag mal: War nicht dein Urgroßvater damals bei den deutschen Kolonialtruppen mit dabei? Und hattest du da unten nicht auch noch irgendwo einen Onkel?"
Die letzte Frage überhörte Jens.
„Stimmt. Der Großvater meiner Mutter. 1904 bis 1906. Als Obergefreiter. Dummerweise bin ich hier auf seinen und den Namen meiner Mutter eingereist. Auch deshalb haben die mich hier rangekriegt für das, was Ur-Opa da früher mal gemacht hat. Sippenhaft für Entwicklungshilfe."
„Schrecklich, Staats-Terrorismus. Dabei könntest du doch bald leicht auf dem Landweg zurückfahren. Über die sechsspurige Sahara-Autobahn, die die alte Bundesregierung noch von Togo über Agadez im Niger bis zur libyschen Mittelmeerküste in Auftrag gegeben hat."
„Habe ich von gehört, WPTog, Wiedergutmachungsprogramm Togo, das ja auch mal deutsche Kolonie war. Über Agadez als Knotenpunkt der Flüchtlingsrouten bis nach Misrata, wo der deutsche Wüstenfuchs Rommel im Zweiten Weltkrieg Militärgeschichte geschrieben hat. Auch so eine Art Wiedergutmachung. Beachtlich, was wir Deutschen alles wiedergutmachen."
Er bedauerte, dass man das nicht in drei Worten denken und sagen durfte: wieder gut machen.

„Diese Transsahara-Autobahn wurde ursprünglich – wie du vielleicht weißt – konzipiert, um die Flüchtlingsströme aus Schwarzafrika nach Zentraleuropa zu erleichtern und zu beschleunigen …“
Jens schaute auf seine Uhr. Er müsste sich bald wieder bei seinem schwarzen Vorarbeiter melden, Bobo.
Monika holte tief Luft.
„Inzwischen wird hier gemunkelt, dass Putin und die neuen Machthaber diese ganzen Flüchtlingsmassen, die sich hier in den letzten Jahren so angesammelt haben, auf eben diesem Weg wieder zurückschicken wollen, in die Maghreb-Staaten, und über ganz Afrika verteilen: Eritrea, Sudan, Somalia, Niger, und so weiter, und so weiter. Unsere neuen Politiker fragen sich nämlich jetzt schon, was sie mit diesen ungelernten, unausgebildeten, unkultivierten Migrationsmassen machen sollen, die sich hier nicht zurecht finden.“
„In Sibirien und Umgebung hat Putin doch viel Platz und auch viel Arbeit zu vergeben.“
„Dann könntest du doch in deine alte Heimat zurückkehren …“
„Alte Heimat? Bundesrepublik Deurusa? Bundesrepublik Eurusa? Nein danke, habe andere Pläne.“
Knacken und Knistern in der Leitung nahmen zu.
„Welche? Kannst du reden?“
„Du, ich muss jetzt Schluss machen. Bobo wartet. Schichtbeginn. Grüß’ Heintz. Euch alles Gute.“
Er hängte auf und lief los.
Beginn der zweiten Schicht. Bobo war streng und legte Wert auf Disziplin und Pünktlichkeit. Das hatte er von den Deutschen gelernt. Jens lief an dem Toyota Pickup vorbei, mit dem Bobo und er morgen einen Jagdausflug Richtung Etosha-Pfanne geplant hatten. Es würde sein letzter Tag in diesem Camp werden. Und Bobos letzter Tag überhaupt.

Vor drei Wochen hatte Jens endlich die Vertrauensstellung errungen, die ihm seine Fluchtplanung ermöglichte. Kontaktaufnahme zu seinem Onkel Douw Timmermans, der bei Stellenbosch in

Südafrika einen Weinhandel betrieb. Auf den war er wieder gestoßen, als die Namibier ihm seinen Stammbaum vorgehalten hatten. Und das Enteisen seiner vom namibischen Staat konfiszierten Gelder bei der Bank in Windhuk mit Hilfe dieser verständnisvollen deutschen Filialleiterin.
Schon kurz hinter Windhuk würde er Bobo mit dessen Jagdpistole neutralisieren und im Wüstensand verschwinden lassen. Dann querfeldein Richtung Gobabis über die grüne Grenze nach Botswana einreisen und später das Land im Süden wieder über die grüne Grenze verlassen.

Südafrika. Sein Onkel Douw erwartete ihn dort Mitte nächster Woche. Das letzte Mal hatten sie sich an Jens' fünfzehntem Geburtstag gesehen. Als erstes würde er Onkel Douw bei der Weinlese behilflich sein. In der burischen Widerstandsbewegung, der Onkel Douw angehörte, hoffte Jens, später auch andere Aufträge für ihn erledigen zu können. In seinem alten Beruf. Auch all das würde er wieder – gut – machen.

Ebenfalls im Anderwelt Verlag erschienen:

Deutschland befindet sich in einer bedrohlichen Krise. Aufgerüttelt durch Migrationskrise und innere Unruhen unternimmt ein General der Bundeswehr den Versuch, sein Vaterland wieder auf Kurs zu bringen. Sein Ziel: die herrschenden Parteieliten und die politisch gesteuerten Massenmedien entmachten. General von Roddeck stützt sich auf ehemalige Reservisten der Bundeswehr, die als Mitglieder einer Geheimgesellschaft in die entscheidenden Schaltstellen der Republik eingesickert sind. Ihr Vorbild: der Staatsstreich des 20. Juli 1944; ihre Rechtfertigung: ihr grundgesetzlich garantiertes Recht auf Widerstand.
Die deutsche Kanzlerin mobilisiert die ihr loyal verbliebenen Kräfte in den Geheimdiensten, um den Putsch zu zerschlagen. Auch die USA sind durch den plötzlichen Abzug der Bundeswehr aus Afghanistan und rund ums Mittelmeer alarmiert. Ein nachrichtendienstlicher Grabenkrieg beginnt: Kann, wird, soll der Staatsstreich gelingen, trotz aller Gegenmaßnahmen – der legalen und der illegalen?

Der Staatsstreich
Autoren: Robert B. Thiele, Peter Orzechowski
ISBN: 978-3-940321-14-5 **€ 17,00 (D)**

Bei Erscheinen dieses Romans 1999 war „Gender Mainstreaming" in der öffentlichen Wahrnehmung noch weitgehend unbekannt. Feminismus, auch radikaler Feminismus, indes war damals schon längst ein Thema, das heftig diskutiert wurde und bei den Menschen beiderlei Geschlechts mitunter sehr kontroverse Reaktionen hervorgerufen hat.
Als Musiker, Journalist und Weltenbummler ist der Autor schon in jungen Jahren mit manchen feministischen Auswüchsen konfrontiert worden, über die er in seinem männlichen Selbstverständnis „not amused" war.

Staat der Frauen
Hubert von Brunn
ISBN 3-8280-0891-7 **€ 7,50 (D)**

Vor einigen Jahren reisten kleine Gruppen von neugierigen Weltverbesserern aus vielen Ländern nach Neuseeland, um zu bewundern und zu lernen, wie so eine kleine, ehemalige Kolonie es geschafft hatte, einen der höchsten Lebensstandards auf Erden für seine Bürger zu erreichen. Neuseeland stand damals für einen Traum, für den Traum einer tatsächlich möglichen gerechten Welt. Heutzutage kommen die Menschen in Millionenstärke jedes Jahr, aber fast ausschließlich als Touristen oder als Einwanderer, als Ertragsquellen, um Devisen zu bringen, die das Land dringend braucht. Denn inzwischen haben die Investoren wieder die Oberhoheit vom Volk zurückerobert, die ihnen einige Jahre lang aus den Händen geglitten ward.

Ausverkauf vom Traum Neuseeland
Autoren: Hans-Jürgen Geese
ISBN 978-3-940321-24-4 **€ 21.00 (D)**

Wer echte Demokratie will, muss als wichtigste Voraussetzung ein Finanz- und Wirtschaftssystem fordern, das die Macht des Kapitals bricht, der „wundersamen Geldvermehrung" durch Zins und Zinseszins ein Ende setzt und Korruption weitgehend unmöglich macht. Die Humane Marktwirtschaft wird das leisten, und nicht nur das. Sie wird den Menschen Freiheit schenken in bisher nicht gekanntem Ausmaß; ein Leben frei von Lohnsteuer und Inflation und damit eine zuverlässig planbare Zukunft. Um das zu erreichen, bedarf es keiner blutigen Revolution, sondern lediglich der Rückbesinnung auf die Grundsätze des Humanismus – und deren konsequente Umsetzung.

Die Humane Marktwirtschaft
Autoren: Peter Haisenko / Hubert von Brunn
ISBN 978-3-940321-13-8 **€ 15.00 (D)**

England war mit dem Aufstieg kontinentaleuropäischer Länder zu Wirtschaftsmächten und Konkurrenten am Ende des 19. Jahrhunderts nicht untergegangen. Dabei standen die Sterne für das Empire nicht günstig. Der Anteil der Insel am Welthandel war über Jahrzehnte immer weiter gesunken, sie verfügte perspektivisch nicht selbst über genug Rohstoffe für ihre eigene Wirtschaft, auch nicht über hinreichend viele Einwohner, um den ökonomischen Aufstieg anderer Länder mit Hilfe von Feldzügen zu beenden. Wie lässt es sich erklären, dass binnen 50 Jahren die erfolgreiche Entwicklung großer Reiche in Kriegen und Diktaturen versandete und England auch ohne materielle Grundlage noch der Global Player ist wie vor hundert Jahren?

Londoner Außenpolitik & Adolf Hitler: Gibt es einen blinden Fleck?
Autor: Reinhard Leube
ISBN 978-3-940321-19-0 **€ 25.00 (D)**

Was haben die Menschen in Deutschland wohl gefühlt und erlebt in den Jahren 1933 bis 1937? Waren alle glühende Nationalsozialisten oder begann mit den Nazis eine Diktatur? Hätte es tatsächlich eine braune Mehrheit gegeben, dann wäre das eine Demokratie gewesen und man hätte die Gestapo und Ähnliches nicht gebraucht. Wie hat aber das Ausland auf den neuen Kanzler Adolf Hitler reagiert? Wieso war die Chefetage in London von ihm eigentlich so begeistert?
Das vorliegende chronologisch aufgebaute Werk vermittelt dem Publikum einen Eindruck von dieser Zeit, der eine Gänsehaut erzeugt. Ganz anders als die unzähligen Dokus, die nur blitzlichtartig Ausschnitte zeigen ...

Atemberaubend
Autor: Reinhard Leube
ISBN 978-3-940321-20-6 **€ 25.00 (D)**

Kann sein, dass die Berufshistoriker ihr Wissen bloß in verschämten Nebensätzen und in ihren Fußnoten unterbringen. In der Geschichte dritter Teil Septemberrevolution kommt alles auf den Tisch, was inzwischen über das Jahr 1938 bekannt geworden ist, zeitlich geordnet und packend erzählt. Nach weniger als sechs Jahren konnte der kleine Hitler, der mit dem Geld aus England und Amerika in Berlin an die Macht kam, von der Bühne wieder verschwunden sein und sein Drittes Reich nicht mehr als eine üble Panne in der Geschichte Deutschlands. Monate vor den Pogromen gegen die Juden vom November 1938 und ein Jahr, bevor ein zweiter Weltkrieg begann, konnte Hitler durch einen Aufstand in seinem Dritten Reich weggeputscht sein. In diesem Buch erleben Sie noch einmal live mit, wie genau das verhindert wurde.

Septemberrevolution
Autor: Reinhard Leube
ISBN 978-3-940321-23-7 **€ 25.00 (D)**

England war mit dem Aufstieg kontinentaleuropäischer Länder zu Wirtschaftsmächten und Konkurrenten am Ende des 19. Jahrhunderts nicht untergegangen. Der Anteil der Insel am Welthandel war über Jahrzehnte immer weiter gesunken, sie verfügte perspektivisch nicht selbst über genug Rohstoffe für ihre eigene Wirtschaft, auch nicht über hinreichend viele Einwohner, um den ökonomischen Aufstieg anderer Länder mit Hilfe von Feldzügen zu beenden. Wie lässt es sich erklären, dass binnen 50 Jahren die erfolgreiche Entwicklung großer Reiche in Kriegen und Diktaturen versandete und England auch ohne materielle Grundlage noch der Global Player ist wie vor hundert Jahren?

God Save the Fuehrer
Reinhard Leube
ISBN 978-3-940321-25-1 **€ 25,00 (D)**

Im Prinzip kennen Sie die Geschichte. Irgendwann gab es einen ersten Weltkrieg und später einen zweiten. Warum ein neues Buch darüber? Und weshalb ist es denn letzten Endes gleich eine Serie geworden?
Es gibt sie, die vielen Wahrheiten, die vielen Quellen, die vielen Details. Gewöhnlich entscheiden sich Historiker dafür, die Fragmente zu liefern, die ihre These „belegen". Doch wo bleibt der Rest? Andere Wahrheiten landen in anderen Büchern und dort war auf einmal alles ganz anders.
Das Appeasement war kein Fehler. Es war die Pflege und Wartung des Selbstzerstörungsmechanismus im Inneren Deutschlands, der den Namen Adolf Hitler trug und glaubte, er verdanke die Erfolge, die er wundersam erzielen durfte, im vollen Ernst der Vorsehung ...

Katz-und-Maus-Spiele

Autor: Reinhard Leube

ISBN 978-3-940321-26-8 **€ 25,00 (D)**

Kriege werden aus zwei Gründen begonnen:
Wirtschaft und Religion. In der Neuzeit ist es oftmals nicht zu übersehen, dass der Kampf ums Öl der wahre Grund für Kriege ist. Die Betrachtungen von Peter Haisenko zeigen, dass es bereits vor mehr als 100 Jahren nicht anders war. Politisch orchestrierte Lügen und Intrigen sind keine Erfin- dung der Neuzeit. Mit diesem Buch gehen Sie auf eine Reise durch das 20. Jahrhundert, und die Analyse wirtschaftlich-politischer Verknüpfungen lässt manche „geschichtliche Wahrheit" zweifelhaft erscheinen.

England, die Deutschen, die Juden und das 20. Jahrhundert

Autor: Peter Haisenko

ISBN 978-3-940321-03-9 **€ 24.90 (D)**

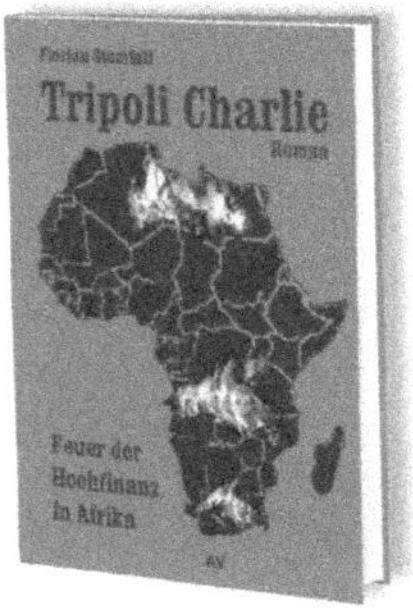

Florian Stumfall war im Bürgerkrieg in Mozambique, in Angola, im Hauptquartier der UNITA in Jamba, er war zu Gast bei Regierungen… Drei Ereignisse hat er in diesem Buch zu einer auf Tatsachen beruhenden Romanhandlung verarbeitet, deren wahrer Kern sich ganz erheblich von dem unterscheidet, was uns die Medien darüber erzählt haben. Stumfall schildert, wie und mit welchem Deal Nelson Mandela in Südafrika von der US-Hochfinanz an die Macht gebracht wurde und wie der Energiekonzern SASOL in Mozambique wegen eines Gasfeldes einen Bürgerkrieg angezettelt hat. Er berichtet vom Krieg in Angola und beschreibt die Rolle, die das weltweite Oppenheimer Diamanten-Monopol gespielt hat, als Jonas Savimbi, der Anführer der antikolonialen UNITA, vom Westen fallen gelassen wurde. Schließlich deckt er auf Basis ihm zugespielter Dokumente die Hintergründe für den 2011 geführten Krieg gegen Gaddafi in Libyen auf.

Tripoli Charlie
Autor: Florian Stumfall
ISBN 978-3-940321-22-0 **€ 24,30 (D)**

Das gesamte Angebot des Anderwelt Verlages finden Sie unter:

www.anderweltverlag.com

Besuchen Sie auch unser Portal für kritischen Journalismus und Meinungsbildung unter:

www.anderweltonline.com